錢袋小福女

上

文創風 1294

望月砂 著

目錄

序文

望月砂

一直以來，閒暇時我喜歡沈浸在小說的世界裡，它們如同瑰麗的畫卷，展現一個個引人入勝的故事，帶給我無盡的想像和感動。看得入迷時，我總會情不自禁想像著那些情節和人物，甚至會將自己當成主角進入情境。正是這種思緒，促使我拿起筆，用文字寫下自己的想像。

環顧自身，普通又平凡，我也如同芸芸眾生一樣，嚮往美滿的人生。但生活中有無奈、有嘆息，於是萌發寫這篇故事的想法，希望主角可以藉由才智和努力，利用各種內在和外在的條件，在充滿神秘和無限可能的文字世界裡，擁有遺憾最少的人生。

但當我真正開始動筆時，才明白創作的艱辛和不易。寫作不僅僅是文字的堆砌，更是思考和表達的方式，以及自我發現和探索的過程。更重要的是，動筆之前要確定自己想講什麼樣的故事，能不能讓人產生共鳴。

我在小說中尋找自己的影子，其中的主角也曾自責過、後悔過，但最終還是放下過去，努力向前。隨著時間推移，我筆下的世界漸漸成形，但現實生活中發生了不少事，在這段特殊的時期，我見過太多生死，心態發生不小變化，加上忙碌的生活，導致這篇文一度停更。

但這是我創造出來的人物，既然賦予了他們「生命」，就該讓他們擁有完整的人生。因此，我重新拾筆，寫寫改改，最終呈現如今的模樣。

最後，我要感謝默默等著我更新的讀者，以及其他支持我的人。寫文的初衷是我完結這篇故事的內在動力，而讀者和支持的人是外在動力，真的非常感謝。

楔子

隆豐二十三年春，京城。

帶著些許涼意的春風拂過京城，催醒了沈睡一冬的桃花，粉嫩花瓣隨風飄舞，灑落在鮮豔如血的紅綢上。

被紅綢籠罩的街道中間，是一列喜慶的迎親隊伍。

兩行身著金色鎧甲、腰繫紅色錦綢、手舉紅色彩旗的侍衛在前開道。緊隨其後的，是提著花籃的宮女，各色花瓣正從她們手中撒落。

隊伍正中間，是一座十六抬大紅花轎。整個轎身由香檀木打造而成，再飾以朱漆，遠遠地便能聞到特屬於香檀木的冷冽香氣。花轎四周的簾子，則是價值千金的金繡鴛鴦穿絲蜀錦，在陽光的照耀下，微微泛著金光。吊以東珠、以純金打造的四角鈴鐺，隨著花轎的起伏叮噹作響。

最後，是一眼望不到頭的嫁妝，一抬接著一抬，密密麻麻。且不說整箱整箱的真金白銀，就那厚厚幾疊田莊和地契，便讓人知曉新娘子嫁妝的豐厚。

「欸欸，這是哪家嫁姑娘呀？」一名圍觀的青衣婦人用手肘碰了碰身側的婦人。「這嫁妝也忒豐厚了些。不說別的，那花轎怕是不只千金吧？」

「妳不知道？」旁邊的綠衣婦人立即來了興致。「新娘子是忠勇侯嫡女，嫁的是我們的太子爺。」

「三皇子不是前幾日才封太子，這就要娶太子妃了？而且，忠勇侯府不是早已沒落，怎麼拿得出這麼多嫁妝？」

綠衣婦人看了看四周，壓低嗓音說：「忠勇侯的外甥女，是已故巡鹽御史葉大人的獨女，葉家可是錦官城傳承上百年的富貴人家，據說富可敵國。可惜葉家子嗣單薄，到了這一代，只有一個幼女。葉大人與葉夫人過世後，葉家小姑娘便帶著所有家產投奔忠勇侯府，不就讓侯府又起死回生了。」

「可那也是葉家的家產，怎麼拿來給侯府嫡女當了嫁妝？」青衣婦人察覺自己詫異的聲音引起旁人的注意，忙縮了縮脖子。「葉家那個孤女也答應？」

「聽說葉家姑娘前幾日病逝了，忠勇侯府是她唯一的親戚，葉家財產便落入侯府手裡。」

綠衣婦人說完，湊到青衣婦人耳邊，用僅能讓兩人聽見的聲音道：「我娘家姪女在侯府後院當差，對我透露了些外人不知道的消息。據說葉家姑娘與三皇子情投意合，三皇子能坐上太子之位，全憑葉家財力和人脈的支持。可惜三皇子剛封太子，她就病逝了，倒是便宜了侯府嫡女。」

「妳這消息是假的吧？」青衣婦人顯然不相信。「若三皇子真與葉家姑娘情投意合，怎會在她病逝沒幾天就娶了侯府嫡女？」

「誰知道真假呢？可惜葉家姑娘一死，葉家便絕後了……」

在一片喧鬧聲中，花轎慢慢進入城東。城東寸土寸金，所住之人大多非富即貴。城東正中心，便是當朝太子的府邸。

一名著玄衣蟒袍的男子站在太子府門前的臺階上，正是今日的新郎官，昔日的三皇子，如今的太子蕭澤蘭。

蕭澤蘭人如其名，身形高挑，挺鼻薄唇，清俊而和煦的眉眼，看誰都帶著沁入心脾的暖意，端的是一副芝蘭玉樹的模樣。

他看著在門口停住的花轎，唇邊笑意又深了幾分。如今一切如他所願，怎能不心生歡喜？

他伸出手，親自將新娘子扶下轎，聲音溫和。「楹楹，孤來接妳進門了。」

「多謝殿下。」大紅蓋頭下傳出的聲音嬌媚柔軟。

在震耳欲聾的鞭炮聲中，蕭澤蘭牽著新娘子慢慢朝正堂走去。聽聞過新娘子美貌與才名的賓客們，無一不讚嘆好一對璧人，又有誰還記得與蕭澤蘭情投意合的葉家姑娘。

前院喜慶熱鬧的聲音傳到後院，便弱了許多。到最偏遠的小院時，已幾不可聞。

小院中不見半個人影，遍布裂痕的青石地板上，堆滿半腐敗的落葉。枯藤肆無忌憚地趴在院牆上，顯得張牙舞爪，幾隻碩大的蜘蛛正悠閒地在紅漆斑駁的屋簷下織著網。

整座小院與金碧輝煌的太子府格格不入，卻頑強地嵌在太子府最偏遠的角落裡。

院裡唯一一間破敗的木屋內，葉崖香斜靠在一人寬的木板床上，毫無暖意的陽光從窄小的窗戶滲入，落在瘦骨嶙峋的身上。臉上無一絲多餘的皮肉，顴骨高高隆起，眼角那顆殷紅的淚痣越發明顯。

聽到前院傳來若有似無的鞭炮聲，葉崖香哂笑一下，明亮雙眼內盛滿濃濃的諷刺。

吱呀，緊鎖的木門被人從外面推開，抖落幾粒灰塵。

葉崖香抬頭望去，瞧見繡有並蒂蓮的繡鞋邁過門檻，往上是暗繡鳳紋的大紅雲織裙與正紅嫁衣，眉心一顆紅寶石額墜，將來人的柔美面容襯得更加可人。

葉崖香漠然地移開目光，那套鳳冠霞帔本是她為自己準備的，今日卻穿在她的大表姊趙花楹身上。

趙花楹撣了撣袖上不存在的灰塵，嬌笑道：「殿下能坐上太子之位，我能成為太子妃，全仰仗表妹的支持，我特意來向表妹道聲謝。」

她從身後婢女手中接過酒杯，舉到葉崖香面前。「今兒是我和殿下大喜的日子，說什麼也得請表妹喝一杯喜酒。」

葉崖香掃了酒杯一眼，淡淡道：「葉家的各個管事呢？」

「當然是先一步下去等表妹了。」趙花楹將酒杯舉到鼻尖，輕輕嗅了嗅。「太過忠心的狗就是討人嫌。」

葉崖香緊緊握住身下的木板，指甲折斷的聲音格外刺耳。葉家的幾大管事全是她父親一手培養起來的，為的便是幫不擅長經營的她守住葉家家產，個個忠心耿耿。如今卻因她的愚蠢，全部折損在這裡。

「楹楹，還沒處理好？」

此時，蕭澤蘭走了進來，輕輕摟住趙花楹的腰肢，落在葉崖香身上的目光像是在看什麼髒東西一樣。

「將酒灌下去就行了，何必跟她廢話。」

趙花楹順勢靠在蕭澤蘭懷裡，朝葉崖香得意一瞥，柔聲道：「殿下，我跟崖香好歹是表姊妹一場，想讓她走得舒服一點。」

蕭澤蘭捏了捏趙花楹的手。「妳呀，總是這麼心善。」

葉崖香看著眼前郎情妾意的一對璧人，自嘲地笑了笑，是她眼瞎，怪不得別人。

「殿下，葉家的倉庫被人炸了！」一名婢女匆匆地走了進來。

蕭澤蘭聞言，猛地看向葉崖香，往日溫和的面龐因憤怒而扭曲，聲音更是尖銳了幾分。

「葉崖香，是不是妳？是不是妳指使人做的?!」

葉家的倉庫臨江而建，帳冊與存銀都在裡面，就算沒被炸毀，恐怕也全部沈入江底。

葉崖香看著眼前恨不能吃了她的男人，哪還有一點握著她的手，說會娶她時的柔情密意，輕笑一聲。

「蕭澤蘭，你可有喜歡過我？」

蕭澤蘭盯著葉崖香唇邊的笑意，微微發愣，而後滿臉不耐。「孤想要的都拿到了。情根深種這種噁心戲碼，孤已經演夠了。」

「這樣啊。」

約莫是被葉崖香無所謂的模樣刺痛了雙眼，蕭澤蘭拿過酒杯，一把掐住她的下頷，將杯中的酒全灌進她嘴裡。

冰冷的酒水滑過喉嚨，落入多日未進食的胃，帶起一片火辣辣的疼。

葉崖香覺得小窗外的景致越來越模糊，意識正在慢慢消散。

這時，一片嘈雜聲由遠及近，侍衛驚慌地喊道：「殿下，不好了，昭王帶著兵馬包圍了府裡！」

「蕭京墨？他不是在邊關嗎？」蕭澤蘭大驚失色。「孤去看看。」

孰料，他剛出門，便被人一腳踹回木屋，捂著腹部蜷縮在地上，哪裡還有一點先前的儀態。

一名身形高大的男子從門外走進來，青藍色長衫搭配著玄色大氅，烏黑長髮被一根白玉簪鬆鬆地綰在頭頂。與這一身富貴公子裝扮格格不入的，是被他緊緊握在右手的長刀。

男子稜角分明的臉上滿是冷意，狹長鳳目掃過木床時，迸發出濃濃的殺機。

「昭王爺，你這是做什麼？」趙花楹連忙衝到蕭澤蘭身側，將他扶起來。「這可是太子府，王爺想造反嗎？你……啊！」

長刀貼著趙花楹的面頰飛過，在她臉上劃出一條血痕，牢牢釘在她身後的地板上，封住了還未說完的話。

「葉崖香，妳送出的證據，本王都收到了。妳千萬別死，死了便見不到本王將蕭澤蘭千刀萬剮了。」

與蕭京墨的冷聲冷語不符的，是他的雙手。他伸出有些發抖的手指，抹去葉崖香嘴邊的鮮血，動作輕柔至極，像是在對待價值連城的易碎品一般。

臉上的溫熱讓葉崖香微微睜開雙眼，看著跪在木床邊的男人。一向愛乾淨的蕭京墨身上滿是泥點，面色蒼白，薄薄的嘴唇四周布滿鬍渣，風塵僕僕。

她想，她一定是中毒太深，產生了幻覺，霸道又囂張的昭王殿下，怎會露出如此悲痛的神情？

葉崖香張了張嘴，想說：殿下，好久不見。

但是，更多的鮮血從她嘴角溢出，蕭京墨紅著眼擦了一遍又一遍，卻怎麼也擦不乾淨。

「葉崖香，本王命令妳，不許睡！」

葉崖香還想說，殿下還是跟以前一樣，明明心善得很，卻總喜歡惡聲惡氣，以後得改一改，不然容易把人嚇跑。

可她來不及說，也來不及再多看蕭京墨一眼，意識便化作一道白光，煙消雲散。

第一章

隆豐二十年，年末。

山間的黃草上覆蓋著一層薄薄的白雪，透過那層白雪，可以看到下面枯敗又潮濕的落葉，呼嘯的寒風中夾雜著若有若無的嗚咽聲。

「嗚嗚，姑娘，您快醒醒！」

山坳中，一間破敗的茅屋裡，身著翠綠色襖裙的姑娘靠坐在牆角處，一邊搖晃被她緊緊摟在臂彎裡的少女、一邊輕聲哭泣。

旁邊另一名穿同色衣裙的姑娘，強忍著眼淚道：「石竹，妳別哭了。我們被人迷暈關在這裡，等姑娘醒後，再看妳這般模樣，定會被嚇到的。」

石竹胡亂抹了把臉上的眼淚。「石燕，我們該怎麼辦？看外面的日頭，已經快到傍晚，若是姑娘被人迷暈，還失蹤了大半天的消息傳出去，名聲可就毀了。」

石燕聽到石竹的話，原本蒼白的面色又白了幾分。在忠勇侯府生活的這一年多，她比石竹看得更透澈。

雖說忠勇侯府是姑娘的親外祖家，府裡的人卻是人前一副嘴臉、人後一副嘴臉，巴不得姑娘出事的人可多了，尤其是姑娘的親大舅母和大表姊。她總覺得，這次的事與姑娘的大舅母脫不了干係。

她曾隱晦提醒過姑娘，不可徹底信賴侯府的人，卻被姑娘訓斥一頓，說她在背後亂嚼舌根，挑撥離間。

此刻，葉崖香頭痛欲裂，耳內嗡嗡作響，但隱約能聽到貼身婢女石竹和石燕的聲音。頭痛慢慢緩解，可另一重困惑又籠罩住她。她記得，為了拉攏人脈，石竹和石燕被蕭澤蘭送給兩個年過半百的官員，難道她們也死了，現在三人在黃泉路上見面？

葉崖香揉捏著眉心，映入眼簾的手指讓她猛地睜大雙眼。

「姑娘，您醒了，太好了！」石竹驚喜地叫出聲來。

葉崖香怔怔地舉起雙手，她記得她被蕭澤蘭灌下毒酒前，已瘦得皮包骨，如今這雙白嫩的手是怎麼回事？

石燕見葉崖香半晌沒出聲，以為她被嚇壞了，忙溫聲安慰道：「姑娘，奴婢查看過了，門被人從外面鎖住，但沒有人看守。我們砸開門，早點趕回去，說不定什麼事都不會有。」

葉崖香輕輕敲了敲腦袋，一副剛醒過來，還有些迷糊的模樣。「我頭暈得很，有些糊塗了。現在是哪一年？」

石竹忙幫她輕輕按揉著鬢角。「隆豐二十年，再過幾天便要過年了。」

隆豐二十年？她重生了！

這是她剛到忠勇侯府的第二年，尚未對蕭澤蘭癡迷，葉家家產也還牢牢掌控在她手裡。

葉崖香強壓下心頭的驚悸，儘量保持鎮定，道：「這是什麼地方？」

「應該是城外的翠安山。」石燕解釋。「那些人將我們關進這裡時，奴婢隱約聽到這三個字。」

居然是翠安山！她上輩子的一切苦難，始於此地。

這年年末，她剛過十四歲，在母親祭日去城外的寺廟請大師替母親做法事，卻在回城途中被一夥蒙面人迷暈了，醒來時便在翠安山。

前世，這件事的最終結局，是她怎麼也沒料到的。

她記得她跟石竹、石燕風塵僕僕，精疲力盡地回到侯府時，她被劫匪掠去，毀了清白的流言，已傳遍京城。

大舅母孟氏與大表姊趙花楹「好心」地幫她出主意，讓她待在後院，暫時不要出門，等流言慢慢平復。

那時，她全心信任她們，以為孟氏真的待她親如閨女，趙花楹也與她情同姊妹，再加上被流言嚇著了，遂聽從她們的建議。

接著，石竹與石燕被調離她身邊，她的院子裡全是孟氏安排的人，她被徹底困在後院，斷絕了與外界的聯繫。

與此同時，趙花楹頻繁地帶來三皇子蕭澤蘭寫給她的信，更不停在她面前誇讚蕭澤蘭。蕭澤蘭在信裡寬慰她，跟她說外面發生的事，又時不時講些山野趣聞逗她開心。後來，還慢慢出現了甜言蜜語。

大半年後，孟氏告訴她可以出門了。外面的流言確實已經消失，但她也沈浸在蕭澤蘭虛構出來的情愛裡。

蕭澤蘭日日獻殷勤，帶她到處遊玩。身為皇子，卻對她唯命是從，外人都言三皇子對她情根深種，她也徹底對蕭澤蘭傾心。

後來，她不僅拿出大量錢財助蕭澤蘭養幕僚，發展勢力，還任由蕭澤蘭在葉家的田莊和鋪子裡安插人，慢慢架空葉家的管事，最後落了那麼個結局。

如今回想起來，恐怕從她被迷暈開始，她便已經陷在忠勇侯府與蕭澤蘭設的局裡了。所謂的親情、愛情，不過是為了葉家的萬貫家財，和她父親生前的名望與人脈，演出來的一場戲。

其實，葉家原本沒有那麼多產業，而是些真金白銀和古玩字畫。她父親病逝前，怕她一個孤女守不住這些東西，遂只留了百萬兩白銀，供她平日花銷，其他的置辦成田地和鋪子。

而負責打理葉家產業的各大管事，全是她父親的心腹，個個對她忠心耿耿。若是沒有她親口發話，任何人都無法從葉家的田莊或鋪子裡提出一文錢來。

正是因為葉家管事們只認她這個主子，忠勇侯府才讓她存活至今。否則，她的好舅舅和好舅母怕是早已謀害她的性命，奪了葉家家產。

她的父親想必也不完全信任忠勇侯府，但她家再無別的親戚，只得將她託付給侯府。如此安排家產及各個管事，都是父親為了保住她性命的用心。

可惜，上輩子她既沒保住性命，也沒守住家業。

此時，石竹也鎮定了下來，問道：「姑娘，將我們迷暈的人是綁匪嗎？沒要我們性命，是想讓侯府拿錢贖人？」

葉崖香怔怔地反問道：「妳們最擔心的是什麼？」

石燕猶豫地說：「姑娘失蹤大半天，如今天快黑了，恐怕在有心人的設計下，滿京城已是姑娘失了清白的流言。」

葉崖香長嘆一聲。「石燕，妳果然看得比我更通透。」

上輩子，石燕便提醒過她幾次，讓她防範孟氏母女，卻被她無視了。

葉崖香打量茅屋內的擺設，緩聲道：「綁了我換錢？忠勇侯府有這個錢嗎？忠勇侯府早已是個空架子，這在京城不是秘密，而不少人也知道，葉家的錢財唯有我本人開口才拿得出來。若真是為了錢，不如綁了侯府的人，讓我拿錢去贖。所以，石燕說的，才是幕後之人的真正目的。」

石竹大驚失色。「那怎麼辦？我們趕緊想辦法出去，早點回府澄清流言。還有，到底是誰想害姑娘？」

葉崖香搖搖頭，既然她已經入了忠勇侯府設的局，就算早點回去，結局也不會比上輩子好。有三皇子在幕後搞鬼，想必這時流言已經傳遍了京城。

她起身，拿了角落的木棍，使勁朝窗子砸去。

石竹與石燕愣了一下，也抓起木棍，開始砸窗子。

葉崖香手上動作不停，腦內更是思緒翻滾，必須想辦法破這個局。

在三人的打砸下，陳舊的木窗終於露出一個大窟窿。

她們從窗子爬出茅屋後，石竹四下看了看，指著一條小道說：「姑娘，這是下山的路，我們趕緊回府。」

葉崖香卻往相反的方向走去。「我們去山頂，從山的另一側下去。」

上輩子的今日，還發生另一件大事，太師及太師夫人在溫泉別莊休養，卻因別莊意外失火，葬身火海。

她記得太師府的溫泉別莊，剛好在翠安山另一側的山腰，離得不遠，希望還來得及。

「姑娘，這豈不是要繞很遠的路？」

「石竹，我們只需聽姑娘的吩咐便可。」石燕拉石竹一把，跟在葉崖香身後。她總覺得，姑娘清醒後，跟往日大不相同了。

葉崖香踩著薄薄的積雪，飛快朝山頂爬去。「我們早點回府也沒用，因為要害我的，正是府裡的人。」

石竹腳下一個趔趄，扶住路旁的樹才穩住身形，聲音因震驚而帶了些顫抖。「侯府的人？怎麼會?!雖說我們吃住在侯府，但姑娘剛到侯府時，便給了六十萬兩白銀，平日也沒少將鋪子裡的新鮮玩意兒送給府裡的人，他們為什麼還要害姑娘？」

葉崖香冷哼一聲。「欲壑難填，六十萬兩白銀跟葉家家產比起來，不過是九牛一毛。」

石竹難以置信地看向石燕，見她一臉平靜，忙問道：「石燕，妳早就知道了？」

石燕點點頭。「平時侯夫人和大表姑娘背地裡看姑娘的眼神，不像是看親人，反倒像是在看仇人。」

幸好翠安山不高，天徹底暗下來之前，三人登上了山頂。

葉崖香氣喘吁吁地說：「既然知道了，以後對侯府的人都留點心。」

石竹連連應下，石燕指著半山腰道：「姑娘，快看，那裡有人家，看樣子應該是莊子。」

葉崖香瞇著眼睛仔細張望，確實是莊子，應該就是太師府的溫泉別莊。

「走，我們去瞧瞧。」

忠勇侯府後院，一間奢華的屋子裡，一名中年婦人正與一個少女低聲交談著。

「確定那丫頭現在還沒回府？」

「確實沒回來。娘，我們不能直接除掉她嗎？」

「哼，妳以為娘不想？可葉家那幾條狗只認葉崖香這個主子，其他人休想從他們手裡摳出一文錢。娘還打聽清楚了，若那丫頭意外身亡，葉家家產便會分成兩半，一半交予朝廷，一半贈給各地的善堂。」

「難道就這麼放過她？」

「放過？妳沒聽見外面的流言？好戲這才剛開始呢。」

在清冷月光和白雪的映照下，下山的小路若隱若現，三個相互扶持的少女，深一腳、淺一腳地朝半山腰的莊子走去。

石竹喘著粗氣道：「姑娘，再撐一下，我們快到了。」

「咦，好像有些不對勁，那些光不是燭火。」石燕直起腰望去，驚呼起來。「不好，那莊子失火了！」

葉崖香吃了一驚，見火勢還不大，甩開被石竹扶住的胳膊，提起裙角往前跑去。

「快走。」

等三人趕到莊子門口時，房屋的外牆已經籠罩在火光中。幾個人倒在院子裡，看衣著，應該是莊子的下人。

「喂，醒醒，你快醒醒！」石燕搖晃著躺在地上的人。「姑娘，怎麼辦？這人叫不醒。」

葉崖香飛快打量四周，院子東側有個溫泉池子，旁邊放著幾只木桶，趕緊走過去，拎起其中一只。

「妳們兩個打水，將院子裡的人潑醒。」

石竹與石燕聞言，立刻分頭動手。

葉崖香拎著木桶趕到主屋前，用力一砸，已被大火包圍的木門轟的倒向一側。

她用衣袖捂住口鼻，走進屋子，屋內還未完全起火，但濃煙分外刺鼻，遂摸索著朝床邊走去，隱約瞧見床上有兩個頭髮花白的老人。

她略作沈吟，拿起一旁桌上的茶壺倒了兩杯涼茶，潑在兩位老人臉上。

「咳咳，老人家，快醒醒！」

片刻後，老翁迷迷糊糊睜開雙眼。「這是怎麼回事？」

旁邊的老夫人也醒了過來。「咳咳，著火了，老爺，這……」

「老人家，快起來，先出去再說。」

約莫是年紀太大，老翁與老夫人雖然醒了，但渾身無力，掙扎幾下，仍沒從床上坐起身。

葉崖香連忙伸手去扶，可她一個小姑娘，哪扶得動兩位老人。

「老爺、夫人，你們沒事吧？」

這時，兩名年輕男子從門外衝進屋，飛快將人扶出房間。

幾人剛走到院子裡，便傳來轟的一聲，主屋徹底倒塌了。

院子裡的人面色一陣慘白，而後萬分感激地看向葉崖香主僕。

將兩位老人安置在一旁的石凳上後，一名領頭模樣的下人走到葉崖香跟前，深深行禮。

「多謝姑娘救命之恩。姑娘所救之人，乃當朝太師及太師夫人。姑娘的恩情，我們太師府沒齒難忘。」

葉崖香心下鬆了口氣，這莊子果真是太師府的，幸好她們趕上了。

這時，太師及太師夫人也緩了過來，朝葉崖香彎腰行禮。「多謝姑娘出手相救。」

葉崖香連忙扶住他們，垂眸道：「不敢當。方才民女不知太師大人及夫人的身分，拿茶水潑臉著實無禮，還望大人及夫人勿怪。」

「姑娘這是哪裡話？姑娘的救命之恩……」

「老爺、夫人，馬車準備好了。」下人趕著馬車走來。

「姑娘，這裡太危險，我們先回府。」太師夫人拉著葉崖香的胳膊。「現在怕是已經過了亥時，請姑娘隨我們回去，歇息一晚。明兒一早，我們親自送姑娘回家，也好報答姑娘的救命之恩。」

用太師府的令牌通過城門，一行人很快回到了太師府。眾人的狼狽模樣將府裡的管家嚇了一跳，連忙派人請太醫、燒熱水、伺候漱洗。

太師夫人指著一名中年僕婦道：「姑娘，這是安嬤嬤，妳先隨她去梳洗一番，稍後老身還有些事要煩勞姑娘。」

太師則吩咐身側長隨。「你去把九殿下請過來。」

眾人應下，葉崖香便隨安嬤嬤離開了。

坐在帶著熱氣的浴桶中，葉崖香正閉目沈思。

太師口中的九殿下，應該是他的外孫，如今還未封王的九皇子蕭京墨。

蕭京墨乃已故皇后所出，深得隆豐帝寵愛，為人囂張霸道，上打過他的幾位兄弟，下揍過地痞流氓，可謂京城一霸。

上輩子，太師夫婦葬身火海後，蕭京墨怎麼也不相信這是意外，為了調查真相，將整個京城鬧得天翻地覆。從未對蕭京墨說過重話的隆豐帝，為此第一次訓斥了他，後來又發生一連串的事，讓蕭京墨慢慢失去了帝心。

但葉崖香知道，其實蕭京墨心眼不壞，上輩子還暗中幫過她好幾次。她總覺得，蕭京墨好似早就認識她，她卻想不起來他們什麼時候見過。

上輩子，蕭京墨見她親密地站在三皇子蕭澤蘭身側時，臉色陰沈，聲音更是冷得能掉冰渣子。

「葉崖香，妳怎麼這麼蠢？」

那時，她正陷在蕭澤蘭的甜言蜜語中，努力想在蕭澤蘭面前維持完美形象，哪容得別人如此說她，遂硬邦邦地回了一句。「請殿下慎言。」

蕭京墨冷哼一聲，咬牙切齒道：「葉崖香，有事找本王。」

後來，蕭澤蘭坐上太子之位，露出真面目，要害葉家所有人性命時，她便將蕭澤蘭養私兵、私造鐵器等證據送到蕭京墨手上。

「姑娘，水涼了，起來吧。」安嬤嬤的聲音打斷了葉崖香的沈思。

破局之法已然成功一半，剩下的，看明日了。

第二章

葉崖香快到正廳時，聽到裡面傳來焦急的男子聲音。

「外祖父、外祖母，你們有沒有事，可有什麼地方傷著了？別莊怎麼會突然失火？」

太師的聲音緊接著響起。「殿下，莫慌，我與你外祖母都沒事。」

葉崖香撩開簾子走進去。「見過九殿下、太師大人、老夫人。」

太師夫人一把拉住葉崖香的手。「這姑娘正是我們的救命恩人。剛才慌慌亂亂的，還沒問姑娘是哪家的？」

「葉崖香，是妳？」蕭京墨驚異的聲音響起。

葉崖香抬頭望去，見蕭京墨稜角分明的面上，夾雜著感激、詫異、欣喜，還有幾分懷念。

如此神色讓葉崖香更加確定，蕭京墨應該很早就認識她，可是她對蕭京墨實在沒什麼印象。

她壓下心中的思緒，平靜開口。「殿下認識民女？民女是已故巡鹽御史葉君遷之女，葉崖香。」

「妳是葉大人的閨女？」太師神色激動。「當年葉大人三元及第，讓多少讀書人驚嘆，後又隻身前往江南，憑一己之力肅清混亂不堪的江南鹽政。葉大人雖已不在世，其風采仍舊讓朝中百官敬仰，如今陛下每每遇到難題，總忍不住感慨，若是葉大人還在就好了。」

葉崖香只知道父親在朝中有不小聲望，卻沒有太師知道得這麼詳細。難怪上輩子蕭澤蘭放出會娶她的消息後，一些從不參與立儲之事的大臣，對蕭澤蘭的態度好了不少。

「外祖父，先不說這些。」蕭京墨緊緊盯著葉崖香。「這麼晚了，葉姑娘怎麼會在翠安山？」

葉崖香垂眼道：「今日乃民女母親的祭日，民女去寺廟為母親做法事，結束後見天色尚早，便想去翠安山散散心。但民女和兩位婢女不識得路，在山上迷失方向，找到下山的路後，天已經黑了。路過一座別莊時，發現屋裡起火，遂順手救人，不知裡面是太師大人及夫人。」

葉崖香打定注意，既然要破她被劫匪辱了清白的謠言，那她被人迷暈這事，最好別讓任何人知道。因此，這話是三分真、七分假。

蕭京墨聞言，緊繃的面色緩和不少，彎腰抱拳。「多謝葉姑娘，妳救了我外祖父和外祖母，我必有重謝。」

葉崖香微微側身，避開了蕭京墨的禮。「民女只是順手救人，是太師大人及夫人自身福厚。」

她猶豫片刻，謹慎道：「不知民女的猜測是否準確，但民女覺得，這事還是應該說與殿下知曉。民女進莊子救人時，發現莊子裡的人睡得特別沈，用水潑才能醒，好像有些不對勁。」

太師及太師夫人相視一眼，而後朝蕭京墨點了點頭。

蕭京墨眼中的殺意一閃而過，沈聲道：「我知道了，還請葉姑娘不要告訴其他人。」

站在一旁的安嬤嬤突然想起京城傳得沸沸揚揚的流言，開口道：「老奴有一事要稟報，今日京城的人都在傳，忠勇侯的外甥女被劫匪掠去，辱了清白。忠勇侯的外甥女，豈不正是葉姑娘嗎？」

蕭京墨眉頭緊皺。「什麼？」

葉崖香臉色蒼白，身形搖搖欲墜，紅著眼眶道：「沒有，這事不是真的……」

蕭京墨趕緊扶住她，又問安嬤嬤。「傳播謠言的人可多？」

安嬤嬤面露不忍。「傍晚時分，滿京城都在傳這件事了。」

葉崖香面上徹底失了血色，淚珠一串一串的往下掉，哆嗦著嘴唇，不知道該說什麼。

太師夫人連忙將她攬進懷裡。「好孩子，妳莫急，明日我們親自送妳回府，整個太師府都可以幫妳作證。」

蕭京墨也安慰她。「別怕，有我在。我保證，明日過後，無人敢再亂嚼舌根。」
葉崖香含著淚說：「多謝殿下和夫人。」
太師夫人見葉崖香慢慢平靜下來，溫聲道：「好丫頭，快半夜了，今兒妳經歷的事不少，先去休息。妳儘管安心，明日一切有老身在。」又吩咐人。「安嬤嬤，妳帶葉姑娘去客房。」
葉崖香應下，跟在安嬤嬤身後去了。

片刻後，主僕三人進了客房，看佈置，應該是專門給貴客休息用的。
等安嬤嬤離開，進太師府後就沒吭過聲的石竹低聲道：「姑娘怎麼說我們是去翠安山散心的？我們不是被迷暈……」
葉崖香凝視著石竹的雙眼。「沒有什麼綁匪，也沒有什麼迷暈。剛剛我在正廳所說的，便是事實。」
「是，奴婢明白了。」石竹連忙應道。她也想清楚了，她腦子笨，少說多做，什麼都聽姑娘和石燕的，一定不能給姑娘惹麻煩。
「姑娘，床鋪好了，先歇息吧。」石燕放下床帳。「奴婢和石竹歇在外間，姑娘有事便叫奴婢。」

躺進被窩後，葉崖香一直緊繃的心弦才放鬆些。

到目前為止，一切如她所料，只是多了蕭京墨這個意外，不過也不算是壞事。

其實，她的計策很簡單，謠言傳得再厲害也是謠言，若有權有勢的人出來替她作證，那些謠言便會不攻自破。

此時，太師府正廳的氣氛有些沈重。

太師沈聲道：「今日晚飯過後，老夫便覺格外疲乏。如今看來，是被人下了藥。」

蕭京墨目光微冷。「外祖父，這事交給我去查，這幾天您和外祖母少出門。」

「好。」太師點點頭。「今日真是多虧了葉大人的閨女，否則……不過，外面這謠言又是怎麼回事？」

太師夫人常在京城高門中走動，對各府當家主母的秉性自是有所了解，當即冷笑出聲。

「葉姑娘何時出門、何時回府，外人如何知曉？再說了，葉姑娘是出門辦事，回來得晚一點本是正常。結果剛到傍晚，滿京城都在傳她失了清白的謠言，若說這背後沒忠勇侯府的手筆，誰信？」

蕭京墨冷哼。「連親外甥女都算計，真不是東西。不過，忠勇侯府僅餘一個空架子，只憑他們，怕是不能讓流言傳得這麼快。」

太師身居廟堂多年，自是看得更遠。「葉姑娘不僅手握葉家萬貫家產，背後還關係著葉大人的同窗和學生，這些人當中，如今可有不少在朝堂身居要職。錢跟勢都有，可不讓某些人蠢蠢欲動？」

蕭京墨譏笑。「如今父皇身強體壯，這些蠢貨自作聰明，趕著去找死。」

隔天清早，京城的百姓就被一個大消息轟暈了腦袋——

昨晚太師及太師夫人差點被燒死在自家別莊，幸好被人救出來。救他們的人，正是被謠傳毀了清白的忠勇侯外甥女。

一大早，太師府獸頭朱漆雕花大門大開，身著太師府服飾的侍從魚貫而出，緊隨其後的是兩匹駿馬拉著的華貴馬車，車簾上的太師府家徽泛著銀光。車後是四抬紅漆大木箱，看著頗為沈重。

兩列佩著利刃的銀鎧士兵在前面開道，看盔甲樣式，是九皇子府的親兵。

一行人浩浩蕩蕩行走在大道上，如此動靜，自是吸引了一大群百姓圍觀。

往日，九皇子府的親兵個個跟悶葫蘆似的，休想同他們嘴裡撬出一個字。今日卻和氣得很，有問必答。

很快地，圍觀百姓便知道了，這陣仗是太師和太師夫人要送他們的救命恩人回府。

據那些親兵說，昨日忠勇侯的外甥女葉崖香替母親做完法事後，去翠安山散心，看見太師府的別莊失火。葉崖香雖是一個弱女子，卻不顧自身安危，勇闖火海，救了太師一家。

所謂眼見為實，太師府如此大張旗鼓地送葉崖香回府，葉崖香救了太師一家的義舉，絕對是真的。昨日流傳她被匪賊掠去，辱了清白，定是有人在造謠。

一傳十，十傳百，忠勇侯外甥女救了太師一家，卻被人惡意造謠中傷的事，傳遍大半個京城。

圍觀百姓一個比一個義憤填膺，紛紛替葉崖香抱不平。

「是誰這麼黑心肝？散播這等流言，豈不是要逼死人家小姑娘？」

「葉姑娘不愧是葉大人的閨女，膽識令人佩服！」

「葉姑娘明明在做好事，卻被傳得那般不堪。背後造謠之人，合該被雷劈！」

坐在馬車內的葉崖香，瞧見外面的陣仗，心下明瞭，這是太師府在替她撐腰，感激道：

「多謝太師大人，多謝夫人。」

坐在對面的太師夫人拍了拍她手背。「妳是個聰明的，日後對身邊的人可要多留幾分心。」

這時，車窗被人輕叩幾下，車簾掀起，露出蕭京墨凌厲的眉眼。

「我去趟皇宮，這件事可不能就這麼算了。」

他說完，放下車簾，策馬離開。

此時，葉崖香從失了清白之人變成太師府救命恩人的消息，還沒傳進忠勇侯府，侯府眾人正在商討怎麼處理葉崖香的事。

一名中年男子坐在壽春堂主位上，正是葉崖香的大舅舅，忠勇侯趙廣白。

趙廣白斜靠在椅背上，癡迷地摩挲著手裡的白玉壺，嘖嘖道：「看這工藝、這成色，嘖嘖，果真是極品。葉家鋪子的東西真不錯，就是管事太不會做人了。上次我看中了一柄白玉扇，管事非說要崖香那丫頭親自開口，才能給我。」

坐在一旁的忠勇侯夫人孟氏緩緩道：「這是葉家的下人守規矩。」

站在孟氏身後的，是個柳眉杏腮的婦人，乃姨娘花氏。花姨娘嗤笑道：「主子都不要臉了，奴才還會守規矩？看看外面傳成什麼樣了。既然表姑娘已經失了清白，便不該養在侯府，別帶壞了府裡姑娘的名聲。要我說啊，就得送到外面的廟，絞了頭髮當姑子。」

孟氏輕聲道：「崖香再怎麼說也是我的親外甥女，怎能送到外面去？不過發生了這等羞恥的事，確實不宜再拋頭露面。且在府裡單獨隔間院子出來，讓她好好待著，先別出門。」

趙廣白點點頭。「夫人說得有理，讓那丫頭以後別出去了，若田莊跟鋪子裡有事，我們幫忙處理便可。」

孟氏笑意溫和，目光溫柔似水。「我們也不是圖葉家的家產，只是她出不了門，鋪子裡的事總不能讓幾個管事說了算。我們做親戚的，應該幫她盯著點。」

趙廣白目露贊同之色。「那丫頭一向聽夫人的話，等她回來，妳好好跟她說說。」

花姨娘眼珠子一轉，忙湊到孟氏耳旁，道：「小姑娘家家的，臉皮又薄，我們可以這樣……」

孟氏滿意地點點頭，隨後跟趙廣白商量起葉家的哪個鋪子可以讓誰負責。聊到最後，三人忍不住笑出了聲。

這一幕恰好落入剛準備進門的一對主僕眼中，走在前頭的是身著月白色襖裙的少女，英氣眉眼中帶著焦慮和擔憂，此刻又染上了憤怒。

「大伯、大伯母，表妹一夜未歸，你們既不想辦法阻止外面的謠言，也不派人去尋找表妹，反而在這裡惦記著她的家產，是不是太過分了？」少女行過禮後，對著主位的二人正色道。

這少女正是忠勇侯府二房長女，葉崖香的二表姊趙佩蘭。二房老爺和夫人某次外出時，馬車翻進河裡，雙雙殞命。此後，趙佩蘭沒生養在侯府，反而長年住在舅舅家。

昨日她聽到外面的謠言，回了自父母過世後就極少踏足的侯府，想看看到底是怎麼回事。

雖然這次葉崖香來京城後，沒與她多親近，但她父母失蹤時，姑父和姑母特地從錦官城趕到京城，帶人沿河找了上百里，而侯府的人只找了三天，便將一切交給衙門處置。而當她哭鬧著要爹娘時，更是姑母沒日沒夜地抱著她、安慰她。

而後幾年，她時常能收到從錦官城寄來的衣物，大部分是姑母親手做的。即便病重，姑母仍親手替她做了一身小衣。姑母病逝後，每逢年節，姑父也從沒忘記幫早已不住在侯府的她準備禮物。

現在，姑父與姑母唯一的血脈出了事，大伯一家卻毫不在意，反而只盯著他們留給表妹的財產，叫她怎能不憤怒？

孟氏面色微僵，淡笑道：「聽佩蘭這丫頭說的，我們也擔心崖香，我這不正準備安排人去找。」

見趙廣白及孟氏面色不善，趙佩蘭的奶娘偷偷拉她衣角，想讓她別出頭，趙佩蘭卻繼續道：「現在才安排人去找，昨兒做什麼去了？若表妹真在外面出了事，你們對得起我死去的姑父和姑母嗎？」

「二妹，這事怎麼能怪我爹娘呢，表妹都那麼大了，難道我們能不許她出門？誰料到會發生這種事。」

說話的是剛從門外走進來的少女，約莫十四、五歲，面若芙蓉，膚勝白雪，一身煙紫色鑲毛襖裙，當真是嬌媚可人，正是忠勇侯嫡女，葉崖香的大表姊趙花楹。

趙花楹進門後，靠在孟氏身側，嬌美的面上露出惋惜，柔聲道：「表妹發生這種事，著實令人痛心，但也不能讓表妹連累了整個侯府的名聲。想必今日過後，表妹定然羞於出門，讓表妹待在後院少露面，也是為她好。至於家產，我們和表妹是一家人，何必分得那麼清楚？」

趙佩蘭扭過頭，冷哼一聲。這侯府裡的人，她最不喜的便是趙花楹，永遠都戴著一副溫溫柔柔的面具。

孟氏寵溺地拍了拍趙花楹手背，笑道：「正是楹楹說的這樣。」

這時，侍從慌慌張張地跑進來。「老爺、夫人，表姑娘回來了。」

花姨娘捂著嘴，笑道：「喲，不會直接帶個表姑爺來了吧？」

「混說什麼。」孟氏輕斥一聲，嘴角的笑意卻也壓不住。

侍從結結巴巴地解釋。「不是，外面都在傳，表姑娘是太師府的救命恩人，太師大人及夫人親自送表姑娘回來，已經快到門口了。」

「什麼?!」趙廣白大驚失色，手中的白玉壺摔到地上，碎成幾瓣。

孟氏與趙花楹相視一眼，都有些難以置信。昨日三皇子蕭澤蘭派人傳來消息，說一切安排妥當，怎麼只一晚，事情便完全超出了掌控？

趙佩蘭面上的怒氣消散不少，露出些許笑意。

趙廣白雖然襲了祖上的爵位，卻只在吏部領了個五品閒職。太師手握實權，又是當今皇帝的老師，豈是他小小一個忠勇侯能得罪的？

他也顧不上心疼他的白玉壺了，忙整理衣冠，帶著眾人去正門迎接。

第三章

這時，好奇心被勾起來的京城百姓遠遠圍在侯府門口，想看看從昨晚到今日，名聲大起大落的葉家姑娘到底長什麼模樣。

一對頭髮花白的夫婦先下了車，皆著深紫色錦袍，正是太師及太師夫人。

緊接著，有個十四、五歲的少女被兩名清秀婢女扶下來。少女一身鵝黃色百蝶穿花鑲毛襖裙，烏黑秀髮用兩根白玉蘭花簪綰起，五官端莊大器，一雙桃花眼明亮又靈動，眼角有顆殷紅的淚痣，為整個人平添幾分風流，當真是好一個標致的姑娘。

趙廣白見到來人，連忙行禮。「下官見過太師大人，不知大人駕臨，有失遠迎。」

太師輕應一聲，越過侯府眾人，朝府內走去。太師夫人沈著臉，握著葉崖香的手，跟在太師身後。

葉崖香看著忠勇侯府的大門，華貴厚重，一如她前世多次所見一般，目光從畢恭畢敬彎腰站在府門前的眾人身上一一掃過。

為首的是她的大舅舅，忠勇侯趙廣白，後面是她的大舅母孟氏與大表姊趙花楹。

這些都是她的血脈親人，卻也是想要她命的仇人。

葉崖香的目光落在最後面的趙佩蘭身上，神情有所緩和。上輩子，因為趙花楹的緣故，她與這個二表姊不是很親厚。但臨到最後，她被囚禁時，是當時已經嫁人的趙佩蘭設法買通下人，偷偷送吃的給她。

到壽春堂，眾人落坐，葉崖香向趙廣白行禮。「外甥女徹夜未歸，勞大舅舅和大舅母擔心，實屬不該，請大舅舅責罰。」

未等忠勇侯府的人發話，太師夫人便將葉崖香拉到身側。「崖香是為了救我和我家老爺，才耽擱了回府的時辰。忠勇侯深明大義，必是能體諒的。」

孟氏及趙花楹的臉色有些難看，太師夫人如此護著葉崖香，意思再明確不過——葉崖香是太師府看重的人。

趙廣白神色微僵，忙點頭道：「老夫人說得對，這怎麼能怪崖香。」

太師緩緩開口。「崖香為救老夫及夫人，徹夜未歸，怎麼沒見侯府派人出去尋？」

趙廣白側頭看向孟氏。他不管府內的事，今早才知道葉崖香不在府裡。

孟氏捏了捏手裡的錦帕，不慌不忙地回答。「昨日崖香說要去寺廟替她母親做法事，我們也不知要多久，見她到了晚間還未回，以為她想在寺裡借宿一晚。今天早上，我們正準備派人去寺裡問一聲，便恰好遇見太師及夫人送她回府了。」

太師夫人冷聲道：「老身倒是不知侯府是如何行事的，外面竟全是親外甥女的謠言。你們既不查是誰在造謠，也不阻止謠言擴散，差點毀了崖香的名聲。」

孟氏有些為難地說：「實在是侯府勢單力薄，謠言傳得太快，想阻止卻也無能為力。」

太師夫人在心底冷笑，昨晚她便猜到這謠言與忠勇侯府有關，但沒有證據，不好發作，遂輕哼一聲。

「崖香是太師府的救命恩人。日後該如何行事，想必貴府應當清楚。」

她說完，不再理會侯府眾人，拉著葉崖香的手道：「我府裡有不少新進的布疋、首飾，我挑了幾樣看得過去的，讓人送到妳院子裡去？」

葉崖香連忙拒絕。「哪能讓老夫人如此破費，崖香不敢收。」

太師夫人命人將四個紅漆木箱抬進來，笑道：「救命之恩可不是這點東西能回報的。這只是我的一點心意，不許推辭，否則我可生氣了。」

「謝老夫人。」葉崖香行禮道謝，而後目露期盼地看向太師夫人。「老夫人可要去崖香院子裡坐坐？」

太師夫人略作沈吟，笑道：「也好，我去看看妳住的地方。」

孟氏聞言，忙上前帶路，趙廣白則留在正廳陪太師。

走在最後的趙花楹，目光不善地盯著葉崖香的後背，總覺得葉崖香這次回來後，與往日大不相同，隱隱讓她不安。

眾人走進西南側的小院裡，院內只有一間主屋、兩排側房，掉光葉子的花木圍著一株梅樹，梅樹上零星點綴著幾朵小紅花。

太師夫人四處打量一番，有些不滿。「崖香，葉家可是傳承上百年的清貴世家，如今沒爹娘照看著，妳竟只能住這等小院子。」

孟氏聽了，面上青一陣、白一陣，不知該如何接話。

趙花楹見狀，上前嬌嬌柔柔行了個禮，淺笑道：「老夫人誤會了，這院子看著是小了些，但一草一木皆是精心培育，而且冬暖夏涼，是府裡一等一的好住處。」

葉崖香看看住了一年多的小院。上輩子她剛來時，同樣詫異於她大舅母怎麼替她安排了這麼個地方，當時趙花楹也是如此說詞，她便信以為真，還感激了一番。

如今看來，這小院不知比趙花楹住的迎花苑差了多少，也就比府裡管事嬤嬤住的地方要好一些。上輩子她果真是被豬油蒙了心，堅信孟氏母女是真心待她好。

如今趙花楹又拿出這番說詞，葉崖香心底冷笑，面上卻擺出感激的神色。

「爹娘過世後，崖香再無別的親人，承蒙舅舅和舅母願意照顧，崖香卻不知自己占了府裡最好的院子，著實惶恐。還望舅母替崖香換個地方，好讓崖香住得安心。」

趙花楹面色一僵，忙笑道：「表妹是自家人，何必如此見外？這院子本就是特地為表妹準備的，表妹只管安心住著。」

葉崖香直搖頭。「之前不知這院子是府裡最好的地方，現在知道了，哪敢霸占著？也不必煩勞舅母費心收拾其他院子，崖香記得母親出嫁前的蘭汀苑還空著，正好可以住進去。」

「不行！」趙花楹察覺到自己的語氣太急了些，連忙緩下來。「那蘭汀苑……」

「老身倒是覺得頗為合適。」太師夫人打斷趙花楹的話。「崖香這丫頭命苦，娘親去得那般早，現在讓她住她娘原先的院子，也算是讓她有個念想。侯夫人，妳說可對？」

孟氏聽了，堆著笑臉應下。「對，明兒我便安排人幫崖香將東西搬過去。」說完，差點咬碎了一口銀牙。

另一邊，蕭京墨一路縱馬到皇宮外，將馬鞭拋到守門侍衛手裡，大步朝隆豐帝處理政務的乾德殿走去。

他剛到門口，便叫嚷道：「父皇，有吃的沒有？兒子早飯沒吃飽！」

隆豐帝手中筆墨不停，頭也沒抬。「連早飯都吃不下去？可是又闖禍了？是打了你哪個兄弟，還是砸了哪家大臣的門？」

站在隆豐帝身後的大內總管蘇木，朝蕭京墨行過禮後，低聲吩咐宮人去準備吃食。

蕭京墨倚在門框上，斜睨隆豐帝。「兒子是在為大乾的臣子感到心寒。」

「又皮癢了是吧？」隆豐帝抽出兩本奏摺，輕輕砸在蕭京墨身上。「說人話！」

「嘿嘿。」蕭京墨撿起奏摺，整整齊齊擱在龍案上。「您看葉大人，有才能、有膽識，可惜剛過中年便病逝在任上，可說是為父皇您操勞而死，您至今還經常念叨他。葉大人生前最寶貝他的閨女，但他過世沒多久，他的閨女就差點被謠言毀了名聲。」

「什麼！」隆豐帝抬起頭，面上帶了些怒色。「蘇木，外面在傳哪些謠言？」

蘇木身為大內總管，早已收到消息，忙恭敬回道：「昨兒滿京城都在傳，葉大人之女被匪賊掠去，毀了清白。」

隆豐帝皺著眉頭，看向蕭京墨。「這件事可是真的？」

「當然是假的！昨日這謠言傳得沸沸揚揚時，葉姑娘正在火海裡救父皇您的老師以及師娘，也就是兒子的外祖父和外祖母，當朝太師一家的性命。」

啪！隆豐帝一掌拍在龍案上，沈聲道：「仔細說來。」

蕭京墨將昨日葉崖香所說的轉述一遍，不過隱去了太師府眾人被下藥之事，打算查清楚後再上報。

末了，他嘆道：「您說，葉大人若是泉下有知，該有多心疼？」

「太師及老夫人可有事？」

「受了些驚嚇，沒什麼大礙。」

隆豐帝提筆寫字，道：「蘇木，你去庫房備兩份東西，一份送去太師府、一份送去忠勇侯府，這道聖旨也帶去忠勇侯府。」

蕭京墨拿過隆豐帝剛寫的聖旨，飛快看了下，笑嘻嘻道：「這聖旨兒子拿去禮部過一遍，然後替您跑腿，親自送到忠勇侯府。」

聖旨若是特意送到禮部的話，按照規矩，禮部不僅得派儀仗隊隨去宣旨，還得將聖旨內容謄抄幾份，貼在城門口及各個街道的告示欄上，告知京城百姓。

隆豐帝瞥了蕭京墨一眼，擺擺手。「滾吧。」

剛送走太師府的人，侯府眾人只覺身心俱疲，但未來得及喘口氣，便聽見門口有人朗聲道：「忠勇侯府及葉姑娘接旨。」

忠勇侯府的人見是九皇子蕭京墨親自頒旨，後面還跟著禮部的儀仗隊，忙大開正門，將他們迎進府內，備香案，洗手淨面後，跪接聖旨。

聖旨內先大肆稱揚了葉君遷生前的功績，再將葉崖香誇讚一遍，說她不愧為葉家女，並賞賜一大堆東西。最後要求忠勇侯府查明造謠之人，字裡行間，隱隱對忠勇侯府的行事有些不滿。

趙廣白擦了擦額頭的冷汗，他深知自己的爵位和官職靠的全是祖蔭，現在隆豐帝對他不滿，升遷怕是更加無望。下一刻，他又想到，葉家鋪子的好東西不少，不如拿幾件去打點關係，讓人在隆豐帝面前替他美言幾句。

他想通後，恭恭敬敬準備去接聖旨，孰料蕭京墨卻將聖旨給了葉崖香。

葉崖香連忙伸出雙手接過。「民女謝陛下隆恩。」

蕭京墨將她虛扶起來。「有了這聖旨，看誰還敢亂嚼舌根。」

葉崖香看著手裡的明黃錦布，心情有些複雜。昨日她還想著，她的計劃裡多了蕭京墨這個不算壞事的意外，沒想到今日他便帶來了意外之喜。

有了這聖旨，日後若是誰還想拿她的名聲做文章，恐怕得先掂量掂量，畢竟她可是隆豐帝親口讚譽過的人。

見府裡眾人忙著引導禮部官員將御賜之物送進她的院子，葉崖香對蕭京墨小聲道：「這道聖旨，多謝殿下。」

蕭京墨抱著胳膊。「妳要是真感激我，以後在我面前別這麼客氣。還有，日後出門多帶些人，有事便去找我。」

葉崖香微微皺眉，她與蕭京墨並不熟，蕭京墨這麼熱心是何意？

蕭京墨瞧見她的神色，面上有些不滿。「葉崖香，妳真的不記得我了？」

葉崖香努力回想，實在沒想起她與蕭京墨有什麼交集，搖搖頭。「還請殿下明示。」

「哼，妳自己想。」蕭京墨冷哼一聲，甩著袖子告辭。

蕭京墨頒完聖旨，回乾德殿覆命，碰見同樣準備進宮的蕭澤蘭，遂揉捏著拳頭，出聲招呼。

「三哥，我們有幾日沒切磋了，不如今日再切磋一番？」

蕭澤蘭看著攔住他的蕭京墨，心中暗恨。他母妃身居貴妃高位，且得隆豐帝獨寵，皇后去世後，便統領後宮。他自己也頗得隆豐帝喜愛，眾皇子中，幾乎無人可擋他的鋒芒，太子之位本是毫無懸念。

可是，偏偏有個蕭京墨。

蕭京墨乃先皇后所出嫡子，身分比他高。隆豐帝雖然寵愛他母妃，卻對先皇后念念不忘。隆豐帝對他是喜愛，對蕭京墨則是溺愛，而且蕭京墨還有太師府這個手握大權的外祖家，簡直生來就是為了剋他的。

蕭澤蘭斂住心神，溫聲笑道：「誰人不知九弟武藝超群，三哥甘拜下風。我還得去向母妃問安，先行一步。」

「急什麼？」

蕭京墨冷哼一聲，不再言語，一拳攻向蕭澤蘭臉面，蕭澤蘭連忙出手格擋。

周圍的宮人早已習慣這一幕，默默後退幾步，空出一大片位置來。

蕭澤蘭雖有賢名，但以文見長，哪是在軍營待過幾年的蕭京墨的對手。十幾個回合後，蕭澤蘭以手護住臉面，連聲道：「九弟，住手，我認輸。」

「沒趣！」蕭京墨冷哼一聲，收回拳頭，頭也不回地朝乾德殿走去。「有時間多練練武藝，少動些歪心思。」

蕭澤蘭摸了摸腫痛的嘴角，壓下眼中的暗色，走向另一側。

乾德殿內，隆豐帝見蕭京墨外袍有些凌亂，頭痛道：「又跟人動手了？」

蕭京墨一屁股坐在龍案旁的椅子上，隨意道：「跟三哥過了幾招。」

隆豐帝神色不變。「他招惹你了？親兄弟，別經常動手動腳的。」

他們兄弟之間的競爭，蕭澤蘭卻拿一個姑娘的名聲做文章，這等陰險的手段，蕭京墨實在是看不上。

可是，他沒有證據，遂道：「兒子只是手癢了，想同三哥切磋一番。」

隆豐帝指著案上那疊高高的奏摺。「手癢了，那幫父皇批奏摺。」

蕭京墨提起腳，一邊慢慢往門外挪、一邊討好地說：「兒子覺得，父皇年輕力壯得很，不需要這麼早讓兒子幫您分憂。」

隆豐帝見出門後跑得比兔子還快的蕭京墨，笑罵道：「臭小子，給朕回來！」

見蕭京墨跑得更快了，隆豐帝笑著搖搖頭。批閱奏摺這等事，若是換成他的其他兒子，怕是高興都來不及，只有蕭京墨避得遠遠的。

有野心，但能控制住；有手段，但能守住底線；行事乖張，卻重情義。

外人都說他溺愛蕭京墨，這樣的兒子，讓他這個做父皇的如何不偏愛？

乾德殿東側乃萃華宮，是隆豐帝最寵愛的妃子越貴妃的住所。

萃華宮主殿內，國色傾城，衣著精美華麗的越貴妃坐在主位上，既心疼又憤怒地看著宮人替蕭澤蘭上藥。

嘴角一片瘀青的蕭澤蘭，淡淡道：「母妃，這又不是第一次了，何必動怒？」

越貴妃將手中的茶盞重重一放。「公然在宮中動手，蕭京墨真是越來越放肆！你父皇倒好，還一味地縱容他。」

蕭澤蘭譏笑一聲。「我們又不是現在才知道父皇偏愛他。若再不加快動作，這太子之位，遲早是他的。」

「他休想！本宮好不容易才將那女人……太子之位必須是本宮兒子的！」越貴妃強壓下怒氣，眼內閃過幾分思量。「過幾日便是大年宮宴，本宮會讓葉家那姑娘進宮。澤兒，你可得好好抓住這次機會。」

蕭澤蘭點點頭，沈聲道：「本來是萬無一失的計劃，先用流言將葉家女困在後院，斷絕她與外界的聯繫，再讓她徹底迷戀上我，心甘情願為我所用。只是不知何處出了紕漏，讓葉家女成了太師府的救命恩人，還讓蕭京墨和她搭上關係。」

越貴妃神色微沈。「會不會被蕭京墨捷足先登？」

蕭澤蘭嗤笑，露出嘲諷表情。「就蕭京墨那霸道囂張的性子，如何能討姑娘歡心？除非葉家女眼瞎。」

越貴妃點點頭，京城有不少貴女對她兒子芳心暗許，討姑娘歡心的本事，十個蕭京墨都比不上她兒子。

她拍了拍蕭澤蘭的手背。「要不是我出身普通農戶，讓你沒有強大的外祖家可以依靠，也不必委屈你去同葉家那孤女周旋。」

蕭澤蘭笑道：「為了葉家富可敵國的家產，和葉君遷留下的聲望及人脈，這點委屈算什麼。現在最要緊的，是讓我和葉家女多接觸，讓她對我產生好感。若是父皇能直接下旨賜婚……」

越貴妃冷哼。「我已經試探過你父皇，他是指望不上了。放心，母妃安排好了，只等大年宮宴。」

第四章

忠勇侯府吵吵鬧鬧了一天，終於清靜下來。

葉崖香只覺全身痠痛，想必是昨晚爬山和救人造成的，遂趴在床上，讓石竹幫她揉捏，閉目盤算著。

有了太師府造的勢，和隆豐帝的聖旨，外面沒人再提及之前的流言，對她稱讚不絕。可惜，那些蒙面人大概已經被處理掉了，沒有證據，也不能對侯府如何。

不過，她不急，急的該是忠勇侯府和蕭澤蘭，他們為了她手中的錢和勢，肯定還會不停往她跟前湊，她有的是機會。

這一困局已破，下一步該清理她院子裡的人了。院子裡，除了石竹和石燕，其他都是孟氏安排的人。她從葉家帶來的下人，全被安排去了城外別莊，得想辦法換回來。

一直在整理東西的石燕，看了看屋內，笑道：「姑娘，收拾得差不多了，剩下的是一些今晚要用的東西。」

「好，明日搬去蘭汀苑時，妳們盯著，貴重之物和我貼身的東西，別讓外人碰了。」葉崖香沒睜眼，將聲音壓低。「還有，多留意我大舅母和大表姊，看看她們平日都見了些什麼人。」

葉崖香之所以當著太師夫人的面，說她想搬去蘭汀苑，讓孟氏無法拒絕，一是因為趙花楹看中了那個院子，她不想讓她娘親的東西落入趙花楹手裡。再者，蘭汀苑外有一道角門，直通侯府後街，方便她日後行事。

「石燕，妳抽空去找忠管事，讓他在外面置辦一間宅子。」

石燕大吃一驚。「姑娘，您這是想搬出侯府？」

葉崖香點點頭。「既然已經知道舅母他們的真面目，我也及笄了，便該考慮搬出去。」

「太好了。」石竹分外高興。「住在這裡，奴婢總覺得不自在。」

石燕卻有些遲疑。「侯爺和夫人恐怕不會答應。」

「在他們眼裡，我可是座金山，當然不會輕易放我離開。」葉崖香輕笑一聲。「這事得慢慢籌劃。置辦宅子的事，不可走漏風聲。」

她正說著，一個婢女敲門道：「表姑娘，二姑娘來了。」

葉崖香忙起身整理衣服，開門後見趙佩蘭站在院中，便迎過去。「二表姊來了，進屋坐。」

從前幾次相處裡，趙佩蘭察覺葉崖香並不是很喜歡她，搖搖頭。「我是來告辭的。既然表妹沒事，我也該回舅舅家了。」

葉崖香這才明白，趙佩蘭是擔心她，才特地回侯府，福身道：「之前是崖香不懂事，對二表姊多有誤會，請二表姊勿怪。」

趙佩蘭見葉崖香神色帶有幾分歉意，笑道：「妳我是表姊妹，有什麼怪不怪的。表妹若信得過我，聽我一句，在這侯府，除了妳的自己人，其他誰也別信。」

「多謝二表姊提醒。」葉崖香見趙佩蘭確實不願多待，便說：「表姊稍等。」片刻後，葉崖香從屋內拿出一個木匣。「這是我的一點心意，望表姊莫推辭。」

趙佩蘭打開木匣一看，只見裡面共有兩層，上面一層放著幾支簪子，樣式都是她喜歡的。下一層鋪了一把碎銀，約莫有近百兩，碎銀下是五張各一百兩的銀票，最下面是一張鋪子的書契。

她被匣子裡的東西嚇了一跳，連忙搖頭。「這些太貴重了，我不能收。」

葉崖香將木匣推到趙佩蘭懷裡，笑道：「李大人一家是真心疼愛表姊，但李大人家境如何，表姊比崖香更清楚。這些東西對崖香來說，根本不算什麼，表姊只管收下。」

趙佩蘭聞言，有些猶豫。四年前，她半夜發燒，燒了一整夜都沒人發現，差點癡傻，再加上她不願待在侯府，她舅舅便將她接走，極少回來。

她爹娘失蹤前，侯府兩房並未分家，財產都在公中，由她大伯母掌管。爹娘失蹤後，她每月能從侯府領取四兩銀子的月例，但其他錢財卻一分都碰不到。

舅舅一家從沒將她當外人，幾個姑娘有的她都有，但舅舅只是京兆府的主簿，月俸不高，不僅要養一家人，還要供她表哥治學，家裡實在有些捉襟見肘。

再三猶豫後，趙佩蘭抽出那張鋪子的書契，塞回葉崖香手裡。「其他的，我收下了。只是這鋪子，我真不能要。」

葉崖香將書契放入匣子，手按在匣蓋上。「授人以魚，不如授人以漁，表姊應該比崖香更懂這道理。這鋪子在武安大街上，生意不錯，雖辦不了大事，但賺些脂粉錢還是夠的。」

趙佩蘭聽了，沒再推辭，將匣子攬入懷中，行禮道：「多謝表妹。日後若是有用得上我的地方，表妹儘管開口。」

葉崖香笑著點點頭，將趙佩蘭送出門。回院子時，發現院外的園子中，有幾個下人以做事為遮掩，偷偷盯著她的院子，遂垂著眼，不動聲色地回了自己屋中。

迎花苑裡，瓷器摔碎的聲音頻頻傳出，趙花楹砸掉桌上最後一個茶盞，柳眉倒豎。

「三殿下不是說事情萬無一失嗎，葉崖香怎麼就成了太師府的救命恩人？那聖旨，她也配?!還有蘭汀苑，府裡修葺了一年多，裡面無一不精，無一不貴，說好了是給我的！」

孟氏目光閃動，緩緩道：「不就是一個蘭汀苑，這便沈不住氣了？等三殿下事成，妳想要什麼沒有？現在最要緊的是，摸清楚葉崖香的態度，她今日行事有些不對勁。」

趙花楹深吸幾口氣，仍覺怒火中燒。「我要怎麼沈得住氣？現在她不僅頂著太師府救命恩人的身分，還搭上九皇子，日後是不是就要踩在我頭上了！」

啪！孟氏一掌拍在茶几上，板著臉道：「這點委屈都受不了，如何成大事？」

趙花楹聞言，又砸掉幾只瓷瓶，才覺氣消了些，開始思索起來。

「今日她確實有些反常，往日裡她對我們的話深信不疑，現在卻開始有自己的主意。而且，我總覺得，她是故意邀請太師夫人去小院的。」

「若真是故意的，我們日後得更加小心，親如一家人這場戲，要繼續演下去。還有，三殿下吩咐妳做的事，妳也要開始準備了。」

想到蕭澤蘭吩咐的事，趙花楹剛壓下去的怒氣，轉變成了恨意。

她的外祖父是蕭澤蘭的老師，她與蕭澤蘭從小相識，可說是青梅竹馬。這些年，她經常回外祖家與蕭澤蘭見面，兩人早已情投意合。

可是，蕭澤蘭的母族無錢無勢，忠勇侯府也只餘一個空名頭，根本幫不上他。再加上蕭京墨更得隆豐帝寵愛，蕭澤蘭若想坐上太子之位，錢、勢一樣都少不了。

這些東西，恰好葉崖香身上都有，而她要做的事，便是多幫蕭澤蘭在葉崖香面前說好話，還要製造機會讓他與葉崖香見面。

要親手將自己喜歡的人推到另一個女子面前，怎能叫她不恨！

孟氏哪能不了解自己閨女心中的不甘，寬慰道：「楹楹，三殿下早就鍾情於妳，接近葉崖香不過是為了葉家家產和葉君遷的人脈，妳應該相信三殿下。三殿下也說了，等事成之後，葉崖香隨妳處置，現在妳一定要按捺住。」

趙花楹點點頭，又有些猶豫。「娘，萬一最後三殿下真對葉崖香……」

孟氏輕笑一聲。「妳可是京城第一才女，容貌也是一等一的好。有妳在，三殿下豈會看上其他女子？」

趙花楹摸了摸自己嬌嫩的臉龐，笑道：「也對，葉崖香如何能跟我比。」

這幾日，京城發生了幾件不大不小的事，先是有二品大員被抄家，聽說是九皇子蕭京墨親自帶人去的。還有一座酒樓和一家賭坊被查封，當家的皆被下獄，據說背後有忠勇侯府的手筆。

這些消息傳到葉崖香耳朵時，她正坐在蘭汀苑遊廊中曬太陽，笑著搖了搖頭。

二品大員被抄家，想必與太師府別莊失火之事有關，既然是蕭京墨親自查的，應該是證據確鑿。至於酒樓和賭坊，定是被忠勇侯府與蕭澤蘭拿出來頂罪的。隆豐帝在聖旨中要求忠勇侯府徹查她被辱了清白的謠言，他們便只能找替罪羊。

「姑娘，飯菜領回來了。」石竹拎著食盒，滿面笑容地走進院門。

侯府每餐的飯食由大廚房準備，平日領回各自院子裡吃。唯有逢年過節時，府裡的人才會聚在一起。

石燕伺候著葉崖香用飯，問石竹。「今天怎麼這般高興？」

石竹將飯菜擺上桌子，興奮道：「往日都是等其他院裡的人領完了，奴婢才能拿到姑娘的分例。今兒廚房管事倒是第一個給奴婢，還讓奴婢轉告姑娘，若有什麼想吃的，她們可以單獨幫姑娘做。」

石燕也笑。「這幾日，府裡態度確實有些不同，先前管事嬤嬤跟奴婢說話時，總是一副鼻孔朝天的樣子，如今親切多了。」

葉崖香嚥下口中飯菜，不急不緩道：「不過是緩兵之計，想放鬆我們的警惕，好讓我們再次全心全意地信賴他們罷了。」

午飯過後，趙花楹帶著婢女丁香走進蘭汀苑，看著院中即便是冬日也枝繁葉茂的花木、朱漆雕花的遊廊水榭，以及屋子裡清一色的梨木家什，眼中閃過一絲疼痛，隨即被溫柔笑意取代。

她看著躺在太陽底下的葉崖香，笑道：「表妹這樣子，倒像隻慵懶的貓了。」

躺在美人榻上的葉崖香沒起身，懶懶道：「我是個俗人，能每日曬曬太陽，便滿足得很。」

趙花楹有些疑惑，往日她來找葉崖香時，葉崖香都十分熱情，甚至還會親自端茶倒水，今日竟如此冷淡？遂試探道：「莫不是我有什麼地方做得不好，惹表妹不痛快了？」

葉崖香輕笑。「誰不知大表姊溫柔可人，玲瓏心思，怎會做惹人不痛快的事？」

這話太奇怪了，趙花楹訕笑道：「那就好。表妹若沒事的話，我們出去轉轉？」

「不去。」葉崖香心中冷笑。出去轉轉，怕不是打算讓她「偶遇」三皇子蕭澤蘭吧。

被直接拒絕，趙花楹也沒生氣，道：「明日要去宮裡的年宴，宮裡傳出話來，請表妹隨我們入宮，我帶表妹出去置辦些新首飾。」

葉崖香坐起來，直皺眉頭。「讓我去宮宴？」

若是父親還在，宮宴上倒是有她一席之位。可父親已過世，即便在朝堂仍有不少人脈，宮宴也不是她能隨意去的。

趙花楹笑道：「聽傳話的人說，是越貴妃提議的，陛下也答應了。要我說啊，越貴妃果真心善，這是念著葉大人生前的功績呢，才邀妳赴宴。」

葉崖香只覺好笑，趙花楹故意提起越貴妃，是想讓她對越貴妃心存感念。若她沒有重生，趙花楹確實能到達目的，可現在反倒弄巧成拙了，這相當於明擺著告訴她，這次宮宴肯定又有什麼算計。

她點點頭。「知道了。至於置辦首飾，就不必了。我現在睏得很，只想睡覺。」

趙花楹無法，起身告辭。「那請表妹好好準備，明日隨我們一起進宮。」

等趙花楹走後，石竹見葉崖香面色不太好，不解道：「姑娘不想去宮宴？」

葉崖香嘆了口氣。「所謂宴無好宴，皇宮裡的筵席更是如此。」

「那……姑娘稱病？」石竹剛說完，隨即察覺不妥。「不行，有侯夫人和大表姑娘在，這個藉口行不通。」

「怕什麼，到時謹慎些便是。」葉崖香淡淡道。越貴妃所籌謀的，不外乎是想將她和蕭澤蘭綁在一起，知道她們的目的，便好辦許多。

一旁的石燕將妝奩打開，仔細看了看，說道：「之前姑娘服重孝，衣服跟首飾盡是淡雅素淨的樣式，可要重新去置辦些？」

「對，我倒是忘了這個。」葉崖香點點頭。「妳去鋪子裡幫我挑選幾樣首飾；衣服的話，前幾日送來的那套倒合適。妳順道跟繡莊的人說一聲，以後我的衣服，不用再特意避開豔麗的顏色。」

「是。」石燕應了一聲，出門去辦。

迎花苑裡，趙花楹把玩著手裡的梅花琉璃釵，眉頭微皺。

「娘，我覺得葉崖香對我們起了疑心。今日我邀她出門，她毫不猶豫地拒絕，以前從沒這樣。」

孟氏的神色也有些不好看。「是上次的事，讓她察覺到了什麼，還是有人在她面前嚼舌根？難道是佩蘭那丫頭？」

趙花楹道：「我看葉崖香現在精得很，為了萬無一失，還是用娘說的藥吧。」

「藥若能容易這麼配成，我們也不必費這麼多心思，不過應該快了。」

「那便好，希望那藥真的有用。天天對著葉崖香裝姊妹情深，我都快受不了了。」

不久後，石燕回了蘭汀苑，將兩個錦盒交給葉崖香。

「姑娘看看，這些可合適？還有，奴婢出門時，府裡有人盯著，見奴婢只是去了自家鋪子，才沒有繼續跟蹤。」

「先不用管他們。」葉崖香將大一點的錦盒打開，見裡面是一頂鏤空百蝶珠花冠，和紫玉滴珠鳳頭步搖，點點頭。「不錯。」

小一點的錦盒裡，卻是一支紫玉蘭花簪，整支簪子晶瑩剔透，一看便知是由上好的紫玉雕刻而成。簪頭的蘭花含苞待放，簪尾圓潤有光澤，整支簪子做工精美，卻沒有葉家的標記。

葉崖香疑惑。「這是？」

石燕低聲道：「奴婢回府時，碰到了九皇子的人，讓奴婢將這錦盒帶給姑娘。」

蕭京墨？他這是何意？

葉崖香細細摸著手裡的簪子，摸到簪頭時，發現有些異樣，細細摩挲一下，果然在正中心摸到細微的凸起，稍稍用力一按，只見原本圓潤的簪尾，瞬間彈出一截泛著寒光的細簪。

她用細簪尾部對著桌上的杯子輕輕一劃，杯子立時碎成兩半。待她再次按下凸起時，那一截尖尖的細簪又縮回去，簪尾重新變成圓潤的模樣。

石燕大吃一驚。「這也太鋒利了些。」

葉崖香放下簪子，將墊在錦盒裡的絨布抖開，一張紙條露了出來，字跡大器，卻筆鋒凌厲。

好生使用，莫傷了自己。

葉崖香看完，將紙條遞給石燕。「燒了，這事不要對外說。」

「是。」石燕應下。「還有，忠管事他們很擔心姑娘，想見姑娘。」

葉崖香把玩著手裡的簪子，搖搖頭。「現在還不是時候。待我將院子裡的耳目清理乾淨後，再請忠叔他們來見我。」

石燕看看正在灑掃的丫鬟跟婆子們，點點頭。「奴婢明白了。」

第五章

大年三十，寒風凜冽的天氣有些回暖，不至於冷得讓人伸不出手來。用過早飯後，葉崖香脫下水藍色常服，換上準備好的宮裝。一身碧綠色襖裙配著淺紫色釵飾，使她整個人明亮又鮮活。

馬車早已備好，停在府門外，跟隨葉崖香進宮的石燕撩開門簾，扶葉崖香坐進去。

葉崖香見孟氏和趙花楹已經在裡面，笑道：「崖香來遲，勞大舅母和大表姊久候。」

孟氏打量葉崖香一眼，溫聲道：「時辰尚早，不急。」

趙花楹見到葉崖香時，有一絲恍神，沒想到她這表妹脫下素服，略施粉黛後，也有幾分顏色，但仍是比不過她，遂拉著葉崖香的手，笑道：「表妹今兒這身裝扮好看得很，將表妹比下去了。」

葉崖香掃了趙花楹一下，見她一身橘紅色衣裙，裙角一枝寒梅蜿蜒而上，當真是明豔動人。

她不動聲色地抽回手，淡笑道：「大表姊說笑了，大表姊國色天香，豈是崖香能比的。」

趙花楹有些得意地笑了笑，而後說起葉崖香剛到侯府時的一些趣事。

對於以前的事，葉崖香一點都不想回憶，只偶爾應個幾聲。

馬車很快進了皇宮，穿過幾道宮門後，停了下來。

孟氏道：「下車吧。後面的路，馬車不能進去，得自己走。」

剛下馬車，寒氣撲面而來，葉崖香忙接過石燕手裡的大氅披上。一抬頭，瞧見從不遠處走來的人，頓覺寒氣直入心尖，讓她從裡到外冷得發疼。

這是她重生後，第一次見到蕭澤蘭。這人如同上輩子一樣，看上去風度翩翩，眼中含著溫和暖意，好似帶有無限的深情。

孟氏及趙花楹的聲音讓葉崖香回過神來，垂下眼，掩住其中的怨與恨，再抬眸時，只餘平靜，淡淡道：「見過三殿下。」

蕭澤蘭溫聲笑道：「不必多禮。葉姑娘是第一次進宮，要不我送葉姑娘去萃華宮？」

今日百官和女眷進宮後，百官須先去乾德殿跪拜隆豐帝，而女眷則去萃華宮向越貴妃請安。

葉崖香微微低著頭。「多謝三殿下，民女隨大舅母一同過去便好。」

蕭澤蘭笑意不減。「聽聞葉姑娘琴藝頗佳，喜好收集名家曲譜，我這裡倒是有幾卷，葉姑娘不嫌棄的話，便贈與葉姑娘。」

她琴藝好不好，喜好什麼，蕭澤蘭怎麼會知道？想必是趙花楹透露的。

葉崖香掃了趙花楹一眼，見她癡癡地盯著蕭澤蘭，心底冷笑一聲，硬邦邦道：「民女不敢奪人所愛。」

「三哥，你怎麼還在這兒，往年你不都是第一個去向父皇請安的？」

一道聲音從眾人身後傳過來，蕭京墨甩著袖子走到蕭澤蘭身側，一把攬住他的肩膀，推著他往前走。

「走，我們一起去見父皇。」

從葉崖香身側經過時，蕭京墨的目光落在她髮間的紫玉蘭花簪上，咧嘴笑了笑。

葉崖香鬆了口氣，眼角餘光瞥見趙花楹面上的不捨時，勾起嘴角，輕笑一聲。

眾女眷向越貴妃請完安後，離宮宴開始還有段時間，遂三三兩兩聚在萃華宮的園子裡，欣賞開得正豔的梅花。

葉崖香小心提防著越貴妃，沒往人少的地方去，站在人最多的梅樹下。

這時，一名穿紫色襖裙的少女走到葉崖香身側，將她上上下下打量一遍，輕哼出聲。

「妳就是葉君遷的女兒？也不過如此。」

葉崖香淡笑道：「崖香的確不過如此，只是恰好得了陛下幾句稱讚而已，想必姑娘看不上這些。不知姑娘是哪家的？」

她知道這少女是越貴妃的姪女越雙花，一心愛慕蕭澤蘭。上輩子她被蕭澤蘭囚禁在後院時，聽說越雙花與趙花楹鬥得厲害。不過她死的那日，是蕭澤蘭與趙花楹大婚的日子，看來越雙花沒能鬥過趙花楹。

越雙花面色有些難看，隆豐帝的稱讚不是哪個姑娘家都能得到的，遂瞪了葉崖香一眼，跺腳去另一側。

這時，有個著藍色裙子的少女從梅樹旁走出，見到葉崖香後，有些驚訝道：「香妹妹，果真是妳，我還以為認錯了。」

葉崖香見到來人，愣了片刻才想起，這是她父親的同窗，大理寺少卿穆決明之女穆青黛。她們有幾年沒見了，再加上葉崖香又是重生回來的，一時沒認出人。

她笑著去拉穆青黛的手。「黛姊姊，我們幾年沒見了，穆叔叔他們可還好？」

「都好，都好。」穆青黛也很高興。「只是沒能見到葉伯最後一面，父親頗為自責遺憾。父親早想向侯府遞拜帖見妳，但想到妳還在孝中，遂先作罷。現在妳已經出孝，說什麼也得去我們府裡住幾日。」

葉崖香忙道：「過幾日我去拜訪穆叔叔。」

「那就說好了。父親見到妳，一定很高興。」

兩人正說著，見其他女眷紛紛走出園子，知道筵席要開始了，只得止住話頭，跟在眾女眷後面。

隆豐帝見今日天氣不錯，將宮宴設在御花園的抄手遊廊，四周燒了火盆，倒是不冷。正中間的轉角亭裡，與隆豐帝同桌的是越貴妃，再旁邊的是後宮有位分的妃嬪，以及諸位皇子與公主。

兩側的廊道，一側是文武百官，另一側是各府女眷。忠勇侯府的位置還算靠前，能將隆豐帝那邊的動靜看得清清楚楚。

隆豐帝舉起酒杯，高聲笑道：「過去的一年，大乾風調雨順，國泰民安。眾愛卿勞苦功高，朕與眾卿同飲此杯。」

文武百官恭恭敬敬端起酒杯，遙敬隆豐帝後，一口飲下。酒過三巡，筵席上的氣氛活躍起來，少了幾分拘謹。

隆豐帝的心情很不錯，瞧見蕭京墨桌上的櫻桃肉僅剩幾塊，笑道：「小九，朕瞧你很喜歡這櫻桃肉，朕的盤裡還有不少，你一併拿去吃了吧。這醋溜鱖魚，你也拿去。」

蕭京墨不客氣，親自動手去拿，還順走隆豐帝桌上的酒壺。「父皇，您忒小氣了些，這麼好的酒，竟不給兒子喝。」

這是拐彎抹角地讓他少喝酒，別以為他不知道。隆豐帝在心底哼了一聲，笑罵道：「臭小子，自己桌上有酒，還來搶朕的。」

「兒子的酒，哪有父皇的好喝。」蕭京墨耍著嘴皮子，盛了一碗湯放在隆豐帝面前。「您喝湯。兒子親自盛的，肯定好喝。」

隆豐帝只覺好笑，伸出手指虛點蕭京墨兩下，接過湯細細喝著。

坐在稍遠處的蕭澤蘭只覺嘴裡的魚酸得很，定是今日御廚失手，多放了幾勺醋。

隆豐帝喝完，將空碗放下，看向女眷那邊，笑道：「君遷的閨女可來了？走上前，讓朕瞧瞧。」

葉崖香心下一凜，連忙出了席位，恭恭敬敬地跪拜。「民女葉崖香參見陛下，陛下萬歲萬歲萬萬歲。」

隆豐帝抬手。「站起來，讓朕好好瞧瞧。」將葉崖香上上下下打量幾遍，目光落在她那雙明亮的桃花眼上，感嘆道：「轉眼間，都長這麼大了。妳可能不記得了，小時候朕抱過妳。」

葉崖香偷偷看了隆豐帝一眼，見他的目光內帶著些許慈愛，微微放鬆，笑道：「難怪民女從小到大很少害病，運氣還好得很，原來是沾了陛下的貴氣。」

「哈哈哈。」隆豐帝顯然被取悅了，對著文武百官笑道：「君遷這閨女跟他當年一樣，很會說話。」

立時有官員跟著附和。「當年葉大人三元及第，不光能說會道，文章也是頂好的。」

「微臣有幸曾得葉大人指點，可惜微臣愚鈍，只學到皮毛。」

「葉大人昔日的風采，微臣至今難忘。」

葉崖香聽見大臣們對父親的評價，又是自豪、又是傷感，若是父親還在就好了。

隆豐帝也有些懷念。「朕每每想到君遷這般英年早逝，便覺心痛不已。」又笑著對葉崖香說：「朕聽聞妳為了救太師，隻身闖入火海，著實勇氣可嘉，不愧是君遷的閨女。朕這裡有些新進的茶葉，是妳父親喜歡的，妳帶些回去嚐嚐。」

葉崖香忙道：「民女多謝陛下。」

隆豐帝擺擺手，示意葉崖香回席位。「小姑娘還在長身子，多吃些。」

越貴妃和旁邊的蕭澤蘭相視一眼，察覺到隆豐帝對葉崖香的喜愛，更加堅定了要掌控葉崖香的決心。

葉崖香回到席位後，發現落在她身上的目光更多了些，卻沒心思理會。越貴妃直到現在還沒動作，越發讓她不安，她可不認為越貴妃只是好心讓她進宮赴宴而已。

轉眼筵席過半，新一輪的熱菜又送上來。

忽然間，為葉崖香她們這桌上菜的宮女手一滑，撞倒一盅紅棗桂圓湯，暗紅色湯汁瞬間將葉崖香的裙襬浸濕，襯著碧綠色的衣裙，分外顯眼。

宮女急忙跪下。「請貴女恕罪，奴婢不是故意的。」

葉崖香暗想，終於來了！

宮裡的下人無一不是精挑細選，經過嚴格訓練的，尤其是能在這種大場合伺候的宮女，更是選了又選，根本不可能會犯打翻湯碗這種錯。

不過，她不知道越貴妃他們的陰謀到底是什麼，只得以不變應萬變，低聲道：「沒事，起來吧。」

宮女又說：「多謝貴女，奴婢帶貴女去換衣裳。」

葉崖香用衣袖將那塊污漬擋住，淡淡道：「不必了，妳下去吧。」

宮女卻沒有離開，堅持要帶葉崖香過去。

趙花楹見葉崖香不肯離席，勸道：「表妹，妳去換吧，萬一被外人看見了，可不太好。」

葉崖香掃了趙花楹一眼，更加確定裡面有陰謀。「不必麻煩了，等會兒離席時將披風穿上，擋住就好。」

趙花楹微微皺眉，神情帶著擔憂。「妳裡面的衣服怕也浸濕了，萬一著涼怎麼辦？」

葉崖香剛想再次拒絕，孰料越貴妃的聲音插了進來。「出了何事？」

宮女連忙答話。「回娘娘，奴婢失手打翻湯盅，弄污了葉貴女的衣裙，請娘娘責罰。」

「還不快帶葉姑娘去換身衣裳。」越貴妃的語氣有些嚴厲，轉向葉崖香時，聲音又緩和下來。「葉姑娘，妳隨她去蘭馨殿稍候，本宮差人送套新衣裳給妳。」

一旁的隆豐帝也出聲道：「快去吧，天寒地凍的，別著涼了。」

連隆豐帝都開口了，葉崖香再不情願，也只得帶著石燕，跟在那宮女身後，朝蘭馨殿走去。不過，她知道隆豐帝是真的關心她，並非跟越貴妃他們一夥的。

片刻後，越貴妃估計葉崖香應該快到蘭馨殿了，看了蕭澤蘭一眼。

蕭澤蘭微微點頭，看看被皇室宗親圍住的隆豐帝，悄悄離席。

正與朝中武將拚酒的蕭京墨，瞥了眼蕭澤蘭離開的方向，暗暗嘖了聲，拋下眾武將，悄無聲息地跟上去。

另一邊，走了一會兒仍沒到蘭馨殿，葉崖香便停下來。

「這位姑娘，蘭馨殿還有多遠？」

宮女指了指前面。「奴婢名叫赤芍，轉過那道彎就到了。」

到了蘭馨殿後，葉崖香偷偷打量四周，沒發現什麼異常，便對石燕使眼色。

石燕搖搖頭，又點點頭，表示她也沒察覺不對勁的地方，但已經將來時的路記清楚。

兩人進了殿內，葉崖香仔細檢查新送來的衣服，見不論是質地，還是款式，都沒什麼不妥，遂道：「赤芍姑娘，麻煩妳去外面等候。」

待赤芍出去後，葉崖香和石燕相視一眼，將門栓落下，又將蘭馨殿的角落全看過一遍。

石燕低聲道：「姑娘，沒什麼問題。」

「難道不是想在這裡害我？」葉崖香皺著眉頭嘀咕。「還是先將衣裳換了。石燕，妳抵住門，在我沒穿好衣服前，不能讓任何人闖進來。」

石燕再次檢查門栓，將背靠在門上，警惕地聽著門外的動靜。

葉崖香的外裙、中間的褀裙，以及最裡面的貼身褥褲全被浸濕了，但她只打算換套外裳。

越貴妃幫她準備的貼身衣物，她可不敢穿。

這時，候在門外的赤芍見到蕭澤蘭，指指緊閉的殿門，垂著眼站遠了些。

蕭澤蘭面上一喜，靜靜站在門外，像是在等候著什麼。

吱呀一聲，殿門被打開了，葉崖香和石燕走出來。

蕭澤蘭詫異地看著葉崖香，話脫口而出。「妳為何這麼快就出來了？」

葉崖香聞言，內心頓起疑惑，面上卻不顯。「見過三殿下，不知三殿下何意？」

蕭澤蘭神色有些僵硬，目光微閃。「沒什麼，我喝了酒，有些發熱，也想在蘭馨殿換身衣裳。原以為要多等一會兒，沒想到葉姑娘這麼快便將蘭馨殿讓出來了，故而詫異。」

葉崖香淡笑。「這蘭馨殿是專門供人換衣裳的？」

「倒也不是，只是離御花園最近。」

蕭澤蘭的話，葉崖香一個字都不信，也不想繼續在這兒耽擱，便福了福身。

「民女先回席了，三殿下自便。」

這時，赤芍走過來，從石燕手裡接過葉崖香換下的外裳，恭敬道：「奴婢將貴女的衣裳洗乾淨，再還給貴女。」

石燕忙又拿回來。「不必了，我們拿回去浣洗即可。」

見葉崖香和石燕離開，蕭澤蘭帶著赤芍進了蘭馨殿。

第六章

葉崖香順著來路，剛轉過彎，便瞧見抱著胳膊、斜靠在路旁樹上的蕭京墨。

「殿下，您怎麼在這兒？」

蕭京墨走到葉崖香身側，望望她背後。「跟在蕭澤蘭身後過來的。見妳那邊沒出什麼事，就沒現身。」

葉崖香心下明瞭，蕭京墨這是擔心她會被算計，福身笑道：「多謝殿下關心。」

蕭京墨微微眯起眼睛，面上有些不滿。「別動不動對我行禮，我用不著妳這麼尊敬。」

葉崖香笑了笑，沒接話，慢慢往前走。

蕭京墨又問她。「剛才真的沒出什麼事？蕭澤蘭偷偷離席，肯定沒安好心。」

葉崖香搖搖頭。「沒有。其實我有些想不通，越貴妃他們的目的，不外乎是想將我和三殿下綁在一起，那怎麼不直接去找陛下賜婚呢？這樣一來，即便我再不願，也無法拒絕。」

蕭京墨挑眉。「妳怎麼知道她沒去找我父皇？」

葉崖香腳步一頓。「啊？」

瞧見葉崖香呆愣的模樣，蕭京墨忍不住笑出聲。「妳剛出孝時，越貴妃便在父皇面前隱晦提過，想將妳指給蕭澤蘭，卻被父皇拒絕了。父皇說，妳是葉大人唯一的血脈，婚事由妳自己作主。」

葉崖香聞言，對隆豐帝頗為感激。如此一來，她不必擔憂會被強行賜婚了。

路過幾株梅樹時，蕭京墨停下腳步，盯著葉崖香道：「我很好奇，妳好似很不喜歡蕭澤蘭，這是為何？」

葉崖香心下一驚，她在蕭京墨面前太過放鬆，忘了這不是上輩子，此時蕭澤蘭尚未露出真面目，後面的事也尚未發生。在外人看來，她與蕭澤蘭不過幾面之緣，不應該對蕭澤蘭有如此明顯的敵意。

她腳步不停，垂眸道：「我只是不喜歡被人算計。」

對於葉崖香的回答，蕭京墨顯然滿意了，笑道：「蕭澤蘭一肚子的心眼，妳離他遠點是對的。」

葉崖香鬆了口氣，又想起剛剛的疑惑。「我出蘭馨殿時，三皇子的態度有些奇怪，好像對我太快從蘭馨殿出來感到詫異，還隱隱發怒。」

她沈思片刻，猶豫道：「三皇子不會是想趁我換衣服時，強闖蘭馨殿吧？然後再鬧一齣我被他看光，只得嫁給他，而他也願意負責的戲碼。只是我出來得太快，讓他沒來得及闖？」

蕭京墨搖搖頭。「他應該不至於這麼蠢，若他真在妳換衣服時強闖進去，與登徒子何異？如此一來，妳雖然只能嫁給他，或終身不嫁，但他經營多年的賢名也毀了，與太子之位無緣。」

葉崖香覺得蕭京墨說得有道理，難道赤芍真是不小心打翻了湯盅，而蕭澤蘭確實是去換衣裳的？這裡面本就沒什麼陰謀，是她想多了？

兩人走了幾步，蕭京墨腳步一頓，沈聲道：「如果蕭澤蘭不是強闖蘭馨殿，而是不得不闖呢？比如說，妳在裡面出了事，而他聽到了妳的驚呼聲。」

葉崖香瞪大雙眼，表情有些不好看了。「殿下的意思是，蘭馨殿裡應該會發生變故，讓我驚呼，然後三皇子以救我為由，乘機闖進去？」

「這種可能最大。到時候，他不僅能達到目的，還能保住賢名。」

確實如此。倘若她換衣服換到一半，突然驚叫，蕭澤蘭以擔心她出事為由，闖進蘭馨殿，在外人看來，蕭澤蘭只是救人心切，並未失禮，還願意對她負責，當真是有責任、有擔當。

想通這些後，葉崖香面色發白。「幸好我只換了外裳，沒在殿內多待，讓他們的算計沒來得及發生。」

蕭京墨瞧見葉崖香後怕的神色，哼了一聲。「妳別忘了，還有我。有我跟在蕭澤蘭身後，豈會讓妳出事？」

葉崖香卻在想另外的事，這個謀劃雖然好，但並非萬無一失。比如現在，因為她提前出了蘭馨殿，一切便落空，難道越貴妃他們沒有後手？

她張開手臂，在蕭京墨面前轉了一圈。「殿下看看，這衣服是否合規矩？」

蕭京墨仔細看了看，點點頭。「料子是貢品，卻未逾越。」

葉崖香又將領口、袖口摸了一遍，沒發現什麼夾層，遂放下心，看向石燕。

「石燕，妳瞧瞧我換下來的那套外裳可有問題？」

石燕仔細檢查外裳，面色一變。「姑娘，您袖袋裡的手帕不見了。」

葉崖香一驚，拿過換下來的外裳一看，袖袋裡果真是空的。又摸了摸身上新換的衣裳，袖袋裡也沒有帕子。

石燕驚呼。「肯定是赤芍。剛才她便想將姑娘的衣服拿去清洗，再還給姑娘。奴婢雖然拒絕，但她碰到了姑娘的衣服，應該是那個時候將手帕偷走了。」

葉崖香直皺眉頭，手帕是她的貼身之物，落在越貴妃他們手裡，肯定沒好事。

石燕焦急道：「姑娘，奴婢去找赤芍，將帕子要回來。」

葉崖香搖頭。「妳有什麼證據說是她拿走的？她不會承認。」

一旁的蕭京墨問道：「那手帕是什麼樣子的？」

石燕從她袖子裡拿出一方淺綠色錦帕，右下角繡有一片金色的銀杏葉。

「跟這個一模一樣。姑娘每一季的手帕共有二十塊，且各不相同，但因為姑娘特別喜歡這帕子的顏色和樣式，便做了兩塊。這一塊是早上出門時，奴婢帶在身上備用的。」

蕭京墨接過錦帕看了看，突然笑起來。「葉崖香，看來連老天都願意幫妳。」

蕭京墨把錦帕遞給葉崖香。「妳將這塊帕子帶在身上。蕭澤蘭一向愛算計人，今兒我也送份大禮給他。」

葉崖香將帕子放進袖袋裡，疑惑道：「殿下……」

蕭京墨笑得不懷好意。「儘管安心，我保證妳不會有事。妳先回筵席，我去安排一些事。」

葉崖香忐忑不安地回到席位，此時筵席已經快結束了。

趙花楹笑著招呼她。「表妹回來了。筵席結束後還安排了戲文，表妹沒聽過宮裡的戲，待會兒可得好好看看。」

葉崖香看趙花楹一眼，有些不解，對於她安然無恙地回到席位，趙花楹怎麼會是這種反應？難道蘭馨殿裡真無陰謀詭計，還是趙花楹不知道越貴妃他們的計劃？

她淡淡道：「多謝大表姊提醒。」

酒菜被撤下來，一盤盤精緻點心擺上席位，抄手遊廊一側的臺子上，正上演著司樂坊新排的戲曲。

雖然有蕭京墨的保證，但葉崖香心中的焦急越來越甚，還夾雜著一股煩躁，好似頭頂懸著一把刀，卻遲遲不肯落下來。

「貴女安心，九殿下說，已經安排好了。」

一道細細的聲音忽然傳進葉崖香耳內，葉崖香不動聲色地看看替她換茶的宮女，又望向轉角亭裡，發現蕭京墨回到席位了，正咧著嘴對她笑。

不知怎的，葉崖香突然也有點想笑，徹底安心，遂朝蕭京墨綻放笑顏。

蕭京墨卻愣了下，而後飛快低下頭。

葉崖香有些莫名其妙，難道她笑得很嚇人？

蕭京墨低著頭，不自在地摸摸鼻子，暗嘖一聲，葉家那丫頭笑得那麼好看做什麼！

臺上一場《哪吒鬧海》唱完了，下一場的戲子尚未登臺，場面安靜不少。

這時，一名看上去位分頗高的宮女，走到越貴妃身旁，對著越貴妃低聲耳語了幾句。

那宮女，葉崖香也認識，正是萃華宮裡的掌事宮女桂枝姑姑，很得越貴妃重用。上輩子，她可沒少與桂枝姑姑打交道。

越貴妃的神色先是有些詫異，接過桂枝姑姑手裡的東西，抖開看了一眼，神情似是哭笑不得，又帶著不好意思。

瞧見越貴妃這般表情，隆豐帝問道：「貴妃，何事？」

越貴妃笑道：「有宮女撿到手帕，不知是誰丟的，上面還寫了一首情詩，看樣子是寫給澤蘭的。」

下一場戲尚未開始，越貴妃的聲音不小，在座的不少人都聽到了，遂好奇地看向她手裡的錦帕。

更有不少人在想，三皇子蕭澤蘭身分尊貴，為人謙遜溫和，有貴女喜歡很正常。但將愛慕的情詩寫在手帕上，還帶進宮裡，這貴女未免太膽大了些，莫不是對三皇子用情太深，無法克制？

隆豐帝想著，這事關係到姑娘家的臉面，想讓越貴妃散席後私下處理。可他沒來得及開口，越貴妃的聲音便又響起。

「有一君子兮，如澤畔之蘭，顧盼生輝兮，見之不忘，夜不能寐兮，何日訴衷腸。您看，妾身沒說錯吧，這確實是寫給我們澤蘭的情詩。」越貴妃把情詩唸出來，又將手帕遞到隆豐帝面前。「陛下，我們不妨瞧瞧這是哪家姑娘丟的，看樣子她對澤蘭用情至深，若是澤蘭也有意，不妨成全他們？」

隆豐帝盯著桌上的錦帕，面無表情。

在座的王公大臣和各府女眷一片譁然，紛紛小聲議論。

「又是澤、又是蘭，看來真是寫給三皇子的。」

「這是哪家姑娘？對三皇子果然情真意切，用詞如此露骨。」

「雖然不要臉了些，但她若能憑此嫁入三皇子府，也算得償所願。」

「老身倒覺得貴妃此舉有些欠妥，畢竟是人家姑娘的心事，私下處理便好，何必說出來。」

葉崖香怒火中燒，掩在袖中的手緊緊攢住錦帕，原來越貴妃是想坐實她癡戀蕭澤蘭的事，然後逼隆豐帝下旨賜婚。

而且，私底下寫這種露骨的情詩，又被抖出來，這種品性是當不了正妃的，最多只能做個側妃，當真是好算計！

葉崖香的手心出了一層冷汗，忍不住看向蕭京墨，卻見蕭京墨遞給她一個安心的眼神，遂沈下心，靜觀其變。

「呀！表妹，這不是妳的手帕嗎？」

嗡嗡的議論聲中，少女清脆的嗓音吸引了所有人的目光。

眾人先看出聲的趙花楹，而後齊刷刷地望向與趙花楹同席的葉崖香。

這……這是葉姑娘的手帕，葉姑娘癡戀三皇子？不少人心中暗暗吃驚，沒想到三元及第的葉大人的閨女，作風如此豪放。

更有不少大臣暗想，葉家家財萬貫，而葉君遷雖然已故，但朝中人脈還在，加上越貴妃寵冠後宮，如果隆豐帝真將葉家姑娘許給三皇子，那儲君之位……

葉崖香環顧四周，見文武百官中，大多數人緊皺著眉頭，有十來位擔憂地打量她，還有幾個面露竊喜。而女眷這邊，一半嫉妒鄙夷、一半羨慕，與她交好的幾位則是滿臉擔心。

她再看向轉角亭，蕭京墨朝她挑眉，一副好戲才剛開始的樣子。蕭澤蘭面上帶著恰到好處的詫異和羞赧，眼中則是得意。隆豐帝卻是面沈如水，垂眼盯著桌上的錦帕。越貴妃笑容溫婉，眼內精光微閃。

明明是分外緊張的氣氛，葉崖香卻只覺得好笑。這一副副或真或假的嘴臉，可比戲臺上的表演精采多了。

鬧到這地步，想私下處理，只怕會越傳越離譜。隆豐帝帶著不滿和一絲警告掃了越貴妃一眼，而後對葉崖香出了聲。

「葉姑娘，妳來看看，這手帕可是妳的？」

葉崖香在心思各異的目光中走向轉角亭，離得近了，發現隆豐帝面前的矮桌上，是一塊翠綠色繡黃色銀杏葉的錦帕，上面還有幾行娟秀的字跡。
行過禮後，葉崖香用不大不小的聲音，鎮定道：「回陛下，這手帕的顏色和繡花與民女的相同，但不是民女的。」
越貴妃志在必得地緊盯葉崖香，笑著說：「妳住在忠勇侯府，趙姑娘與妳天天見面，想必不會認錯妳的東西。」
「民女的表姊隔著這麼遠，還能看清楚手帕的樣式，當真是眼力好，但這手帕確實不是民女的。」葉崖香從袖中拿出一塊錦帕，展開放在矮桌上，與那寫有情詩的手帕並排在一起。「這才是民女的手帕，並未遺失。」
越貴妃的神情有些僵硬。「莫不是葉姑娘帶了兩塊錦帕？葉姑娘不必害羞，雖然這事……」
「貴妃！」隆豐帝帶著警告地打斷了越貴妃。
葉崖香緩緩道：「這事關係到民女的清譽，還請陛下准許民女細說。」
隆豐帝面色稍緩，點點頭。「妳說。」
葉崖香指著那塊寫有情詩的手帕，道：「這手帕的顏色、樣式雖與民女的一模一樣，質地卻是不同，這手帕的料子應當是普通雲錦，而民女的是火織雲綾錦。還有，這手帕上面的銀杏葉，是用普通黃絲線所繡，但民女手帕上的銀杏葉，卻是用金線挑繡而成。」

離得近的王公大臣，這時也發現了兩塊帕子的不同之處，葉崖香拿出來的那塊手帕，在日光照耀下，隱隱有暗光流動，而寫有情詩的手帕則普通得多，看來當真不是葉崖香的。

蕭澤蘭難以置信地盯著兩塊手帕，赤芍是當著他的面將葉崖香衣服裡的錦帕拿到手，怎麼會不是葉崖香的？

坐在稍遠些的趙花楹則是滿臉通紅，因葉崖香說她眼力好那句話，讓她察覺到，不少人落在她身上的目光變成了懷疑和審視。

越貴妃拿到手帕時，見計劃就要得逞，一時太過興奮，沒有留意料子。這時也發現了兩塊手帕的天差地別，但仍不死心地指著寫有情詩的手帕質問。

「那這字跡怎麼說？這首情詩的字跡，可與葉姑娘的一模一樣。」

葉崖香面上的詫異分外明顯，聲音提高了幾分。「娘娘為何會認準這字跡與民女的一模一樣，難道娘娘見過？這字看上去確實像是民女親手所寫，但仍是有些不同，尤其是筆鋒收尾之處。娘娘若是不信，民女可當場寫幾個字。」

越貴妃還想說什麼，卻被隆豐帝打斷。「既然葉姑娘的手帕並未丟失，這帕子便不是葉姑娘的。再說了，葉姑娘身為葉家獨女，豈會用這麼普通的料子？葉姑娘，妳回席吧。」

此時，不少人看向葉崖香的目光帶上了幾分同情，越貴妃一口咬定這手帕是她的，無非是想坐實她癡戀三皇子的事，好將她與三皇子綁在一起。為了葉家家產和葉君遷的聲望，葉崖香這個孤女被越貴妃如此算計，當真是可憐。

王公大臣能想到的事，隆豐帝自是也能想到，帶著些許思量地審視蕭澤蘭這個賢名在外的兒子，忍不住有些懷疑，他這兒子的賢名，到底有幾分是真？

蕭澤蘭察覺到隆豐帝的目光，心下一凜，努力維持面上的無辜，還特意帶著些許歉意，望向回到席位的葉崖香。

越貴妃正在暗恨，到底是誰打亂了她的計劃？坐在她下首的靜妃，突然帶著遲疑開了口。

「陛下，妾身覺得這帕子有點眼熟，好像在宮裡的太監身上見過。」

「靜妃，妳胡說什麼?!」越貴妃大怒，這要是變成真的，她兒子的臉面可全沒了。

靜妃連忙賠禮。「姊姊教訓得是，是妾身失言。」

「我母妃沒胡說，伺候我的太監身上都有一塊這樣的帕子，說是內務府統一做給宮裡二等太監的。」坐在靜妃旁的四、五歲孩童有些生氣地說道。

這孩子正是十一公主，因年紀最小，很得隆豐帝寵愛，平日活潑跳脫，膽子也大得很。

「好了！」原先因錦帕不是葉崖香的而神情有所緩和的隆豐帝，此刻面色黑如鍋底。

「只是一條丟失的帕子，上面寫了一首不知所云的詩，此事就此打住，不可再議！」

在座的王公大臣和各府女眷止住了嘴，看似認真地欣賞戲臺子上的新戲，心中卻震驚萬分。

今日這宮宴真是一波三折，先是出現一條寫有情詩的錦帕，越貴妃親口說那錦帕上的情詩是寫給三皇子，還一口咬定錦帕是葉家姑娘的。沒承想，峰迴路轉，這錦帕居然可能是宮中太監的。

一首太監寫的情詩，還是寫給三皇子，一個太監癡戀三皇子……這件事不能深想，不能深想……

蕭澤蘭瞧見眾人的神色，大致猜到他們心中所想，面色脹得通紅，滿腔怒火卻無處發作。明明是萬無一失的計劃，怎會變成這樣?!

越貴妃更是壓斷了手上的指甲，到底是誰壞了她的好事，還栽贓到她兒子身上！她可以料到，等宮宴散後，她兒子便會成為全京城的笑話。

葉崖香震驚地看向蕭京墨，見蕭京墨朝她點點頭，笑得甚是得意。想到蕭京墨說要給蕭澤蘭送一份大禮，真是好大一份禮。

一個皇子被太監癡戀，可不是什麼光彩的事，最關鍵的是還被當眾抖出來。不管真假，蕭澤蘭的臉面都算是丟盡了。

葉崖香長吁一口氣，原本是越貴妃和蕭澤蘭想算計她，沒想到最後報應在他們身上，當真是痛快！

第七章

發生了這等事，宮宴草草收場。

面色陰沈的孟氏帶著一臉鐵青的趙花楹，和一派悠閒的葉崖香，走到停放馬車的地方，碰到了同樣準備離宮的太師夫人。

太師夫人拉住葉崖香的手，道：「發生別莊失火的事後，九殿下一直不許我和老頭子出門，可把我憋壞了。妳隨我上馬車，陪我說說話。」

葉崖香看向孟氏，孟氏擠出一絲笑意。「去吧，可別失了禮。」

馬車一輛接著一輛駛出宮門，漸漸分散開來。

忠勇侯府的馬車內，趙花楹極力壓低聲音道：「怎麼會這樣?!貴妃娘娘的計策明明萬無一失，為何又讓葉崖香逃脫了？還有，這件事傳出去，三殿下怎麼辦？」

孟氏也有些焦躁。「事已至此，能怎麼辦？被一個太監喜歡，雖然丟臉了些，但三殿下完全可以裝作不知情，外人最多笑那個太監恬不知恥。」

趙花楹急了。「娘，這是假的，根本就沒有什麼太監喜歡三殿下。」

孟氏道：「我當然知道，但是外人可不知道。」

聽見有馬車靠近的聲音，兩人止住了嘴，面色陰沈地思索著下一步計劃。

另一邊，葉崖香坐進太師府的馬車時，瞧見蕭京墨正斜靠在車壁上，笑意慵懶。

太師夫人瞧瞧窗外，見離得最近的一輛馬車在十多步開外，遂開口道：「今日到底是怎麼回事？」

葉崖香便將她去蘭馨殿換衣裳，被赤芍順走手帕的事說了一遍，但隱去了她對蘭馨殿裡應該有陰謀之事的猜測。末了，看向蕭京墨，笑道：「剩下的，只能由殿下來解惑了。」

蕭京墨抱著胳膊道：「赤芍拿到妳的手帕後，按照蕭澤蘭的吩咐，去找宮裡一個頗會模仿他人字跡的小太監，又不知從何處得到了妳的筆墨，讓小太監照著妳的字跡，在帕子上抄了一首情詩，然後交給桂枝姑姑。若無意外的話，今日過後，恐怕滿京城都在傳妳癡戀蕭澤蘭的事，我父皇說不定會直接幫你們賜婚。只是，越貴妃母子沒料到，他們計劃裡最關鍵的一環有問題。」

葉崖香恍然大悟。「那個會模仿他人字跡的小太監，是殿下的人。」

蕭京墨得意地點點頭。「對，妳說手帕不見時，我大致猜到了越貴妃母子的計劃，先一步去找了小太監。等赤芍拿著妳的手帕去尋他時，他便按照我的吩咐，趁赤芍不注意，用事先準備好的手帕將妳的替換下來，抄好情詩後再交給赤芍。接下來，後面所發生的事，你們都看見了。」

葉崖香又想到那塊假的手帕，問道：「那塊寫有情詩的手帕，真是宮裡二等太監的？」

說到這個，蕭京墨大笑起來。「所以我才說，連老天都幫著妳。內務府配給二等太監的帕子，恰好在顏色與樣式上與妳的一模一樣。」

葉崖香暗自點頭，若沒有這個巧合，蕭京墨只能用一塊普通帕子換掉她的手帕，雖然也能解她的困局，卻不能反過頭來算計越貴妃母子，也達不到現在這個局面。

越貴妃母子當真是偷雞不成蝕把米，葉崖香有些擔憂地說：「現在越貴妃應該已經反應過來了，那小太監會不會有危險？」

蕭京墨笑道：「放心，我都安排好了。」

坐在一旁的太師夫人，聽完整個經過後，嘆道：「幸好你們反應快，立刻發現帕子不見，否則結果可就難料了。不過，崖香，妳的筆墨怎會輕易落到外人手裡？」

葉崖香想著，是時候清理蘭汀苑裡的人了。「我的院子裡不乾淨。老夫人放心，我會處理好的。」

蕭京墨瞪她一眼。「妳別太好說話，被人欺負了都不知道。還有妳那大表姊，跟妳有仇？」

還真是有仇。

不過這件事沒辦法跟蕭京墨說，葉崖香只得道：「殿下，我自會處理。」

蕭京墨哼了聲，語氣又軟了些。「若有處理不了的事，可以找我。」

很快到了忠勇侯府門口，蕭京墨先跳下馬車，撩起門簾，方便葉崖香下車。

葉崖香扶著石燕的手，從車上下來，打量四周，見無旁人，微微仰頭盯著蕭京墨。

「我有一事一直想問，殿下為何會幫我？」

蕭京墨彎腰湊近葉崖香，一字一頓道：「本皇子樂意，小、香、香。」

小香香？這是什麼稱呼?!

葉崖香目瞪口呆地看著蕭京墨，卻發現蕭京墨好似有些生氣，甩著袖子，頭也不回地上了馬車。

石燕也微愣。「姑娘，九殿下這是？」

「回府吧。」葉崖香垂著眼。震驚過後，她忽然覺得「小香香」這個稱呼有點熟悉，好像小時候有誰這麼喚過她……

此時，萃華宮內靜得落針可聞。

宮宴散後，蕭澤蘭沒有回皇子府，而是隨著越貴妃來萃華宮，此刻正喘著粗氣坐在桌旁，一杯一杯灌著茶水，像是要用冰冷茶水澆滅心中的怒火。

越貴妃懷抱一隻短腿胖貓坐在軟榻上，有一搭、沒一搭地撫摸著貓背，神色平靜。

跪在軟榻前的桂枝姑姑和赤芍，心中懼意越來越甚，身子微微發抖。她們知道，越貴妃越是平靜，便越是可怕。

越貴妃平緩道：「澤兒，蘭馨殿的計劃為何沒成功？」

「我們放在房梁上的蛇還沒爬下，葉崖香便已經從蘭馨殿出來了。」蕭澤蘭暗恨。「我根本找不到理由闖進去。」

越貴妃皺眉。「她確確實實換過衣裳，花的工夫應該不短，那蛇怎麼會沒爬下來？」

赤芍戰戰兢兢道：「葉姑娘只換了一件外裳。」

越貴妃冷哼一聲。「真是謹慎，是本宮小瞧她了。」

按照她的計劃，葉崖香換衣服換到一半時，被提前安置在房梁上的無毒蛇會突然出現，葉崖香勢必會驚叫起來。而後，蕭澤蘭以救人為由闖進殿內，同時赤芍大聲叫喊，將周圍的人吸引過去。

如此一來，被看光身子的葉崖香只能嫁給蕭澤蘭，而蕭澤蘭是因為救人才闖進殿裡，並不會影響名聲。

沒想到，葉崖香只換一件外裳，便飛快出了蘭馨殿，讓她的計劃落空，著實可恨！

「罷了，原就沒指望這個計劃能萬無一失。」越貴妃手上的動作重了幾分，短腿貓掙扎起來。「但後面的計劃可是本宮特意為葉崖香準備的，那條手帕怎麼會被掉了包？」

桂枝姑姑勉強鎮定道：「奴婢從赤芍手裡接過錦帕後，直接交給娘娘，沒有經過第二個人的手。」

「奴婢拿到錦帕後，就帶著葉姑娘的筆墨，去找方海公公，走的都是人少的小道，路上沒有碰到旁人，更沒有將錦帕交給別人。」赤芍跪爬在地上，聲音帶著顫抖。「方海公公抄好情詩後，奴婢便將錦帕送給桂枝姑姑。」

蕭澤蘭一掌拍在桌上，大聲道：「來人，將方海帶過來。」

立時有宮人領命，約莫一炷香後，宮人回來稟報。「殿下，方海公公失蹤了。與他同住的人說，年宴散後便沒見過方海，而且他的衣物都不見了。」

「好，好得很！居然敢背叛本宮！」

越貴妃面上露出怒意，長長的指甲揪住懷中短腿貓的後背。貓兒吃痛，喵的一聲從越貴妃懷裡掙扎出來，跳到桌子底下。

「連你也敢反抗本宮？」越貴妃輕輕撫摸著被塗得鮮紅的指甲。「來人，將牠抓出去活埋了！」

立即有兩名宮人捉住短腿貓，手腳俐落，動作熟練，一看便知做過很多次。

「方海當著妳的面將手帕掉包，妳居然沒發現。」越貴妃俯下身，長長的指甲在赤芍眼睛上摩挲著，面上笑意溫柔。「妳這眼睛當真是漂亮，可惜中看不中用。挖了！」

赤芍瞪大雙眼，驚恐的眼淚順著下巴流下。「娘娘饒命，求娘娘放過奴婢，求求您……」

任赤芍怎麼哀求，最終仍是被人拖出門外，一聲慘叫後，沒了聲息。

此時，蕭澤蘭也冷靜下來，饒有興趣地盯著門外。「可惜了，倒是個美人兒。如今看來，方海恐怕是蕭京墨的人。」

「現在知道也晚了。」

「母妃，蕭京墨處處與我們母子作對，就因為父皇偏愛他，我們便不能動他？」

越貴妃用絲帕一根一根擦著手指，緩緩道：「沈住氣，今兒我們不僅沒能算計到葉崖香，還讓你父皇對我們生出不滿，這幾日安分點。至於蕭京墨，呵，讓他萬劫不復的機會馬上就來了。」

蕭澤蘭眼前一亮，面上露出笑意。「先皇祭典。」

回到蘭汀苑時，日頭已經偏西，葉崖香倒在軟榻上，疲憊道：「這宮宴真是吃得驚心動魄。」

石竹已經從石燕口中知道了宮宴上發生的事，輕捶著葉崖香的後背，氣憤道：「那人想要那個位置，不能自己去爭取嗎，幹什麼非要盯著姑娘不放？如此算計一個姑娘家，也不怕良心不安？」

「良心這兩個字，不適合放在他們身上。」葉崖香伸出胳膊，示意石竹扶她起來。

「姑娘，您再躺一會兒，奴婢再幫您捶捶。」

「不了，晚上還有侯府的年夜飯，恐怕也不得安生。」葉崖香揉了揉眉心，強打起精神。「石燕，妳去把我替大舅母他們準備的年禮拿過來。」

上輩子，她因外面的流言，沒吃這頓年夜飯，只一個人待在西南角的小院子吃了幾口菜。而說是將她當作一家人的侯府眾人，沒有一個去看她一眼。

石燕將幾個錦盒放在桌上。「姑娘，這是您之前準備好的。」

葉崖香把錦盒全打開，只見裡面金光閃閃，都是實打實的金條和玉如意。給她大舅舅那個錦盒裡，足足裝了十根金條和三對白玉如意。

這是她重生前準備的年禮，上輩子她是真心看重侯府的親戚，年禮準備得貴重不說，而且每個人都沒落下，連花姨娘這等妾室，也有兩根金條。

只是，她的真心被餵了狗，這輩子她寧願將這些東西拿去建橋修路，也不願便宜了這些人。

「將這些收起來。」

「姑娘，我們不幫侯府的人準備年禮嗎？」石竹有些詫異。「雖然奴婢並不喜歡他們，但他們畢竟是您的長輩，不送年禮的話，恐怕又有人要嚼舌根。」

「當然要準備。若是不送，他們恐怕要說葉家的教養有問題了，我可不想讓這些人污了葉家的名聲。」葉崖香勾起一絲淺笑。「至於送什麼，我想好了。」

葉崖香提筆寫了幾張紙條，遞給石燕。「讓鋪子裡的人將這些東西送進來。我二表姊的那一份，妳親自送到她手裡。」

石竹和石燕應下，開始忙活起來。姑娘重新替侯府人準備的年禮，分量可不小，得讓鋪子的管事們手腳快些。

葉崖香則在想，怎麼處理院子裡的那一堆眼線？她已經準備搬出侯府，可年節時期，宅子不太好買，恐怕要等些時日。

但是，今日有人將她的筆墨偷出去，明日說不定就有人偷她的貼身衣物。不將院子裡的人全換成自己的，搬出去前這段日子都沒辦法安心。

最後一絲斜陽消失前，石燕回了蘭汀苑，將一個包袱交給葉崖香。

「二表姑娘收下了年禮，說她沒什麼拿得出手的，只能幫姑娘做雙鞋子，希望姑娘不要嫌棄。」

葉崖香將包袱打開，只見裡面是一雙水藍色繡鞋，不管顏色還是上面繡的鳶尾花，都是她喜歡的，而且布料也不差，看得出趙佩蘭花費了不少心思。
她換上繡鞋，笑道：「二表姊的真心不能被辜負，過年我便穿這雙鞋吧。」
夜幕降臨，侯府內的大紅燈籠一一被點亮，加上打掃得一塵不染的庭院，以及貼在門窗上的大紅對聯和窗花，看上去頗為喜慶，有幾分過年的味道。
估算著時辰，侯府的年夜飯應該差不多準備妥當，葉崖香換了一身隆重些的裙衫，帶著石燕往壽春堂走去。
兩人剛出蘭汀苑沒多遠，恰好碰見也要去壽春堂的趙花楹。
「表妹，我正準備去邀妳呢，沒想到這麼巧就碰上了。」趙花楹笑盈盈道。
「總不好讓大舅舅和大舅母等我這個晚輩。」葉崖香神色淡淡。
趙花楹轉了轉眼珠，帶著歉意說：「表妹，今兒宮宴上的事，我不是故意的。我見那帕子跟妳的特別像，才忍不住出了聲。」
「沒事，總歸最後查清楚了，那帕子不是我的。」葉崖香壓低聲音，面上露出恰到好處的好奇。「大表姊，妳說，一個太監為什麼會癡戀三皇子？難道是三皇子平日好男風？」
「當然不是！」趙花楹一貫溫柔的表情消失得乾乾淨淨。「陛下都說了，那是一首不知所云的詩。」

「哦。」

瞧見葉崖香明顯不相信的神色，趙花楹心中氣結，偏偏其中的彎彎繞繞，她又不能說出來，憋得胸口直發疼。

「表妹別瞎猜，三殿下文武雙全，溫和有禮，是素有賢名的。」

葉崖香盯著趙花楹，似笑非笑道：「有些人可是知人知面不知心，會裝又會演。」

在葉崖香的目光下，趙花楹忍不住想落荒而逃。「母親他們應該已經到壽春堂了，我們也快些。」

看著趙花楹僵直的後背，葉崖香面帶微笑，腳步不急不緩地跟上。

第八章

壽春堂裡，忠勇侯趙廣白正在看一封信，孟氏滿臉急切地盯著他。

片刻後，趙廣白將信遞給孟氏，嘆氣道：「連兒說想趁年節去他的上峰那兒多走動走動，好早日調回京城，不回來過年了。」

孟氏將信來來回回看了兩、三遍，埋怨道：「當初老爺要是多打點打點，連兒也不至於會被放到菱州那等窮酸地方，做個小小縣令，連過年都回不了家。」

「我怎麼沒打點？府裡什麼情況，妳又不是不知道。」趙廣白看了眼門口，將聲音壓低。「若非崖香那丫頭帶來六十萬兩白銀，菱州縣令的缺落不到連兒身上。」

孟氏氣憤道：「要不是老爺迷戀白玉古玩，府裡何至於虧空至此。當初老爺肯賣幾件玩意兒，說不定能替連兒謀個更好的差事。」

「妳別想打我那些寶貝的主意。」趙廣白急了。「葉家有的是錢，妳找崖香去要，多送些給連兒，讓他跟上峰打好關係，說不定明年就能回京。」

孟氏胸口起伏，被氣得不輕。「你以為葉家的錢是那麼好弄到手的？你的好妹夫死前都替崖香考慮好了，葉家那些管事……」

「娘，我們來了。」趙花楹進門後，見孟氏面色不好，有些疑惑。「娘，怎麼了？」

孟氏擠出一絲笑意。「沒事，妳哥說任上有事，過年不回來了。」

「大舅舅、大舅母。」葉崖香行過禮，垂著眼坐在一旁。

她在剛來侯府時，見過表哥趙川連幾面。那年春闈結束，趙川連名落孫山，又不願意第二年再考，趙廣白便幫他謀了個外放的官職，據說花費了不少。

趙花楹拿過孟氏手裡的信看了一遍，對孟氏使眼色，嬌笑道：「娘，哥哥信裡說了，一切安好，想必很快能調回京城。只是，他說的東西，我們得早些送過去。」

孟氏點點頭，親切地拉著葉崖香的手，笑道：「妳表哥託我們在京城幫他買幾幅名人字畫，他好送人。我見妳家鋪子裡有幾幅不錯，不如算便宜些，賣給妳表哥。」

「大舅母見外了，一家人談什麼賣不賣的。」葉崖香見孟氏眼中閃過喜色，心底冷笑一聲，面上露出些許為難。「不過，鋪子裡的字畫，都是別人寄賣的，若是大舅母想要，崖香跟管事說一聲，請他將賣家約出來，大舅母好跟賣家談價錢。我們是一家人，中間的佣金，我家管事定是不會要的。」

孟氏面上的笑容僵住。「這……」

葉崖香笑道：「莫非大舅母覺得，沒有像外人一樣給佣金，讓崖香吃虧了？大舅母真不必如此見外。」

孟氏一口氣憋在心裡，上不上、下不下，乾巴巴道：「到時候再說吧。」

坐在一旁的趙花楹目瞪口呆，這還是那個只要她娘開口，便會將東西雙手奉上的葉崖香嗎？

氣氛正有些尷尬時，花姨娘走了進來，道：「老爺、夫人，供品已經準備妥當，可以祭祀先祖了。」

「表妹，妳在這裡坐一會兒，我和爹娘先去祠堂祭拜。畢竟妳是外人，不能……」趙花楹察覺到她的話有些不妥，連忙改口。「畢竟表妹姓葉，不好祭拜趙家的祖先。」

葉崖香點點頭，見侯府眾人去了祠堂，心裡有些酸澀。不是因為不能跟著一起去，而是想到葉家的祖先沒人祭拜，恐怕連祠堂裡都落滿了灰塵。

即便會被趙廣白與孟氏安上忤逆不孝的名聲，她也要從侯府裡搬出去。到時候，將祖先牌位從錦官城遷過來，好逢年過節祭拜。

不過，若能讓侯府的人心甘情願地答應她搬出去，那是最好不過。她自己倒是無所謂，只是不願連累了父親的名聲。所謂子不教父之過，她父親無論是生前還是死後，都備受推崇，若被她這個做女兒的污了名聲，她有何臉面再跪拜父親的牌位？

石燕見葉崖香情緒低落，安慰道：「姑娘，要不等會兒我們回了院子，偷偷祭拜老爺？」

「不，現在還不是時候。」葉崖香搖搖頭。「我吩咐妳做的事，明兒就可以開始了。」

石燕小聲應下。「是，姑娘。」

兩人正說著，外面鞭炮聲響起，猜想趙氏祠堂裡的祭拜儀式已經完成，便止住了話頭。

從祠堂回來後，侯府的人心情明顯好了不少，一頓年夜飯吃下來，氣氛還算融洽。

飯後，葉崖香在壽春堂小坐片刻，起身道：「大舅舅、大舅母，崖香先回院子了，好再檢查一遍年禮。」

孟氏忙笑道：「一家人還準備什麼年禮。快去吧，路上黑，小心點。」

待葉崖香走後，趙花楹忍不住道：「天黑前，我瞧見葉家鋪子的夥計送了一個又高又大的箱子去了蘭汀苑，難道就是葉崖香替我們準備的年禮？」

「去歲她送了我們幾十根金條和幾對玉如意，今年莫不是準備送座小金山吧？」孟氏滿意地點點頭。「還算懂事，知道孝敬我們這些做長輩的。」

趙廣白面上露出一絲貪婪。「小金山？若是再加些白玉古玩，就更好了。」

三人心照不宣地相視一笑，又開始籌謀起趙川連信裡要的那幾幅名家字畫來。

回到蘭汀苑後，葉崖香吩咐道：「準備些熱水，我泡泡腳。」

「姑娘不守歲嗎？」石燕解下葉崖香身上的大氅，扶著她在軟榻上坐下，將火盆挪近些。「可是乏了？」

「不守了，這裡又不是我家。」葉崖香搖搖頭。現在的她對侯府沒有半絲好感，這歲不守也罷。

葉崖香剛泡完腳，正準備躺進被窩，卻見石竹拎著食盒走進來。

石竹拿出食盒裡的東西，擺在桌上，解釋道：「姑娘去吃年夜飯時，外院的婆子說府外有人找奴婢，奴婢便去了。來人是一個不認識的年輕男子，他將這食盒交給奴婢，說是九皇子給姑娘的，讓姑娘趁熱吃。」

葉崖香聽了，將食盒的蓋子翻過來，果真在蓋子裡發現一張紙條，字跡跟上次紫玉蘭花簪錦盒裡的紙條上一樣，大器卻又筆鋒凌厲。

見妳喜歡吃，便帶了些出來。

她將紙條收進袖袋，看向桌上，是一碟紅棗赤豆糕和一碗圓芋銀耳湯，還冒著絲絲熱氣。

葉崖香的心情有些複雜，之前宮裡的年宴上，這兩樣東西她多吃了幾口，沒想到被蕭京墨注意到了。今夜守歲時，居然特地從宮裡帶出來給她。

她拈起一塊紅棗赤豆糕，入口軟糯香甜，難怪老人們常說，甜食能撫慰人心，覺得心情好上不少。

「好甜。」

石竹見情緒一直有些低落的葉崖香露出笑臉，也高興起來。她才不管九皇子為什麼要送這些，只要能讓她家姑娘開心便好。

新年的第一天，天公並不作美，天色陰沈陰沈的，刺骨冷意讓人伸不出手，張口便是一團白氣。

葉崖香縮了縮脖子，將小半張臉藏在領口暖融融的兔毛裡，雙手插在手爐外的皮套中，感受著從手爐上傳來的陣陣暖意，向壽春堂走去。

她身後跟著幾個人，抬著一個大木箱，看沿路留下的腳印，箱內之物應該頗為沈重。

葉崖香進了壽春堂，朝坐在主位的兩人行禮。「大舅舅、大舅母，新年好，福安順遂。」

「好，來這邊坐。」孟氏抬手，將一個紅包放到葉崖香手裡。「平安喜樂。」

葉崖香在袖中暗暗捏了下紅包，心底冷笑，還是跟去歲一樣，紅包裡只有一枚銅錢。

去歲，孟氏說葉家不缺錢，這銅錢是請高人開過光的，保她平安，是他們的拳拳心意。

其實，不過就是一枚普通銅錢，跟給府裡三等下人紅包中的銅錢沒什麼區別。

不對，還是有區別的，三等下人的紅包裡有十枚銅錢，而她的只有一枚。包一枚銅錢給她當新年紅包，虧孟氏做得出來。不過最蠢的還是她自己，上輩子居然全心全意地信賴這種人。

葉崖香斂住心神，見孟氏等人頻頻望向門口，知道他們在期待什麼，遂拍了拍手掌。「抬進來。」

木箱很快被抬進屋，下人很識相地將木箱拆開，眾人頓覺眼前金光閃閃，滿室生輝。箱內是一頭半人來高的梅花鹿，站立的身形矯健優美，一對由黑寶石做成的眼睛熠熠生光。最讓人震驚的是，整頭梅花鹿都是由純金打造。

侯府的人倒吸一口涼氣，趙廣白哆嗦著嘴唇，走到純金梅花鹿前，用手摸了又摸，敲了又敲，只差沒直接趴到它身上。

趙花楹也摸著鹿背上的梅花印，滿臉癡迷，呢喃道：「太美了，實在是太美了。」

孟氏摸了金鹿幾遍，面上的震驚壓都壓不住。「這梅花鹿是實心的？整頭鹿全是用金子做的？」

葉崖香微抬下巴，裝出一副得意的樣子。「當然是實心的。這點金子對我們葉家來說，根本不算什麼。」

趙廣白等人聞言，又將金鹿摸了個遍，還想試著抬起來，結果整頭金鹿紋絲不動。

看著笑瞇了眼的三人，葉崖香在心裡暗道，趁現在多高興些吧，日後有他們們哭的時候，這可是她送給忠勇侯府的催命符。

半晌後，孟氏才自覺有些失態，輕咳一聲。「崖香，真是讓妳破費了。」

葉崖香笑道：「舅舅和舅母喜歡便好。昨日睡得晚些，崖香先回屋了。」

孟氏難得露出真誠的笑臉，點點頭。「去吧去吧，再回去歇會兒。」

「哈哈哈，居然是一頭金鹿。」等葉崖香離開，趙廣白再也忍不住，大笑起來。「純金的！」

「爹，您小聲點。」趙花楹看看門口。「葉崖香沒走遠，別讓她笑話。」

趙廣白目不轉睛地盯著金鹿，無所謂地擺擺手。「笑話便笑話。有了這個，我今年升遷有望了。」

孟氏一口喝下大半杯茶，壓下心中的激動。「對，老爺在這五品的閒職上坐了好些年，今年說什麼也要挪一挪位置。」

趙花楹摸著梅花鹿的金角，不解道：「爹爹升遷，跟這金鹿有什麼關係？」

孟氏笑盈盈地解釋。「陛下最喜歡各種梅花鹿造型的擺飾了。上次工部員外郎送了一個巴掌大小的金梅花鹿給陛下，陛下一高興，直接提拔他做了工部侍郎，由從六品升到正四品，可謂一步登天。」

趙廣白的目光終於從金鹿身上移開，摸著下巴上的短鬚道：「今年陛下壽誕，我便將這頭金鹿獻上。妳們說，這麼大一頭金鹿，陛下會給我升什麼官？」

「肯定不會低於正四品。」趙花楹興奮道。若她爹當了四品以上的大官，忠勇侯府的地位也會水漲船高，能為蕭澤蘭提供更多助力。

等金鹿被小心翼翼抬進庫房後，三人才徹底冷靜下來，趙花楹強壓下心中的嫉妒和貪婪，出了聲。

「葉崖香隨手便送出這麼大一頭的純金梅花鹿，可見葉家家底比我們調查的更厚。可惜上次沒能將她困在後院，牢牢掌控住她。」

孟氏悠悠道：「急什麼，那藥已經配出來了，正在找人試藥。要不了多久，葉家的所有東西都會是妳的。」

趙花楹靠到孟氏身側，臉上泛起薄紅。「娘，明日我想去外祖父家，向外祖父和外祖母拜年。」

孟氏戳戳她的鼻尖，笑道：「每年初二，三殿下都會去妳外祖父家。我看妳呀，是想見三殿下才是真。」

「娘。」趙花楹摟著孟氏的胳膊，輕輕晃動著。

「好了，多大的人了，還撒嬌。」孟氏一臉寵溺。「妳跟三殿下有些日子沒見了，明日好好說說話。」

此時，蘭汀苑裡嘰嘰喳喳，熱鬧非凡，一群丫鬟和婆子將石燕圍在中間，伸長手去搶石燕懷裡的錦盒。

石燕抱著錦盒，貓著腰鑽出人堆，笑道：「急什麼，姑娘說了，每個人都有份。」她將錦盒打開，舉到眾人面前。「看清楚沒有，這滿滿一匣子的金銀錁子，都是我家姑娘替妳們準備的新年紅包。排好隊，我一個個發給妳們。」

丫鬟婆子們這才散開，站成一排，搓著手緊盯石燕手裡的錦盒。拿到金銀錁子各兩個的人，不管真情還是假意，都歡歡喜喜說了幾句吉利話。

臨到最後八、九個人時，石燕略帶些歉意道：「呀，發完了，可能是我沒數清楚，妳們隨我去屋裡拿。」

幾個丫鬟和婆子忙笑道：「好。」

進了主屋後，石燕用眼角餘光留意這幾人的動作，果真見她們眼珠子亂轉，目光落在屋內擺飾時，毫不掩飾貪婪之色。

石燕裝作沒看見，走到一側的隔間裡，打開放在靠牆木架上的紅木箱，在裡面翻找著。

幾人伸長脖子，從石燕身後看去，只見箱裡整整齊齊擺著十二個玉雕生肖、一些玉珮珠釵，和一堆金銀錁子，嘖嘖出聲。

「這麼多值錢的東西！」

石燕拿了金銀錁子出來，笑道：「這哪算什麼值錢的玩意兒，都是些姑娘不太喜歡的東西。比如這十二玉生肖，自從放進木箱後，便沒拿出來過，連我都差點忘了有這玩意兒。」

幾個丫鬟與婆子裡，有一名四十來歲的婦人，是負責蘭汀苑灑掃的何嬤嬤。何嬤嬤打量木箱，眼光微閃，笑問：「表姑娘很少檢查箱子裡的東西？」

石燕蓋上木箱，點點頭。「有什麼好檢查的？若不是要拿金銀錁子發紅包給妳們，恐怕一年到頭都不會打開這箱子。」

何嬤嬤又掃了木箱一眼，將金銀錁子揣進懷裡，嘿嘿笑道：「那我們先出去了，石燕姑娘忙吧。」便和其他人走了。

石燕將人送出門後，嘆了口氣。

方才她帶進屋的丫鬟和婆子，都是她家姑娘搬入蘭汀苑後，孟氏特意安排進來的，果真不是什麼純善之人。

尤其是何嬤嬤，據其他下人說，何嬤嬤為了幾兩銀子，竟把自家兒媳和孫子賣了。不知趙氏是何居心，居然將這種人買進府，伺候她家姑娘。

石燕正想著，聽到門口傳來動靜，忙迎出去。「姑娘回來了，外頭冷，先用杯熱茶，暖暖身子。」

跟著進屋的石竹忙將屋裡的火盆撥了幾下，添上木炭，讓火燒得更旺。

石竹弄完這些，猶豫片刻，最終還是忍不住道：「姑娘，難道我們就這麼將那頭金鹿送給侯府？」

葉崖香喝了口茶，覺得身子從裡到外暖了起來，看向石燕。「石燕，妳是不是也覺得我不該將金鹿送給侯府？」

石燕替葉崖香捶著肩，頭也沒抬地說：「奴婢認為，姑娘這麼做，定是有道理的。」

葉崖香將手靠近火盆，好半晌後，才幽幽道：「待陛下壽誕過後，京城恐怕不會再有忠勇侯府了。」

石燕與石竹相視一眼，不明白葉崖香是什麼意思。

葉崖香沒解釋，只定定地看著炭火出神。

她當然聽說過工部員外郎靠一個小金鹿升到工部侍郎的事，所以才將先前準備的年禮換成金鹿。等到隆豐帝的壽誕時，遲遲不得升遷的趙廣白，肯定會將金鹿獻上。

但是，這次等待趙廣白的不會是升遷，而是隆豐帝的怒火。

上輩子隆豐帝壽誕時，她跟蕭澤蘭的關係正親密，因此知道了不少皇室秘聞，隆豐帝可不想在今年的壽誕上看到任何與梅花鹿有關的東西。

「姑娘，京城裡有不少老爺生前的同窗和學生，可要送年禮去這些人府上？」

石燕的聲音讓葉崖香回過神來，點點頭。「按著往年的分例準備吧。明日妳親自送，我就不去了。」

這段時日，她風頭太盛，先是從謠傳被辱了清白之人變成太師府的救命恩人，讓太師府大張旗鼓地送她回侯府，然後又是宮宴上的事。這兩場風波令太多人的目光落在她身上，並不是好事，這幾天還是少露面比較好。

葉崖香又想到，以後她還要藉蕭京墨的勢壓住蕭澤蘭，但不好直接去九皇子府，不過倒是能拜訪太師府。

於是，她起身寫了張拜帖，遞給石燕。「妳將這張拜帖送去太師府，說我明日去向老夫人拜年。」

第九章

年初二，鵝毛般的大雪簌簌而落，入目一片雪白。

武安大街上，一輛駛得不急不緩的馬車在積雪上壓下兩道車輪印，馬車四角的銅鈴微微晃動，叮噹作響。

「姑娘，快到太師府了，門口好像有人正在等著我們。」石燕掀開車簾的一角看向外面，只見太師府門口站著一名著玄色衣袍的人。等馬車又靠近了些，才看清楚那人的面貌。

「咦，好像是九殿下。」

葉崖香聞言，一把掀開車簾，看向太師府門口。

一片雪白中，玄衣墨髮的男子長身玉立，撐在頭頂的傘上已積了厚厚一層雪，果真是蕭京墨。

待馬車停下後，蕭京墨三兩步走上前，將傘舉到葉崖香頭頂，冷峻的眉眼染上笑意，嘴上卻埋怨著。「這麼大的雪還出門，也不怕凍著了。」

葉崖香笑問：「殿下怎麼在這兒？」

蕭京墨握住葉崖香的胳膊，扶她上臺階。「當然是在等妳。小心腳下滑。」

葉崖香轉過臉，看著蕭京墨，眉眼彎彎。「這麼大的雪，殿下還特地在門口等，也不怕凍著了。」

蕭京墨瞪她一眼，冷哼一聲，別過腦袋。

葉崖香瞧見蕭京墨紅紅的耳尖，捂著嘴輕笑出聲，這人真是溫柔又彆扭。

兩人穿過前院，又入了幾道拱門，蕭京墨指著一處精美的閣樓道：「外祖父出門會友去了，外祖母在暖閣裡，暖和又不憋悶，最適合在這種天氣待著。」

他推開閣門，一股暖氣撲面而來。葉崖香將大氅解下，交到石燕手裡，這才進了裡間。

「老夫人好。」葉崖香朝坐在軟榻上的太師夫人行禮。「崖香祝老夫人新年福安順遂。」

太師夫人一把扶起葉崖香，拉到火盆旁坐下。「外頭冷，可有凍著？快過來烤烤。」

葉崖香順勢坐到太師夫人身側，笑道：「崖香穿得厚實，倒不覺得冷。」

坐定後，葉崖香接過被石燕抱在懷裡的小木箱，放在面前的桌上。「這是崖香準備的一點心意，希望老夫人喜歡。」

「妳這丫頭，還準備什麼……」太師夫人打開木箱，看清楚裡面的東西後，激動地站了起來。「這……妳是從哪兒尋來的？實在是太過珍貴了，老身不能收。」

不大的木箱裡，裝著滿滿一箱書籍，紙張泛著黃，有幾本沒了封面，更有幾本看著殘破不全，正是一些孤本和古籍。

太師夫人年輕時是有名的才女，一手好文章讓不少學子追捧稱讚。年紀大了之後，很少動筆，四處搜集古籍，一是為了拜讀前人遺作，二是為了修復這些孤本，好留給後人。

葉崖香笑道：「都是家父生前收藏的。崖香才疏學淺，這些古籍留在崖香手裡，不過是暴殄天物，不如交給老夫人。老夫人有心修復古籍，是利在千秋的大善事，想必家父也很贊同崖香的做法。」

太師夫人摸著這些古籍，眼角泛紅，看著葉崖香。「妳這孩子有心了。」

她說完，一本一本翻看著古籍，把葉崖香落在一旁。

蕭京墨湊過來，撇撇嘴問：「這些很值錢？」

太師夫人頭也沒抬地說：「殿下從小不愛讀書，自是不知道這些古籍的珍貴，可以說是無價之寶。」

蕭京墨摸了摸鼻子，小聲對葉崖香道：「看樣子我外祖母一時半刻放不下這幾本書了。外面的雪已經停了，我帶妳去園子裡轉轉？」

葉崖香點點頭，起身輕輕地跟出去。

園子裡的草木花卉被埋在厚厚的白雪下，一些下人正在清理路上的積雪。

「妳在這裡坐著，我去幫妳堆個雪人。」

蕭京墨把葉崖香安置在遊廊裡避風的木凳上，又脫了身上的大氅，蓋在葉崖香腿上。而後翻出遊廊，跳進園子裡。

葉崖香看著正在滾雪球的蕭京墨，摸了摸腿上的大氅，總覺這人待她太親密了些，卻又不引人反感。

約莫一炷香後，一個頭與肚子一般大的雪人，直挺挺地立在遊廊外面。

站在雪人旁邊的蕭京墨得意洋洋道：「怎麼樣？本皇子堆的雪人夠霸氣吧？」

葉崖香忍不住笑道：「殿下，你堆的是大頭娃娃嗎？也太醜了些。」

「葉崖香，妳良心不痛嗎？這可是本皇子親手堆的。」蕭京墨原本得意洋洋的臉沈了下來，下一刻，忍不住笑道：「確實醜。」

他撐著欄杆跳進遊廊，抱著胳膊，斜靠在葉崖香旁邊的柱子上，衝著園子裡喊了一聲。

「來人，在園子裡堆幾個雪人、雪兔、雪狗之類的。」

立時有幾名下人忙活起來，沒一會兒，一隻活靈活現的雪兔便趴伏在遊廊不遠處。

「起來走走，坐久了腳冷。」蕭京墨朝遊廊另一側走去。「前面有幾株梅花開得不錯，我帶妳去看看。」

兩人轉過幾道彎後，數十株梅花映入眼簾，白色的花瓣上灑著紅斑，又猶如粉紅中透著白。

葉崖香接住幾片落下的花瓣，輕輕嗅了嗅。「灑金梅。」

「是這梅花的名字？倒也相配。」蕭京墨挑眉。「我見京城幾家花卉行外掛有葉家的標識，想必是妳家的鋪子，平時這些鋪子的生意都歸妳管？」

葉崖香笑著搖搖頭。「我哪會經營鋪子，都由管事負責，我只收錢和看看帳本。」

蕭京墨折了一枝梅花，放在葉崖香手裡。「葉家到底有多少鋪子？」

葉崖香看他一眼。「殿下沒查過？」

蕭京墨莫名其妙。「我為什麼要查這些？」

葉崖香盯著蕭京墨的雙眼，見他目光坦蕩，不似作假，猶豫片刻後，道：「玉堂街的鋪子全是葉家的，武安大道上則有幾家酒樓、十來間胭脂水粉鋪子，以及幾家米行和布莊。其他的街道上，零零散散還有一些。」

蕭京墨瞠目結舌。「京城最繁華的玉堂街，整條街的鋪子都是妳家的？」

「對。」葉崖香點點頭。「這麼說吧，去年葉家上繳的商稅，占了京城總商稅的四成。」

蕭京墨嘖了一聲。「葉崖香，妳就是座移動的金庫。」

葉崖香笑道：「怎麼，殿下心動了？要不要來葉家鋪子入股？」

蕭京墨雙手一攤。「沒錢。」

葉崖香又笑。「殿下，你可是堂堂皇子，怎會沒錢？」

蕭京墨聞言，立即皺起了臉，開始訴苦。「小香香，妳不知道，父皇說皇子的開銷都是由宮裡負責，有錢也沒地方花。還說我們手裡的錢一多，就容易生歪心思，所以只給了月例。」

葉崖香暗想，沒錢便沒辦法養幕僚、拉攏朝臣、發展勢力，隆豐帝真是看得透澈，難怪蕭澤蘭一直想算計她。

這時，她發現蕭京墨又喚她「小香香」，微微皺眉。「殿下，小香香這稱呼……」

蕭京墨從頭到腳打量葉崖香，挑眉笑道：「妳小鼻子、小嘴巴，人也小小一個，不是小香香是什麼？」

葉崖香心想，她的鼻子和嘴巴明明就很正常，身量也跟同年紀的人差不多，是跟人高馬大的蕭京墨比起來，才顯得小。

她剛想抗議，突然覺得蕭京墨的話很耳熟，小時候應該有人這麼說過。

蕭京墨瞧見葉崖香面上的變化，彎下腰湊近她，輕笑道：「小香香，終於想起來了？不知是誰小時候，說我的臉長得白白淨淨，像白麵饅頭，非要嚐嚐是什麼味道，啃得我一臉口水，結果轉眼便將我忘了。小香香，妳可真是個沒良心的。」

這下，葉崖香是真的想起來了。她快五歲那年，皇后去世，朝堂和後宮有些動盪，隆豐帝怕護不住才七歲的蕭京墨，遂以求學為由，將蕭京墨送到她父親身邊，他們便是那時候相識的。

不知為何，小時候的她特別喜歡黏著蕭京墨，整日跟在蕭京墨後頭跑。大半年後，隆豐帝穩住局勢，將蕭京墨接回宮，他們便斷了來往。

那時，她太過年幼，又隔了將近十年，才一直沒想起來。

葉崖香的臉立刻紅了，她第一次見到蕭京墨時，確實啃了他一臉口水。不過，那是她小時候做的糗事，現在她已經及笄，被蕭京墨這麼說出來，當真是羞得很。

她瞪了蕭京墨一眼，回身往暖閣走。「殿下，我們出來一會兒，該回去了。」

蕭京墨看著她落荒而逃的背影，朗笑道：「害什麼羞啊，誰小時候沒幾件糗事。」

葉崖香腳下一個趔趄，步子更快了些。

蕭京墨笑著搖搖頭，跟了上去。

走了幾步後，葉崖香只覺臉上躁熱不減，但心裡又有些歡喜。能那麼早便與蕭京墨相識，真好。

蕭京墨快步趕上，扶住葉崖香的胳膊。「妳慢些，小心摔著了。」

兩人剛到暖閣門口，正好撞見從裡面出來的太師夫人，葉崖香笑道：「老夫人，崖香多有打擾，該回府了。」

太師夫人忙拉住葉崖香的手，帶著歉意說：「我一見到那些古籍即愛不釋手，怠慢了妳，說什麼都得讓妳吃過午飯再回侯府。」

蕭京墨也道：「我外祖母府裡的廚子可不比宮裡的差，今兒中午還特地做了幾道錦官城的特色菜，妳嚐嚐再回去。」

葉崖香推辭不過，只得留下吃午飯了。

吏部侍郎府。

「三殿下，您嚐嚐，這是我外祖父家廚子的拿手好菜。」趙花楹挾了一筷子菜放到蕭澤蘭碗裡，溫柔又期待地看著他。

蕭澤蘭溫聲道：「老師府上的廚子手藝自是好。楹楹，妳也多吃些。」

坐在另一側的吏部侍郎孟浮石，與其夫人石氏相視一笑，滿意地看著對面的兩人。

飯後，蕭澤蘭抿了一口清茶，緩緩道：「楹楹，這幾日葉崖香可準備出門？」

趙花楹微微皺眉。「沒聽說過，不過她今日去了太師府。」

「太師府？」蕭澤蘭垂著眼，沈思片刻，放下茶盞起身。「老師、師母、楹楹，我府裡還有事，先回去了。」

「三殿下這就要走？」趙花楹心中酸澀。今日蕭澤蘭來得晚，他們還沒好好說說話。

「我送送您。」

到了園中，蕭澤蘭瞧見趙花楹面上的不捨和幾絲委屈，輕輕擁住她，柔聲道：「楹楹，我也捨不得妳，但現在不是我們兒女情長的時候。待我坐上那個位置，必日日陪著妳。」

趙花楹點頭。「我相信三殿下。」

出了府門，蕭澤蘭將聲音壓低了些，道：「楹楹，多幫我注意葉崖香的動靜，她若是出門，派人立刻通知我。還有，在她面前多多提起我，讓她對我感興趣。」

趙花楹應下，望著走遠的蕭澤蘭，心中的酸澀更甚，要是她的家世再顯赫些便好了。眼中閃過一絲狠戾，她一定要拿到葉家的一切。

蕭澤蘭行至半路，看見繡有葉家家徽的馬車迎面而來，蕭京墨坐在與馬車並駕齊驅的駿馬上，正在剝糖炒栗子，遂忍不住停下來。

「殿下，前面的人好像是九皇子。」蕭澤蘭的侍從小聲道：「他怎麼會與葉家的人在一起？」

蕭京墨深得隆豐帝寵愛，最懶散好享受，到哪兒都會跟著一大批人伺候，今兒居然會親自剝糖炒栗子，真令人意外，難道那栗子很好吃？

蕭澤蘭看著蕭京墨將一把剝好的栗子遞向車窗，車簾掀開，伸出一雙白淨素手接過栗子。然後蕭京墨對著車簾擺了擺手，似是在示意車內的人將車簾掩好。

蕭京墨隨手將裝有栗子殼的紙袋丟給身後的侍從，彷彿這才發現對面的蕭澤蘭似的，懶洋洋道：「三哥。」

「九弟。」蕭澤蘭拍了拍馬背，走到葉家馬車旁邊。「想必馬車內是葉姑娘吧，可否見一見？」

蕭京墨冷哼。「三哥，這麼冷的天氣，你好意思讓一個姑娘家出來吹風？」

「是我考慮不周。」蕭澤蘭語氣溫和，又看向蕭京墨黑漆漆的手指。「九弟居然會親手剝栗子，我倒是第一次見。」

「三哥也想剝？」蕭京墨吩咐身後的侍從。「去幫三殿下秤幾斤，讓他慢慢剝。」

「九弟客氣了。」蕭澤蘭面上笑意不減，看了眼車簾緊閉的葉家馬車。「聽說葉姑娘救過太師和太師夫人，想必九弟對她很感激。」

「三哥想知道什麼，大可直接問。至於願不願意說，得看我的心情。」蕭京墨下巴微揚。「煩勞三哥讓讓，我急著送葉姑娘回府。大冷天的，不好讓一個姑娘家在外面多待，三哥說是不？」

蕭京墨不待蕭澤蘭回答，縱著馬，直接從蕭澤蘭身側擦過，讓蕭澤蘭忍不住往旁邊避了避。

隨後經過的葉家馬車，帶起陣陣寒風，令蕭澤蘭打了個寒顫，眼底浮現一抹暗色。

若是葉家不能為他所用，那便毀了吧。

到了忠勇侯府門口，蕭京墨從馬背上彎下腰，敲了敲車窗。「日後要是蕭澤蘭找麻煩，妳直接去尋我。」

葉崖香從車窗伸出腦袋，笑道：「多謝殿下。」

「有什麼好謝的。」蕭京墨伸出一根手指，把葉崖香的腦袋按回車裡。「趕緊進去，外面冷。」

侯府的側門被打開，葉崖香的馬車消失在門後，蕭京墨盯著又重新關上的木門，看了會兒，咧著嘴笑笑，甩著韁繩，慢吞吞往回行去。

乾德殿內，隆豐帝看了眼手中的密報，道：「老三很關注葉家姑娘的行蹤？」

蘇木恭敬道：「三殿下派了不少人盯著忠勇侯府。」

「長大了，心也就大了。」隆豐帝疲憊地捏捏眉心。「小九今日特意等在太師府外迎接葉家姑娘，可是真的？」

蘇木有些摸不準隆豐帝的心思，謹慎回答。「是。」

「這臭小子總算知道上進了，與葉家姑娘多親近些，說不定能讓朝中那幫文臣少參他幾本。」隆豐帝將御史參蕭京墨的奏摺丟進火盆裡。「君遷雖已故去，但他在朝中的聲望卻絲毫不減。」

蘇木彎腰幫隆豐帝換了一盞茶，笑道：「九殿下乃赤子之心，哪能想到這些。老奴猜想，他願意親近葉姑娘，許是看在葉姑娘救過太師的分上。」

「你說得對。」隆豐帝抿了口茶，神色緩和不少。「就小九那腦子，哪能想到這麼多彎彎繞繞，做事全憑自己的喜惡。」

「九殿下這是在指望陛下您呢。有陛下看顧，他自是不用想這麼多。」

隆豐帝輕笑出聲，眼角紋路帶出一股慈祥。「朕倒是希望這臭小子能多想些。罷了，還是朕這個做父親的替他多操勞吧。」

第十章

蘭汀苑內，何嬤嬤四下打量著，見石竹坐在主屋門口繡鞋墊，遂笑著走過去。

「喲，石竹姑娘的手可真巧，繡的花兒跟真的一樣。」

石竹將一旁的矮凳搬過來。「何嬤嬤坐，妳是來找我家姑娘的？」

何嬤嬤側著身，往主屋裡看了一眼。「我見這天氣冷得很，來看看表姑娘屋裡的木炭夠不夠。」

「初十五之前應該是夠的。待快燒完時，我再跟妳說一聲。」

「好，到時候我送過來。」何嬤嬤的眼角餘光掃過屋內的隔間，搓著手站起身。「那我先去做事了。」

何嬤嬤走到院門口時，剛好碰見回來的葉崖香，忙笑道：「表姑娘回來了。」

「嗯。」葉崖香淡笑著點點頭。「何嬤嬤有事找我？」

「沒有，老奴就是來看看。」何嬤嬤忙擺手，退到一旁，將路讓開。

葉崖香進了屋，石竹替她解下大氅，一邊伺候她解開髮髻、一邊小聲道：「今日姑娘出門後，何嬤嬤藉著掃院子裡的積雪為由，在主屋門口來來回回張望了好幾遍。」

「還真是動了賊心。」石燕將兩個湯婆子塞進被窩。「姑娘，今日起得早，晚飯前睡一會兒吧。」

葉崖香躺進被窩，閉著眼睛道：「且盯著吧，抓個人贓並獲。」

年初二後，葉崖香一直待在蘭汀苑沒出門。

趙花楹倒是來過幾次，或是在她面前有意無意地提起蕭澤蘭，或是邀她出門遊玩，都被葉崖香以太冷為由拒絕。

轉眼間到了正月十五，過完這一日，年節便算是結束了。

「晚上的元宵家宴，石竹和石燕跟著我一起去。」葉崖香將紫玉蘭花簪插入髮間，對著銅鏡看了看，又將掐絲鎏金蝴蝶釵別在蘭花簪旁，薄薄的蝴蝶翅膀對著蘭花輕輕顫動。

「姑娘，屋子裡不留人看守嗎？」石竹替葉崖香繫上披風。

葉崖香走出門，瞧了眼院子裡看似各司其職的丫鬟婆子們，輕笑道：「想幫我們看屋子的人可多了。」

石燕輕輕拉了拉石竹的衣袖，示意她去看一直在偷偷打量她們的幾個人，低聲道：「走吧。」

到了壽春堂，約莫是年禮送的那頭金梅花鹿頗合趙廣白心意，趙廣白難得關心起了葉崖香的飲食起居。

「崖香，京城的菜品與錦官城有些不同，妳可吃得習慣？」她都住了一年多，現在才想起來問她吃得習不習慣。葉崖香輕笑道：「勞大舅舅掛心，崖香一切都習慣。」

趙廣白點點頭，摸著短鬚道：「那就好，若有什麼需要，儘管與妳大舅母說。妳也別整日悶在屋子裡，多和楹楹出去走走。」

一旁的孟氏笑著附和。「對，楹楹認識不少世家公子和小姐，妳多去與他們結識結識。」

「表妹可還記得三皇子殿下？去歲秋日，他與我們一道去城外郊遊過。」趙花楹壓下心中的苦澀和恨意，柔聲笑道：「三殿下說待日子暖和些，邀請大家去城外賞花，不知表妹願不願意去？」

「我就不去了。」葉崖香看著趙花楹，似笑非笑。「我見大表姊日日誇讚三殿下，想必是對三殿下芳心暗許，我便不去礙眼了。」

「沒、沒有的事。」趙花楹瞬間慌亂了。「我只是轉述外面的人誇讚三殿下的話。」

葉崖香湊近趙花楹，在她耳邊輕聲道：「大表姊為何將這些話轉述給崖香聽？難道是想讓崖香對三皇子產生什麼期待？」

趙花楹的身子猛地往後一仰，離葉崖香遠了些，垂下眼，乾巴巴道：「表妹想多了。」

「崖香，妳這丫頭怎麼這般多心，楹楹不過是將她平日聽到的話講給妳聽。」孟氏幫趙花楹和葉崖香挾菜。「今兒是元宵節，都多吃些。」

葉崖香低著頭，掩住眼中的嘲笑，慢慢吃著碗中的飯菜。

一頓元宵夜宴在心思各異中結束，回迎花苑的路上，趙花楹挽著孟氏的胳膊，遲疑道：「葉崖香那些話，是真的懷疑我們了，還是隨口一說？」

孟氏看著路旁的燈火，有些煩躁地說：「自從翠安山的事過後，那丫頭好像突然間開竅了，變得精明又難以掌控。」

趙花楹急了起來。「娘，那怎麼辦？今日她從太師府回來時，是九皇子親自送回府的。若她倒向九皇子，那三殿下豈不是毫無勝算？」

「別急。」孟氏拍拍趙花楹的手背。「此計不通，換一計便是。總歸葉崖香住在府裡，逃不掉的。」

趙花楹聞言，垂眸默默看著腳下的路。

她父親要是能上進些，如祖上一樣大權在握就好了。而她姑父為何死前還要多事，安排了那群只認葉崖香一人的管事，否則她早奪了葉家的一切，與三皇子雙宿雙飛，何必整日如此委屈，與葉崖香裝什麼姊妹情深。

回蘭汀苑後，石燕立刻去檢查隔間的木箱，詫異道：「姑娘，不但少了許多金銀錁子，連十二玉生肖也不見了。」

葉崖香輕笑一聲。「大舅母替我安排的下人真是不錯，不僅手腳不乾淨，還貪婪至此。」

石燕道：「姑娘，接下來該怎麼做？」

葉崖香垂眼沈思，雖然她知道這些人手腳不乾淨，卻沒想到她們連十二玉生肖也敢偷。既然如此，就別怪她不客氣了。

她笑著反問道：「若是妳們偷了十二玉生肖，會怎麼做？」

石竹端來一盆熱水，放到葉崖香腳邊，讓她泡腳。「若是奴婢，會儘早拿到典當行賣掉。藏在身邊的話，容易被發現。」

葉崖香將雙腳泡進熱水裡，舒服地眯起眼睛。「那典當行的掌櫃若收到帶有皇室印記的物件，妳們說，他會怎麼做？」

石燕眼睛一亮。「如果掌櫃不想惹事，定會去報官。有皇室印記的東西，是不能隨意典賣的。」

「不知是她們其中的誰偷去的，那十二玉生肖上面的皇室印記很不起眼，那些丫鬟跟婆子注意不到，但定逃不過典當行掌櫃的毒眼。」石竹將葉崖香扶上床，替她掖好被角，有些擔憂地說：「姑娘，這樣一來，事情不就鬧大了？」

「我本以為她們只敢偷些金銀首飾，好讓我藉機將她們遣出蘭汀苑，沒想到她們連十二玉生肖都偷。不過，鬧大了也沒關係。」葉崖香捂著嘴，打了個哈欠，昏昏欲睡。「好了，妳們也去歇著吧，明兒我們去九皇子府一趟。」

翌日是個大晴天，但依然颳著冷風。

石燕掩好車簾，不解道：「姑娘，我們為何要去九皇子府？」

葉崖香雙手捧著手爐，淡淡道：「我是想將事情鬧大，卻不想鬧到陛下跟前。」

石燕聞言，更加不解，但瞧見葉崖香不想多說的神色，遂沒再問，總歸到了九皇子府便能知曉。

到了九皇子府，馬車停在門口的下馬石旁，石燕先下馬車，走到府門口的衛兵前。

「我家姑娘乃忠勇侯外甥女，姓葉，有事拜見九殿下，煩勞小將軍代為通傳。」

衛兵看向馬車，見一名明豔少女從馬車內走出來，一雙桃花眼明亮靈動，忙低下頭。

「請貴女稍候。」

石燕見衛兵進去稟報，替葉崖香攏好披風，道：「外面冷，姑娘去馬車裡等吧。」

「不礙事。」葉崖香搖搖頭。「我出來曬曬太陽。」

「這天氣太冷了，我們應該先給九皇子府遞拜帖，然後再過來。」

葉崖香打量著九皇子府門口的兩列衛兵，見一個個神情肅穆，無人多看她這邊一眼，笑道：「我們也沒料到那些人會偷十二玉生肖，如何能事先遞拜帖呢？」

剛從正院出來的皇子府管家，瞧見候在院門口的衛兵，說道：「殿下還未起身，若沒什麼急事，稍候再報。」

衛兵忙道：「葉家姑娘來訪。」

「葉家姑娘？」管家有些疑惑。「可有提前送拜帖？」

衛兵搖搖頭。

管家遲疑，蕭京墨睡覺時最不喜有人打擾，可他近段時日時時提起葉家姑娘，對她很關注。

沈思片刻，管家咬了咬牙，轉身回了主院。

管家推開房門，對著床上隆起的被子輕聲喚道：「殿下，有人拜訪。」

「不見！」床上飛出一本厚厚的《帝王紀事》，被子縮成一團。

管家苦著臉。「是葉家姑娘。」

「什麼？」蕭京墨一把掀開被子，撈起外袍，隨意披在身上，雙腳蹬進棉鞋裡。「人現在在哪兒？」

「葉家姑娘在府門外等……」

「你們怎麼連這點眼力都沒有！」蕭京墨扯了根髮帶綁住頭髮，大步往外走。「這麼冷的天氣，讓一個小姑娘等在外面？」

「殿下、殿下，您的鞋子……」

「姑娘，風更大了。」石燕縮了縮脖子。「您回馬車裡等吧。」

葉崖香搖搖頭，抬頭瞧見蕭京墨從府內走出，腳上穿著一雙常人漱洗後才會穿的棉布鞋，烏黑長髮被一根絲帶隨意束在腦後，還打了一個死結，一看便知是剛起床匆忙趕出來的。

她心底微暖，走到蕭京墨跟前，屈膝行禮。「今日冒昧來訪，請殿下恕罪。」

蕭京墨伸出手，將葉崖香被吹亂的髮絲攏到她身後，拉著人往府內走。

「風這麼大，也不知在馬車裡等，快隨我進去。」

進了院子，蕭京墨接過管家手裡的暖手爐，塞到葉崖香懷中，又將她按坐在火盆旁，吩咐人煮了一碗紅糖薑茶，看著她喝下去，才問道：「這麼冷的天來找我，有什麼事？」

葉崖香喝完薑茶，感覺身子從裡到外暖了起來。「上次陛下賞了我不少東西，裡面有一套翠玉雕成的十二生肖，昨兒被我院子裡的人偷走了。」

蕭京墨打量葉崖香一眼，瞬間明白她的心思。「妳想乘機把妳院子裡的人全換掉？」

「是。」葉崖香點點頭。「我猜偷竊之人會將東西拿去典當行賣，而典當行的掌櫃見到上面的皇室標記後，定會去京兆府報官，我想拜託殿下去知會京兆府尹一聲。」

蕭京墨挑眉。「這事不用我出面，京兆府尹也能很快查到那人身上，妳讓我去做什麼？」

「事關皇室之物，京兆府尹必會拿著東西去內務府核實真假，我不想鬧到陛下跟前。」

「可以。」蕭京墨湊到葉崖香跟前，咧著嘴道：「不然，我再幫妳一把。」

葉崖香雙眼眨巴幾下。「殿下何意？」

蕭京墨別過頭，暗嘖一聲，這雙眼睛也太好看了些。「妳去我外祖母那兒住兩日，待我將妳院子裡的人清理乾淨了，再回侯府。」

「殿下是擔心我大舅母從中作梗？」葉崖香笑著搖搖頭。「我並不懼怕他們。」

「我知道妳不怕，但妳大舅母是侯府的當家主母，又是妳的長輩，後院歸她管，她有的是理由將她的人安插進妳的院子，妳還拒絕不了。」蕭京墨拿過火盆旁烤好的地瓜，細細剝著皮。「可我去就不一樣了。」

葉崖香猶豫片刻，她確實不想看孟氏上演一哭二鬧三求情的煩心戲碼，遂點點頭。「那就煩勞殿下了。只是，這說到底是侯府的家事，殿下插手，會不會對殿下的名聲不好？」

「我還有名聲這東西？」蕭京墨無所謂地笑，將剝好皮的地瓜遞給葉崖香。「妳是沒看到，每日參我的本子，疊起來足足有一尺多厚。」

葉崖香接過地瓜，咬了一口，詫異道：「有這麼多人參殿下？」

「是啊，參我目無兄長、參我當街縱馬、參我不通禮儀又囂張跋扈，甚至還有參我欺男霸女的。」蕭京墨委屈道：「前面幾條，我捏著鼻子認了，可欺男霸女是什麼？我房裡到現在一個人都沒有。」

葉崖香將地瓜舉到嘴前，擋住嘴角的笑意。蕭京墨確實挺招人眼紅，天天被參，還能得隆豐帝偏愛。

蕭京墨瞥見葉崖香眼裡的笑意，瞪她一眼，突然俯身，咬下一大口她手裡的地瓜。

葉崖香被蕭京墨的動作嚇了一跳，僵在原地，面上慢慢出現一層薄紅，結結巴巴道：「殿下，你這是……」

蕭京墨這才發覺他做了什麼，臉瞬間紅透，梗著脖子道：「我只是見那地瓜太好吃，才忍不住咬了一口。」

葉崖香瞧著手裡剩下的一小塊地瓜，吃也不是，丟也不是。

蕭京墨一把將地瓜拿過來，塞進嘴裡，大步往外走。「我現在就送妳去外祖母家。」

走了幾步後，蕭京墨偷偷搓了搓手指。剛才他不小心碰到葉崖香的手，跟小時候一樣，又軟又滑，讓他想握住不放。

葉崖香低著頭，跟在蕭京墨身後，掩在袖中的手指忍不住動了動。蕭京墨的掌心，當真是暖和。

直到坐進馬車，兩人間尷尬的氣氛才恢復正常。

葉崖香看蕭京墨一眼，又別開目光。「殿下，我就這樣去太師府，會不會打擾到老夫人？」

「放心，我外祖母很喜歡妳，妳願意去她那兒住幾日，她肯定高興。」蕭京墨抱著胳膊，背靠車壁，眼光直直落在葉崖香身上。

到了太師府，太師夫人聽說葉崖香要在府裡住兩日，果然歡喜非常，忙吩咐人將她隔壁的房間收拾出來，還差貼身嬤嬤去忠勇侯府收拾葉崖香的一應用物，順便知會一聲。

此舉讓孟氏母女慌了，忙派人去三皇子府送消息，蕭澤蘭氣得砸爛了一屋子的東西。

同日下午，一只素白細長的小瓷瓶被送到忠勇侯府……

第十一章

將葉崖香安頓好後，蕭京墨去了京兆府衙門，將京兆府尹李文元嚇得不輕。

第二日一大早，李文元去衙門上衙，生怕錯過蕭京墨交代的事。

將近中午，仍不見有人來報案，李文元剛鬆了口氣，便見衙役帶著兩人走進來，一人大腹便便，瞧著頗為富態；另一人身形瘦長，面相精明。

衙役彎腰道：「大人，這兩人報案，說事關皇室之物。」

李文元猛地坐直腰身，大聲道：「細細道來。」

富態男子行過禮後，恭敬道：「稟大人，草民乃大通典當行掌櫃杜仲。今兒上午，草民剛到鋪子時，夥計說收到了一套不錯的玩意兒，草民心喜，便將東西細細察看一遍，發現這是皇室之物。草民知曉皇室之物不能隨意典賣，怕其中有不為外人道的隱秘之事，特此來稟與大人知曉。」

「你做得很好。」李文元說道：「將東西呈上來給我看看。」

杜仲將懷裡的錦盒交給李文元，李文元打開一看，見裡面整整齊齊擺放著十二個玉雕生肖，個個栩栩如生，果真如蕭京墨說的一樣。

李文元鬆了口氣。昨日下午，蕭京墨來找他，說葉君遷之女丟失了一套御賜的十二生肖，若是有人來府衙報案，讓他不必去內務府核實東西的真偽，只管立刻傳消息給九皇子府。

想到這兒，他吩咐一旁的衙役。「速去九皇子府稟報，說有人帶著十二玉生肖來衙門報案。」

衙役領命出去後，李文元將玉生肖細細檢查一遍，並沒有發現皇室印記，便問：「杜掌櫃，本官怎麼沒看見上面的皇室印記？」

「大人，草民指給您看。」杜仲拿起一隻玉兔，對著光線調整角度。「大人，您從這個方向看過去。這套玉生肖裡的印記非常隱蔽，唯有從特殊的角度才能看到。」

李文元順著光線看去，果真瞧見玉兔內部隱隱有「隆豐供御」四個蠅頭小字，忙將玉兔小心翼翼放進錦盒。

「這十二玉生肖是何人拿去典賣的？」

面相精明之人行禮道：「回大人，草民是典當行的夥計天冬，這套玉生肖是草民今早收到的，典賣之人是一個中年婦人和一個十七、八歲的女子。至於姓名，她們並沒有透露，草民也沒問，但觀察她們的衣著，應當是大戶人家的下人。」

李文元目光閃動。「若是讓你當面指認，你是否還能認出那兩人？」

天冬忙點頭。「自是能的。」

這時，衙役匆忙進來稟報。「大人，九殿下來了。」

李文元正了正衣冠，行了禮。「下官見過九皇子。」

「免禮。」蕭京墨擺手。「東西呢？給我瞧瞧。」

李文元雙手遞上錦盒，蕭京墨打開看了眼，點點頭。「對於典賣御賜之物的人，李大人可有頭緒？」

李文元彎腰道：「葉家家世殷厚，葉姑娘必然不會差人典當御賜之物。下官猜測，應當是葉姑娘身邊出了賊人，盜出了玉生肖，拿去典賣換錢。」

「盜竊御賜之物，罪名可不小。」蕭京墨將錦盒抱在懷裡，挑起眉。「李大人，我們去忠勇侯府一趟。」

李文元毫不猶豫地吩咐衙役，帶著典當行的人跟在蕭京墨身後。雖然忠勇侯府已經沒落，好歹是個侯府，他這小小的京兆府尹是不敢隨意闖的。但今兒有九殿下在，他有何懼？

這時，忠勇侯府眾人正在商討如何從太師府接回葉崖香，卻聽下人來報，說京兆府尹帶人上門抓人。

趙廣白將一塊白玉硯臺重重往桌上一放，怒道：「這李文元當侯府是菜市口，想進便進，還上門拿人？我看，他是不將我這侯爺放在眼裡！」

孟氏的面色也有些不好看。「老爺，我們先去瞧瞧，讓京兆府的人堵住門口，像什麼話？」

趙廣白與孟氏趕到門口時，果真見京兆府的衙役腰佩長刀，站在臺階下。

趙廣白立在臺階上，居高臨下地說：「不知李大人帶人堵住府門，有何貴幹？」

李文元打量圍觀的百姓，彎腰行禮。「侯爺真要下官在此處將事情說出來？」

趙廣白挺著胸膛。「李大人儘管說，侯府絕無作奸犯科之人。」

李文元搖搖頭，他已經極力保全侯府的顏面，但侯府好像不領情。

「陛下賞賜給葉姑娘之物，被人偷出去典賣。偷竊御賜之物可是大罪，下官要徹查侯府後院。」

孟氏心中一緊，強自鎮定地說：「也許是崖香那丫頭差人出去典賣的。」

「侯夫人真是個好舅母，一句話就將典賣御賜之物的罪名安在親外甥女身上。」

一道冷冷的聲音響起，侯府眾人抬頭望去，只見蕭京墨懶洋洋地坐在馬背上，從街角過來，目光冰冷。

趙廣白眼皮一跳，三兩步跑下臺階，擠出一絲笑意。「見過九殿下。不知九殿下親臨，還望恕罪。」

蕭京墨跳下馬背，冷哼一聲。「李大人，還不進去？」

趙廣白忙命人將侯府正門大開，把蕭京墨和京兆府的人迎進府。

到了蘭汀苑外，蕭京墨抬手止住眾人的腳步。「這院子可是葉姑娘的住所，這麼多人闖進去，像什麼話？將院子裡的下人叫出來便可。」

李文元忙點頭。「還是九殿下考慮得周到。」

跟在最後面的趙花楹垂著頭，面色蒼白。蕭京墨竟這般維護葉崖香，難道他們已經相熟到如此地步，那三皇子怎麼辦？

待孟氏將蘭汀苑裡的下人全帶出來後，大通典當行的夥計天冬，立即指著其中兩人道：「早上來典賣十二玉生肖的，就是她們兩個。」

被天冬指出來的，正是何嬷嬷與另一名圓臉婢女，兩人早已慌了神，被李文元訊問幾句後，便供認不諱。

趙廣白見事已至此，鐵青著一張臉道：「府內居然有雞鳴狗盜之徒，是下官管教不嚴，多謝九殿下及李大人幫下官揪出這些人。」

李文元命衙役替何嬷嬷及圓臉婢女戴上枷鎖，便後退到一旁。他只是來調查御賜之物被盜之事，如今罪魁禍首已捉拿歸案，後面的事，他可不想摻和。

蕭京墨盯著趙廣白。「葉姑娘是你的親外甥女，你就安排這種下人伺候她？」

趙廣白立即看向孟氏，怒罵道：「蠢婦，妳就是這麼管理後院的？將連御賜之物都敢盜竊的人招進府中，侯府遲早會敗在妳手裡！」

孟氏面上青一陣、白一陣，還是第一次在外人面前被趙廣白如此打臉，心中又氣又恨。把這些人安排在葉崖香身邊，趙廣白也答應了，沒想到一出事，全怪在她身上。

深吸幾口氣後，孟氏先行了個禮，而後輕聲道：「是妾身識人不清，讓侯府蒙羞。稍後妾身便將蘭汀苑院裡的人篩選一遍，保證再無這等不忠之人。」

蕭京墨抱著胳膊，唇邊勾起一抹笑意，面色卻有些發沈。「我聽說葉姑娘帶來的人被安排在侯府城外的別莊，讓他們回蘭汀苑服侍葉姑娘。」

趙花楹面色一變，若將蘭汀苑院裡的人換成葉家人，以後便難以掌控葉崖香的舉動了。而且，萬一三皇子和越貴妃那邊需要葉崖香的貼身之物，他們恐怕無法偷偷拿到手。

想到這兒，她走出來，盈盈行了一禮，柔聲細氣道：「葉家的下人對京城不熟，如果表妹需要人跑腿什麼的，恐怕無法勝任。不如讓我娘再精挑細選一批人，給表妹使喚。」

蕭京墨掃了趙花楹一眼，微微挑眉。「妳是誰？」

趙花楹氣結，她去過不少次宮宴，不信蕭京墨不認得她，但也只能垂下頭，掩住眼中的難堪和恨意，柔聲道：「民女乃忠勇侯嫡女，崖香的大表姊。」

「哦。」蕭京墨應了一聲，再無下文。

孟氏顯然也想到了趙花楹擔憂的事，輕聲說：「今日崖香不在府內，不如等崖香回來後，問問她的意思。」

蕭京墨冷笑，朝蘭汀苑的方向望去。「本皇子說，今日過後，葉姑娘所住的院子裡，只能出現葉家人。可聽明白了？」

看到蕭京墨的眼神，孟氏打了個激靈，立時開口。「臣婦今日便將蘭汀苑裡的人都換成葉家的。」

待蕭京墨及京兆府的人走後，孟氏疲憊地靠在椅背上，吩咐侯府管家。「將葉崖香帶來的那些葉家下人，全調去蘭汀苑。」

管家忙應下，低頭退出壽春堂。

面子丟盡的趙廣白，指著孟氏道：「妳就是這樣管理後院的？今日京兆府直接上門拿人，侯府成了京城的笑話。」

孟氏氣得渾身發抖。「當初為了掌控葉崖香，將她身邊的人換成我們自己的，老爺也答應了。怎麼現在出了事，便全怪妾身？」

趙廣白冷哼一聲，甩著袖子往外走。「總之，葉家的家產必須拿到手，侯府的臉面也不能丟，妳自己看著辦！」

孟氏見狀，眼眶發紅，忍不住掉下幾滴眼淚。她丈夫身為侯府當家，整日卻只知迷戀白玉古玩，絲毫不理會府裡的各種難處。她如此籌謀，不都是為了侯府和一雙兒女，結果得不到任何體諒。

「娘，別難過。」趙花楹心底又酸澀、又嫉妒，拿出手帕，擦乾孟氏臉上的淚痕。「那藥已經送來了，葉家的一切很快便是我們的。」

孟氏握著趙花楹的手，堅定道：「楹楹，娘一定會讓妳嫁進三皇子府。」

趙花楹點點頭，她一定要助三皇子坐上太子之位，而太子妃也必須是她。

另一邊，圍在忠勇侯府外的百姓，見京兆府衙役當真從侯府內押出兩名戴著枷鎖的犯人，再聯想剛聽到的那些消息，頓時議論紛紛。

「沒想到堂堂侯府內，居然也有這等雞鳴狗盜之徒。」

「連御賜之物都敢偷，還拿去典賣，簡直利慾薰心。」

「咦，那不是何嬤嬤？這人為了錢，連兒媳和親孫子都賣了。如今被抓，當真是報應不爽。」

「賣兒媳和親孫子？侯府竟連這種人都願意用。」

在各式各樣的議論聲中，慢慢出現了另一種聲音，而且有越來越壯大的趨勢。

「葉家姑娘真是可憐，連陛下賞賜給她的東西都會被人偷。平日她在侯府過的是什麼日子，可想而知。」

「葉大人一生為國為民，唯一的血脈竟被侯府如此欺負，當真讓人心痛。」

「哎，若葉家姑娘還有別的親人便好了，也不用如此委屈地住在侯府。」

「葉姑娘已經及笄了吧？乾脆從侯府搬出來。」

「前面那位兄臺，你說得太容易了。葉家是這麼大棵的搖錢樹，侯府哪會輕易放她離開，要是安一個不孝或忤逆長輩的罪名給她，葉姑娘這輩子就毀了。」

「呸，忠勇侯府真不是個東西！」

鬧鬧哄哄一中午，忠勇侯府的門口才徹底清靜下來，侯府的名聲在京城百姓心中一落千丈……

太師府裡，午睡剛起床的葉崖香，一邊漱洗著、一邊聽石燕講外面的消息。

石燕將擰好的熱帕子遞到葉崖香手裡，高興地說：「太好了，以後院子裡只有我們自己人，晚上睡覺都能安心幾分。」

葉崖香也鬆了口氣，又囑咐道：「回去後將屋裡的東西清點一遍，尤其是我的貼身用物。還有，一日未搬出侯府，便一日不可放鬆警惕。」

「奴婢曉得了。不知忠管事找到合適的宅子沒有？」見葉崖香已經收拾妥當，石燕將房門打開。「姑娘，要不我們請九殿下幫幫忙？」

「什麼事要我幫忙？」

蕭京墨的聲音從不遠處傳來，石燕抬頭望去，只見蕭京墨正抱著胳膊，斜靠在對面遊廊的柱子上，連忙行禮。

「見過九殿下。」

蕭京墨頷首，略略提高了聲音。「小香香，出來曬太陽。」

葉崖香走到蕭京墨身旁的長凳上坐下，任由帶著暖意的陽光灑滿全身，微微抬頭，逆著陽光看向斜靠在柱子上的人。

「殿下，可否換個稱呼？小香香實在是……」

「怎麼，人越大，臉皮越薄？小時候我不都是這麼喚妳的。」蕭京墨挑眉笑道：「小、香、香。」

耳邊笑語低沈，葉崖香頓覺臉上一陣燥熱，忙將目光落在遠處的梅花上。

淡淡陽光籠住身側之人，青絲被染上一層金光。小小的嘴巴上揚，帶著溫和寧靜的笑意，大大的桃花眼彎如新月，眼角那顆殷紅淚痣奪魄攝魂。

蕭京墨目光一頓，心頭微顫，好半晌後，才笑嘆道：「小香香，有沒有人說過，妳生得很好看。」
葉崖香收回目光，抬頭看向蕭京墨，見他眸中一片深沈，眨眼笑道：「殿下說過。」
「哈哈哈，小香香妳真是……」蕭京墨大笑著坐到葉崖香身側。「說吧，想要我幫忙的是什麼事？」
微風拂過，帶起幾片梅花飄入廊中。
葉崖香收起笑意，凝視蕭京墨，淡淡道：「殿下為何對我這般好？」
「我對妳好，僅僅是因為我想對妳好。」蕭京墨話音朗朗，含笑的眼中只餘深情。
葉崖香垂下眸子，撚起一片落在身上的花瓣把玩著，半晌後，從袖中拿出錦帕，遞到蕭京墨面前，臉上綻出明豔的笑容。
「殿下，那我以後便不客氣了。」
蕭京墨微震，接過錦帕，細細疊成小方塊，放進胸前衣襟裡，按了按擂動如鼓的胸口，眼角眉梢皆是笑意。
「如此，再好不過。」
「我想買一套宅子，從侯府搬出去。」葉崖香靠在欄杆上，整個人格外放鬆。「我家大管事忠叔看了幾處，都不甚滿意。」
蕭京墨也靠在欄杆上，與葉崖香並排在一起，閉著眼睛，含笑道：「想要什麼地方的？」

「玉堂街附近，不用太大，裡面最好帶有小祠堂。」

「好。」

葉崖香側過頭，看著蕭京墨，笑問：「殿下，外面那些我在侯府過得如何淒慘的傳言，是你找人傳出去的？」

「嗯，這樣等妳從侯府搬出時，外人只會覺得妳是被侯府逼得沒法子了，侯府再想說妳不敬長輩，也不會有人信。」

葉崖香聽了，輕笑一聲，閉上眼睛，感受著斜陽的餘溫。

第十二章

太師夫人走到遊廊上時，瞧見閉著眼睛坐在長凳上、倚靠欄杆的兩人，摸了摸鬢邊的華髮，含著笑，準備退回去。

蕭京墨聽到動靜，直起身子，睜開了眼。「外祖母。」

葉崖香忙站起來，臉色通紅，心底暗暗有些惱，著實不該在外人府上如此放鬆。

太師夫人像是沒瞧見葉崖香的羞赧，拉著她的手道：「侯府派人來了，說是要接妳回去。」

未等葉崖香答話，蕭京墨眉頭一皺。「太晚了，讓他們明日再來。」

葉崖香想了想，點頭應下。「也好。」

太師夫人遂差人將侯府的人打發回去，帶著蕭京墨和葉崖香往暖閣裡走。

「今天晚上，我們吃暖鍋。」

暖閣裡，太師正在親手燙菜，抬手阻止想行禮的葉崖香，笑道：「沒有外人，不必講這些虛禮。」

蕭京墨將葉崖香身上的披風解下，遞到一旁的石燕手裡，拉開凳子，讓葉崖香坐在他身側。

「我聽說錦官城盛行吃暖鍋，便讓廚子準備，不知合不合妳的胃口？」

來京城一年多，還是第一次吃暖鍋。葉崖香看向桌上洗淨的菜，有好幾樣是錦官城才有的，歡喜道：「謝殿下。」

「剛剛還說以後不會跟我客氣的，轉眼便忘了？」蕭京墨將一塊燙好的魚放進葉崖香碗裡。「小心燙。」

太師瞧見蕭京墨的動作，轉頭看向太師夫人，見太師夫人笑著點頭，沈思片刻，便當作沒看見了。

晚飯過後，蕭京墨帶著葉崖香在園子裡走動消食。

「過幾日是先皇祭典，妳跟著一起去，可好？」

葉崖香遲疑。「我既不是文武百官，也不是皇親貴冑，跟去不合適吧。」

「只要妳願意去，有什麼不合適的。」蕭京墨低頭看她，神色認真。「妳這般好，我得祈求我的先人們多庇佑妳。」

葉崖香有些愣怔，沒想到蕭京墨想讓她去的理由是這個。歷年先皇祭典，一是為了祭祀先帝，二則是祈求先人庇佑後人，圖個心安。

她垂下眼，笑道：「殿下，你還信這個？」

蕭京墨抱著胳膊，倒退著往前走，目光直直落在葉崖香身上。「以前是不信的，現在願意信。」

見前面斜出一根枝椏，葉崖香忙拉住蕭京墨的袖子，以免他撞上去。「祭祀大典時，我站在侯府的人後面？」

蕭京墨轉過身，與葉崖香並肩而立。「到時候，妳跟在靜妃身後，她會看顧妳。」

「靜妃？」葉崖香腳步一頓。上輩子，她跟著蕭澤蘭去皇宮向越貴妃問安時，見過靜妃幾次。後宮不少妃子對她的態度不好，因為那時她全心全意地幫助蕭澤蘭，讓蕭澤蘭穩穩壓在其他皇子頭上，但靜妃卻對她很和氣。

蕭京墨看著被葉崖香鬆開的衣袖，有些不滿，又將手臂舉到葉崖香身邊，輕哼一聲。

「拉住。」

葉崖香眨了眨眼，忍不住笑起來，伸出幾根手指，輕輕捏住蕭京墨的袖子。

蕭京墨咧著嘴笑了笑，神情很愉悅。「靜妃與母后交好，母后去世後，靜妃對我不錯，我喊她一聲母妃，跟二哥的關係也還行。」

葉崖香知道二皇子蕭辛夷是靜妃所出，生性淡薄，在眾皇子中甚不起眼。不過，她想到蕭京墨上打兄弟，下揍流氓的傳聞，遂小聲道：「你經常揍他，這叫關係還好？」

「我那是跟他切磋，只是他武力不濟而已。」蕭京墨越說越小聲，摸了下鼻子，輕咳一聲，又恢復平日的樣子。「對蕭澤蘭才叫揍。」

「殿下很不喜歡三皇子？」葉崖香問道。上輩子，蕭京墨跟蕭澤蘭也很不對盤。

「他有些手段，我實在是看不上。」蕭京墨的臉沈下來。「而且母后在時，越貴妃也處處惹她不開心，連母后的死……」沒把話說完。

難道先皇后的死與越貴妃有關？葉崖香仔細想著上輩子與越貴妃打交道的細節，實在想不出有什麼異樣。

在園子裡走了整整一圈，蕭京墨才將葉崖香送回客房。

葉崖香極少在睡前走這麼多路，晚上倒是一夜好眠。

第二日，剛吃完早飯，忠勇侯府派來接葉崖香的人便到了，但蕭京墨堅持要親自送她回府。

到了侯府門口，蕭京墨沒進去，轉身去了皇宮。

乾德殿內，批著奏摺的隆豐帝，看著坐沒坐相，還不停喝他茶水的蕭京墨，眉頭直跳。

「說吧，又闖了什麼禍？」

蕭京墨頓時不高興了。「父皇，您說的好像兒子只會闖禍一樣。」

「難道不是？五天前，當街將臨安侯府的小公子打了一頓。四天前，將你皇叔綁去了城外善堂。三天前，你命人將越貴妃的牡丹全拔了。」隆豐帝合上手裡的奏摺，又拿起另外一本。「要不要朕再接著數下去？」

蕭京墨忙辯解道：「臨安侯府的小公子當街調戲民女，不揍一頓，難道請他喝茶？至於皇叔，天天指望著從戶部拿錢修宅子、修園林，兒子這是讓他去善堂瞧瞧，有多少人連飯都吃不上。外面那些善堂，要不是葉家月月捐助，恐怕無法支撐。還有您的越貴妃，想種牡丹，種在哪兒不行，非得種在母后生前的花圃裡？」

他說到最後，聲音裡帶上一絲委屈。整個後宮，他母后留下的只有那花圃了，結果越貴妃還想占去。

「你母后……」隆豐帝神情有一絲恍惚。「那片花圃，朕已經命人圍起來。今後除了我們父子二人，誰都不許靠近那兒。」

見蕭京墨仍舊垂著眼，隆豐帝站起身，拍拍他的肩膀。「陪父皇去外面走走。」

兩人出了乾德殿，寒風微凜，隆豐帝看著走在身側、默默替他擋風的蕭京墨，笑著搖了搖頭。

「京城的善堂運轉艱難？」

蕭京墨已經恢復往日的懶散模樣。「京城的還好，畢竟有戶部的撥款。聽說偏遠地區的善堂，大多每日只能供應兩頓稀粥。後來葉家捐出每月進帳的三成，才讓那些善堂能支撐下去。」

隆豐帝沈思。「這是葉家那小姑娘做的決定？」

蕭京墨點點頭。「據說葉姑娘從錦官城搬到京城時，路上經過不少善堂，見裡面著實艱苦，便吩咐下去。如今一年多了，每月的捐贈從未間斷。」

「葉家小姑娘倒是有善心。」隆豐帝嘆了口氣。「哎，若是君遷還在，就好了。」

「您也心疼那小姑娘對不？兒子覺得，這次先皇祭典應該帶上她，好讓先人們多庇佑她。」

隆豐帝瞥向蕭京墨。「你對葉家姑娘倒是上心。」

蕭京墨別過腦袋，輕哼道：「兒子這是在替您體恤忠臣之後。」

「帶上葉家姑娘不是不行，但今年的祭文，得由你去誦讀。」

蕭京墨立即苦著一張臉。「父皇，您就放過兒子吧。禮部每年寫的祭文，又長、又晦澀難懂，還拗口得很，兒子實在難以勝任。」

隆豐帝似笑非笑地說：「想得先人庇佑，沒點誠心哪行？」

「兒子領命。」蕭京墨垂著腦袋，無奈地應下。「但是，您得讓禮部早些將祭文送到兒子手裡，兒子也好背熟，免得到時丟了您的臉面。」

葉崖香回到蘭汀苑，看著院子裡十來個面容熟悉的丫鬟和婆子，恍如隔世。上輩子，這些人為了她背井離鄉，從錦官城到京城，每一個都對她忠心耿耿，卻沒一個得了好結局。

葉崖香拉住一名身形消瘦的中年婦人，眼眶有些發紅。「胡嬤嬤，前段時日委屈妳們了。」

胡嬤嬤是她的奶娘，從小看著她長大，負責她的一應起居。到了侯府後，孟氏卻以胡嬤嬤不熟悉京城，不能好好伺候她為由，將胡嬤嬤遣去城外別莊。

上輩子，當蕭澤蘭要娶趙花楹的消息傳到別莊後，胡嬤嬤帶著僅剩的幾人，找忠勇侯府和蕭澤蘭討公道，竟被說成是刺客，當街斬殺。趙花楹還「好心」地特意將這消息告知被囚禁在後院的她。

胡嬤嬤抹了抹眼角，拉著葉崖香的手。「老奴不覺得委屈，只是一直見不著姑娘，總沒辦法安心。我們待在別莊，被安排了不少差事，但一有空，老奴和幾個丫鬟便會輪流來城內，想看看姑娘過得好不好，可每次都被侯府擋在門外。現在好了，以後老奴幾個日日守著姑娘。」

葉崖香看了周圍的人一圈，紅著眼道：「好，日後我走到哪兒，都帶著妳們。」

院子裡的丫鬟和婆子得了葉崖香這句話，格外高興，忙在石竹和石燕的帶領下，將蘭汀苑收拾成葉崖香住得最習慣的樣子。

午飯過後，園子裡的角門被打開，胡嬤嬤帶著一名中年男子進了蘭汀苑。男子約莫四十來歲，瞧著很幹練，正是葉家的大管事忠叔。

葉崖香見到來人，心頭有些哽咽，上輩子蕭澤蘭往她家各項生意裡安插人手時，正是忠管事牢牢護住了總帳本，才讓葉家沒徹底被蕭澤蘭掌控。臨末了，還為葉家搭上了性命。

「忠叔，坐。」葉崖香鼻頭發酸，使勁眨了幾下眼，強壓住淚意。「京城比錦官城冷了不少，忠叔的身子可還受得住？」

「勞姑娘掛心，我身子硬朗得很。」忠管事笑道，又仔細看了看葉崖香的氣色，才長吁一口氣。「前些日子那些事，把我嚇得不輕。如今見姑娘安穩無恙，我的心總算能擱回肚子裡了。」

葉崖香笑道：「如今我身邊全是自家人，忠叔大可放心。」

忠管事搖搖頭。「姑娘一日不能從侯府搬出去，便一日不算真正的安穩。」

石燕將熱茶放到忠管事面前，低聲道：「忠叔，可找到合適的宅子了？」

「看中了一處院子，離我住的地方不遠。只是，原主人頗為難纏，不賣給一般人家。」

「那便換一處吧。」葉崖香示意石燕將門關上，低聲道：「麻煩忠叔回去後，找人私下查查侯府和三皇子府名下的生意。」
忠管事神色一凜。「我明白了。」
又聊了些瑣事後，忠管事才起身告辭，葉崖香親自將人送出了角門。

日頭西斜，趙花楹帶著婢女丁香走到蘭汀苑門口，正準備進去，卻被守門的葉家婆子攔下來。

趙花楹皺眉。「出了什麼事，難道是表妹現在不方便見人？」
葉家婆子笑道：「容老奴通報一聲，再請大表姑娘進去。」
趙花楹面色有些難看。以前，葉崖香的院子，她可是想進便進。
「我看妳是老糊塗了，這是我們姑娘家，我們姑娘想進蘭汀苑，還需要通報？」丁香上前一步，指著葉家婆子罵道。
葉家婆子向趙花楹行了個禮，不卑不亢地說：「我家姑娘在錦官城時，不管是誰想進她院子，都得通報一聲，這是大戶人家該有的規矩。侯府是貴胄世家，大表姑娘的賢良淑德一向被外人稱讚，想必最能懂這些禮儀。」
趙花楹一口氣被堵在胸口，勉強擠出一絲笑意。「這是自然。」
見葉家婆子轉身進了內院，丁香不服氣道：「姑娘，她們太把自己當回事……」

「丁香！」趙花楹的面色沈下來。「看看人家的下人是怎麼做事的，少給我丟臉。」

丁香面色一白，既委屈又不忿。以前她家姑娘在侯府可是暢通無阻，現在想去蘭汀苑，居然還要通報。葉家人只是客居在侯府，擺出一副主子的嘴臉給誰看？

片刻後，葉家婆子折返回來，把趙花楹請進去。

趙花楹進蘭汀苑後，見院子裡擺著大大小小的箱子，葉家下人正忙忙碌碌地收拾，不由納悶。

「表妹，妳這是在找東西，還是有老鼠跑進屋裡了？」

葉崖香坐在一旁，看石燕清點首飾箱，指了指院子裡的丫鬟和婆子，笑道：「前幾日出了何嬤嬤那種人，她們不放心，非要將我屋裡的東西檢查一遍。」

正在收拾葉崖香衣物的胡嬤嬤鄭重道：「錢財倒是不打緊，就怕有些居心叵測之人，拿姑娘的貼身之物生事。」

「妳們多心了，侯府裡的下人皆忠厚淳樸，何嬤嬤只是個例外。」趙花楹捏了捏手裡的錦帕。自從出了何嬤嬤的事後，侯府的名聲一落千丈，這兩日出門，總覺得別人看她的眼光帶著一股鄙夷。

葉崖香扶了扶鬢間的紫玉蘭花簪，問道：「大表姊這個時候來，可是有事？」

趙花楹笑著說：「也沒什麼事，只是我娘見太師夫人對表妹太過熱情，有些不放心，讓我來提醒表妹一聲。除了我們這些親人外，表妹還是不要過於相信外人。」

葉崖香勾了勾嘴角。「對，你們可是崖香的血脈親人。」

趙花楹拉著葉崖香的手，笑意溫柔。「我娘就是這個意思，所謂知人知面不知心，那些外人對表妹好，說不定是在算計表妹的家產。唯有我們這些血脈親人，才是真心為表妹好。」

「崖香自是看到了你們的真心。」葉崖香緊緊握住趙花楹的手指，將真心兩個字咬得格外重。「只是，有些時候，血脈親人也會變成生死仇人。」

趙花楹猛地瞪大雙眼，想抽回手指，卻沒能如願，只覺被葉崖香握住的指尖像被火烤一樣，火辣辣的疼，訕笑道：「表妹說笑了。」

葉崖香淡笑著鬆開她。「這確實是個笑話。」

趙花楹忙收回手，起身道：「既然表妹這裡忙，那我先回去了。」

出了蘭汀苑後，趙花楹低頭看向自己的雙手。修長白皙，毫無異樣，但指尖仍像是有一股疼痛纏繞著……

第十三章

二月底，寒風漸歇，天氣有回暖的趨勢。

孟氏帶著葉崖香往壽春堂走，問道：「崖香，宮裡特地派人來傳話，妳可知是為何事？」

葉崖香搖搖頭。「不知。」

到了壽春堂後，只見一個面白無鬚的太監立在其中。

太監見到葉崖香後，笑呵呵道：「老奴乃靜妃娘娘宮裡的掌事宮人常山，想必這位便是葉姑娘吧？果真嫻雅靈動。」

葉崖香福身。「不敢當，不知常公公找崖香所為何事？」

「今日老奴是替陛下與靜妃娘娘跑腿的。過幾日是先皇祭典，陛下請葉姑娘同去。」常山拿過身後小太監手裡的錦盒。「祭典所穿的服飾與往日不同，靜妃娘娘擔心葉姑娘一時準備不全，讓老奴送了一套過來。」

葉崖香忙接下錦盒。「民女謝陛下與娘娘隆恩，有勞常公公特地跑一趟。」

常山擺擺手。「老奴這便回宮覆命了，請葉姑娘好生準備著。」

待常山走後，孟氏看了看葉崖香手裡的錦盒，道：「先皇祭典，陛下怎會讓妳去？」

葉崖香笑道：「許是陛下念在我父親的功勞上。」

孟氏眼神微閃，親切地叮囑。「每一年的先皇祭典格外隆重，會提前三天到達皇陵，除了文武百官外，去的女眷也不少。妳跟她們不熟，為了避免鬧出笑話，到時候妳都聽楹楹的，跟在她身後。」

葉崖香記得蕭京墨要她跟著靜妃，想必到時他自會安排，垂眼道：「崖香曉得了。」便端著錦盒，回了蘭汀苑。

見屋裡沒了別人，躲在屏風後的趙花楹走出來。

「陛下真是念舊，姑父都死了一年多，居然還讓葉崖香去參加先皇祭典。」

先皇祭典不是所有女眷都能去的，唯有三品以上的官員或府裡有爵位的女眷能參加。她是忠勇侯府的嫡女，才有資格去。

孟氏神情有些凝重。「這倒不打緊。只是，為何靜妃娘娘會特地幫葉崖香準備服飾？」

趙花楹一驚。「娘的意思是，靜妃想拉攏葉崖香，讓她支持二皇子？」

「差人將這消息送給三皇子。」孟氏端著茶盞，輕輕刮著杯蓋。「這段時日，侯府的名聲一落千丈。祭典時，妳帶著她去交好的幾家走動走動，堵住外人的嘴，但別讓她離開妳的眼前。」

趙花楹點點頭。「娘，我知道該怎麼做。」

蘭汀院裡，石燕將葉崖香帶回來的錦盒打開，只見裡面是一套淺灰滾白邊宮裝，質地厚重，但並無花紋，也無其他亮麗的顏色點綴。宮裝下放著一套頭面，以白玉及鎦銀為主。

「這是靜妃娘娘替姑娘準備在祭典時穿的衣服？那奴婢吩咐繡莊的人，不必再做了。」

胡嬤嬤接過宮裝，又翻看一遍，點頭道：「顏色與樣式確實適合祭祀的時候穿，但老奴覺得，還是多準備一套，以備不時之需。」

石燕聽了，將衣服及首飾收回錦盒。「也對，那奴婢將這套宮裝送去繡莊，讓他們照著這個樣式做一套。姑娘，您看可行？」

「可以。」葉崖香指了指錦盒。「將盒子仔細檢查一遍，看裡面可還有其他東西。」

石燕將盒子裡裡外外翻了一遍，果真在底部的夾層裡發現東西，遞給葉崖香。

「姑娘，有張紙條。」

葉崖香接過紙條，展開一看，瞧見上面熟悉的字跡。

我請靜妃準備的，可放心穿。

她忍不住露出笑意，蕭京墨這人……

這日，天未大亮，忠勇侯府即燈火通明，丫鬟和婆子們裡裡外外忙碌著。先皇祭典一來一回得花五日，又不能帶太多行李及下人，只能挑些要緊的裝箱。

蘭汀苑內，石燕收拾好一個大木箱，又將箱子裡的東西檢查一遍。

「姑娘，已經收拾妥當，應該沒有遺漏的。這次只能帶一個伺候的人，讓胡嬤嬤跟著您去吧。胡嬤嬤見識過不少大場面，經驗比奴婢們豐富。」

葉崖香小小打了個哈欠。「也好。妳們守好院子，我不在時，不許讓任何人進來。」

她出了府門，看著已等在外面的馬車，正準備上去，突然一陣心悸，胸口像是要裂開一樣，腳下發軟。

石燕見葉崖香走得好好的，突然面色蒼白，眼看著要栽倒，連忙扶住她。

「姑娘，怎麼了？可是有什麼地方不舒服？」

「無事，許是起太早了。」葉崖香搖搖頭，突如其來的心悸消失了，但她的感覺仍舊很不好，像是有什麼大事要發生一般。

馬車裡空無一人，葉崖香將頭靠在車壁上，閉目沈思。

上輩子，這時她正被流言及孟氏母女製造出的假象困在後院。除了與蕭澤蘭日漸增多的通信，身邊並未發生任何大事。

今日怎會如此不安？難道先皇祭典時，會發生什麼不好的事？

葉崖香努力回想上輩子蕭澤蘭信裡的內容。先皇祭典過後，她從信裡看出蕭澤蘭很得意，說是終於將蕭京墨踩下去了。

對，蕭京墨！

葉崖香猛地睜開雙眼，先皇祭典過後幾天，院子裡的下人都在小聲議論，一向最受寵愛的蕭京墨居然會讓隆豐帝勃然大怒，還被罰守皇陵整整一年。當時她也打聽過發生何事，但所有人都諱莫如深。

朝堂上也發生巨變，原本支持蕭京墨的大臣疏遠他，而有葉家財力支持的蕭澤蘭大肆養幕僚，拉攏朝臣，迅速發展勢力。再加上她從後院出來後，全心全意地跟在蕭澤蘭身側，讓她父親的同窗和學生慢慢對蕭澤蘭生了好感。

一年後，蕭京墨從皇陵出來時，已經完全處於劣勢，幾番爭鬥下，蕭京墨被遣去邊關。直到她上輩子身亡時，才再次見到蕭京墨，只是那時蕭澤蘭已是太子了。

葉崖香揉了揉眉心，失了帝心，才是蕭京墨鬥不過蕭澤蘭最主要的原因。但到底發生何事，讓一向偏愛蕭京墨的隆豐帝對他寒了心？

「石燕。」她撩開窗簾，招手讓石燕上前。「吩咐下去，這幾天讓所有鋪子留意三皇子府、九皇子府，還有皇宮裡的動靜。若有異樣，不管是多麼微小的事，都報與我知道。」

「是。」石燕小聲應下。「姑娘去了皇陵，若有消息，我們如何傳遞？」

「用忠叔那兒的信鴿。」

葉崖香剛說完，見孟氏及趙花楹走過來，遂朝石燕使了個眼色。

石燕微微點頭，面色如常地退到一側。

孟氏看了眼走到侯府門口的石燕，又看緊跟著馬車的胡嬤嬤，笑道：「崖香，這回怎麼沒讓石燕跟著？」

葉崖香滿心都在思索蕭京墨的事，根本不想理會孟氏母女，只淡淡道：「祭典是大事，胡嬤嬤更穩重些。」

「表妹說得是，祭典是大事，不能出紕漏。」趙花楹笑盈盈地說：「表妹從未參加過祭典，到時候可得緊跟著我，不許擅自行動。」

忠勇侯府的馬車出了城門後，便與其他府裡的馬車一道候在路旁，等待隆豐帝的車隊。巳時剛到，兩列護龍衛從城內魚貫而出，銀甲駿馬，旌旗遮天蔽日。最中間的是隆豐帝的龍輦，接著是後宮有位分的妃嬪，和已經成年的皇子與公主，再往後便是坐在馬背上的隨行百官。

待隊伍全部從城內出來後，各府女眷的馬車依次跟上，御林軍緊隨其後，一行人浩浩蕩蕩朝皇陵行去。

皇陵位在望春山，從京城到望春山，得花一天一夜。途中有為了晚上歇腳而建的行宮，每年的先皇祭典會早早收拾妥當，供貴人們落腳。

天剛暗下來，一行人便到了行宮，行宮裡的侍從輕車熟路地安排各府人員入住。隆豐帝等皇室宗親住在行宮最中間，忠勇侯府一行人則被安排在偏外圍的小院。

院子裡有四間偏房、一間主屋，孟氏將最東邊的屋子指給葉崖香。

「姑娘，坐了一天的馬車，老奴幫妳捶捶肩。」胡嬤嬤解下葉崖香身上的披風，輕輕揉捏她的肩膀。

葉崖香活動著有些痠脹的腰身。「捏一會兒就好，嬤嬤也歇歇，明日還得趕路。」

兩人休息片刻，孟氏的婢女來請葉崖香去主屋用飯。

飯菜是由行宮裡的廚子統一準備，分送給侯府的，只有三葷三素一湯，還早已沒了熱氣。

孟氏和趙花楹見狀，面色有些不好看，給侯府的待遇真是一年不如一年。

葉崖香沒什麼胃口，隨意用了些，便準備回房，卻被趙花楹拉住了。

趙花楹笑道：「表妹，我們出去轉轉，權當消食。」

葉崖香剛想拒絕，就被敲門聲打斷。婢女打開院門，只見一個面白無鬚的太監立在門外，正是常山。

孟氏忙迎上去。「常公公，快請坐。」

常山笑呵呵道：「不了，老奴是來請葉姑娘的。我家娘娘說，一個人住有些無趣，想請葉姑娘這幾日陪陪她，不知葉姑娘可願意？」

葉崖香行禮。「承蒙靜妃娘娘厚愛，容崖香去收拾東西。」

「崖香！」孟氏一把拉住葉崖香，面色變幻幾番，最終擺出一副擔憂的神情。「常公公，崖香這丫頭不懂規矩，萬一衝撞了娘娘……」

常山擺擺手。「自從上次在宮宴上見過葉姑娘後，我家娘娘可喜歡她了，有機會便想見見她。再說了，葉姑娘通身的氣派跟規矩，不是一般姑娘能比的，怎麼到了侯夫人口中，便成了不懂規矩？侯夫人真不必如此謙虛。」

「常公公說得是。」孟氏的神情有些難看，擠出一絲笑意。「崖香，那妳跟著常公公去吧，別失了身分。」

幸好，葉崖香帶來的行李還未拆開，遂差人直接抬著箱子，跟在常山後頭走了。

趙花楹將院門關上，有些焦急地說：「娘，現在怎麼辦？葉崖香去了靜妃那兒，可就完全離了我們的眼前。」

孟氏揉了揉有些僵硬的臉，這種事情脫離掌控的感覺，讓她很不喜歡。「這幾日，三殿下可有什麼吩咐？」

「沒有，只讓我有機會便帶葉崖香去見他。」趙花楹搖搖頭，渾身透著一股疲憊。「現在三殿下每次見到我，只會讓我撮合他與葉崖香。我快受不了了，我想直接弄死葉崖香。」

「不行！」孟氏被嚇了一跳，轉頭看見趙花楹面上的陰鬱之色，有些心疼地將她攬在懷裡。「若是三殿下不想要葉家的支持，無意於太子之位，妳想對葉崖香做什麼，娘都不會阻止，但是現在不行。」

趙花楹閉了閉眼，再睜開雙眼時，面上已無疲憊，只餘狠戾和一絲瘋狂。「儲君之位必須是三殿下的，太子妃以及日後的後宮之主是我！」

「妳能這麼想，娘便放心了。」孟氏拍拍趙花楹後背。「我們侯府也指望著妳呢。妳現在所受的苦，日後都能討回，暫且先忍耐些。」

「娘，我知道了。」趙花楹從孟氏懷裡直起身子，又是一副溫柔嬌美的模樣了。

葉崖香出了小院，順著青石板路朝靜妃的住處走去，剛轉過一道彎，便瞧見不遠處的樹下有個人，氣質溫和謙遜，端的是一副芝蘭玉樹的模樣。

葉崖香腳步一頓，蹙起眉，看向一側的常山。

常山微微搖頭，他也不知蕭澤蘭為何出現在此處。

葉崖香見狀，心下了然，剛才趙花楹邀她出門，想必就是為了帶她來見蕭澤蘭。

「見過三殿下。」常山行禮。

「免禮。」蕭澤蘭抬了抬手。「不知常公公要帶著葉姑娘去何處？」

常山笑著回答。「靜妃娘娘想見葉姑娘，奴才奉命帶她過去。」

蕭澤蘭看看被抬著的木箱，溫聲道：「不如常公公先將葉姑娘的行李安頓好。我正好要向母妃請安，順路送葉姑娘過去。」

「請三殿下見諒，娘娘吩咐奴才，定要親自將葉姑娘送到她那兒。」

「後頭有這麼多宮人跟著，四周又有御林軍巡視，能出什麼事？」蕭澤蘭的臉沈了下來。「還是說，常公公認為我會對葉姑娘不利？」

「奴才不敢。」常山彎腰，偷偷看了葉崖香一眼，神色有些僵硬。「靜妃娘娘還等著呢，奴才先去將葉姑娘的住處安排好。」

待常山走後，蕭澤蘭溫聲笑道：「葉姑娘，這裡離靜妃娘娘的住處有些距離，我送妳過去。」

「謝三殿下。」葉崖香淡淡道，垂眸跟在蕭澤蘭身後兩、三步外，眼角餘光發現，不遠處確實有宮人和侍衛，才微微放心。

兩人走了幾步後，蕭澤蘭轉過身，盯著葉崖香。

「這段日子，葉姑娘為何對我如此疏遠？去歲秋遊時，我們明明相談甚歡，可是我做了什麼事，惹葉姑娘誤會了？」

「並無。」葉崖香停住腳。「之前是民女太過失禮了。」

「怎會是失禮？」蕭澤蘭往前走一步，離葉崖香更近了些，含笑的眼光中好似全是深情。「葉姑娘的言談見解與我頗為相合，琴聲也讓我念念不忘，我是真心想與葉姑娘親近些。」

葉崖香抬起頭，看著蕭澤蘭。這人面上的溫和笑意，她上輩子見過無數次，眼中的深情也無數次讓她動容，可到最後才發現，這一切都是假的。

她嘴角勾起一絲笑意。「若葉家沒有萬貫家財，我也不是葉君遷的閨女，三殿下可還願與我相交？」

蕭澤蘭瞧見葉崖香面上的笑意，有些愣怔，脫口道：「當然。」

葉崖香冷笑一聲，往前一步，靠近蕭澤蘭，壓低聲音說：「三殿下，莫非您的戲演久了，自己也當了真？」

蕭澤蘭猛地看向葉崖香，神情有些恍惚。不，不是這樣的，葉崖香不應該這樣跟他說話，那……那葉崖香應該怎樣跟他說話？他為何會覺得眼前的葉崖香既熟悉又陌生？

「你們在幹什麼?!」

一道含著怒氣的聲音，讓蕭澤蘭回過神來，忍不住後退一步。

蕭京墨剛從路口走出，便看見挨得極近的葉崖香和蕭澤蘭，一個面帶笑容，一個神情恍惚，卻盯著彼此不放。心中頓時生起一股無名火，忍不住出聲將兩人分開。

他三兩步上前，將葉崖香拉到身後，面色不善地盯著蕭澤蘭。「三哥，你想對葉姑娘做什麼？」

蕭澤蘭又恢復了往日的溫和謙遜。「九弟誤會了，我只是順路送葉姑娘去靜妃娘娘那兒。」

「那你現在可以走了。」蕭京墨抱著胳膊，一副再不走便要揍人的表情。「我送葉姑娘過去。」

蕭澤蘭深吸一口氣，溫聲道：「葉姑娘，我先走了，我們日後再聊，也請葉姑娘相信我剛才所說的話。」

見蕭澤蘭消失在轉角處後，蕭京墨瞪了葉崖香一眼。

「跟上！」

葉崖香眨眨眼，蕭京墨這脾氣有些大啊，她好像沒惹著他吧？

第十四章

兩人快走幾步後，蕭京墨忍不住放緩了腳步，與葉崖香並肩而行，惡聲惡氣地開了口。

「蕭澤蘭說的話，妳一句也別信。」

葉崖香點點頭。「我知道。」

蕭京墨神情稍緩，但仍舊板著臉。「那妳離他那麼近做什麼？他很好看？」

葉崖香垂眼細想，蕭澤蘭的長相的確出眾，氣質也溫潤謙和，否則怎能欺騙那麼多人，便點點頭。

「三殿下長得確實不錯。」

「妳！」蕭京墨氣結，心中的火氣又噌噌噌上漲，一甩衣袖，大步往前走。

「殿下。」葉崖香伸出手，一把拉住蕭京墨的袖子。

蕭京墨本想掙開，可又捨不得，只得回過身，怒視著葉崖香。

葉崖香噙著笑，目光從蕭京墨凌厲的眉眼、高挺的鼻梁、緊緊抿著的薄唇上滑過，輕聲道：「殿下最好看。」

蕭京墨狹長的鳳眼微睜，別過腦袋，露出紅紅的耳尖，輕哼一聲。

「算妳有眼光。」

走了幾步後，蕭京墨忍不住笑出聲，瞧瞧被葉崖香攥在手裡的衣袖，心中那點怒氣早已消失得乾乾淨淨。

到了靜妃住的院子前，見葉崖香鬆開他的衣袖，蕭京墨心中滑過一絲遺憾，咧嘴道：「儘量跟在靜妃身側，有事讓她宮裡的人去找我。」

葉崖香點點頭，有些遲疑地問：「這幾日，殿下身邊可有什麼異樣？」

蕭京墨挑眉。「妳是怕越貴妃母子算計我？放心，他們哪一日沒算計我，我不是一樣活得好好的。時辰不早了，趕緊進去。」

葉崖香有些擔憂地看蕭京墨一眼，轉身朝院子走去。

候在院門口的常山迎上前，小聲道：「娘娘聽說葉姑娘被三殿下攔下後，忙差老奴去通知九殿下，三殿下沒有為難您吧？」

「沒有。」葉崖香搖搖頭。「多謝娘娘，多謝公公。」

兩人進了主屋，見一名宮裝婦人正倚在窗邊看書，眉眼柔和，氣質恬淡安靜。

葉崖香福身。「民女葉崖香見過靜妃娘娘。」

靜妃忙放下書，把她扶起來，輕聲細語道：「在我這兒不必見外，更不用緊張。」

兩人閒話一會兒，葉崖香見靜妃是個喜靜不喜鬧的性子，便起身告辭。

「妳的屋子就在隔壁，明日還要趕路，早些歇息。」靜妃將人送到門口，猶豫片刻後，叮囑道：「先皇祭典一向莊重肅穆，儘量不要四處結交走動。」

葉崖香垂眸應下。「多謝娘娘提點。」

靜妃的屋子比忠勇侯府的小院大上不少，一應器具也更精緻。

葉崖香靠在浴桶裡，閉著眼睛問：「胡嬤嬤，忠叔那邊可傳來消息了？」

胡嬤嬤輕輕按揉葉崖香的頭頂，搖搖頭。「還沒。打探皇子府和皇宮的動靜，只能偷偷進行，想必要慢上不少，不過明日應該會陸續傳來。」

葉崖香嘆了口氣，希望她的重生能讓事情偏離原先的軌跡。否則，若是蕭京墨倒下……

沐浴完，她披散著頭髮走到外間時，瞧見桌上放著一碗冒著熱氣的酒釀丸子，出聲問：「這是何人送來的？」

守在門口的宮女應道：「九殿下差人送來的。九殿下說，葉姑娘晚上定沒吃好，請葉姑娘用了這碗丸子後再歇息。」

葉崖香聞言，輕笑一聲，坐在桌旁，慢慢撈著碗裡的丸子。約莫是行宮裡的廚子不常做這個，丸子大小不一，醜得很，甜酒也甜到發膩，但她還是全部吃了下去。

一旁的胡嬤嬤見葉崖香眉眼帶笑，忍不住有些擔憂。以她家姑娘現在的處境，最好是能找人入贅，而不是摻和到皇家的泥潭裡。

葉崖香放下湯勺，擦了擦嘴角。「胡嬤嬤，我知道妳在想什麼，但現在不行了。若是沒來京城，我還能招人入贅。如今葉家的財產已入了外人的眼，單憑我自己，或是隨意招個普通人，根本無法守住葉家。」

胡嬤嬤愣了一下，憂心道：「姑娘是故意接近九殿下的？要是被他知道了……」

「他知道。」葉崖香截住了胡嬤嬤未盡的言語。雖然有隆豐帝的偏愛，但蕭京墨能在越貴妃母子的層層算計下，處處壓制蕭澤蘭一頭，自是不會如外表那般不通詭謀。

她低頭笑了笑，輕聲道：「他知道，但他願意。」

胡嬤嬤的心情頗為複雜。「那姑娘您……」

葉崖香側首，看向窗外的明月。

剛重生時，她告誡過自己，這輩子只守住葉家，不沾情愛，更不會再付出真心。但蕭京墨這人實在是個意外，就那麼強硬地站在她面前，讓她想忽視都忽視不了。

她無奈地笑了笑，嘆息似的說：「有算計，也有真心。但現在是算計多過真心，還是真心多過算計，我自己都分不清楚了。」

「殿下，您這是做什麼去了，身上怎麼沾了許多糯米粉？」

見蕭京墨回院子，貼身護衛周寒水連忙迎上去，接過蕭京墨脫下的外袍，抖了又抖。

「您趕緊去洗洗，糯米粉黏在身上可不好受。」

待蕭京墨坐進浴桶後，周寒水追問道：「殿下，您去廚房了？」

「嗯。」蕭京墨將兩隻胳膊架在浴桶邊緣上，嘴角帶著一絲笑意。「幫小姑娘做了點吃的。」

「您親手做吃的？」周寒水像是聽到了什麼難以置信的話，一雙大眼睛瞪著蕭京墨。「行宮裡又不是沒廚子，哪用得著您親自動手。」

「那不一樣。」蕭京墨搖搖頭。「小時候我在葉家見葉夫人做過幾次，小香香喜歡得很，不知我做的會不會差太多？」

周寒水小聲抱怨。「小香香？叫得倒是親熱，還不知她安的是什麼心。」

「嗯？」蕭京墨掃了周寒水一眼，目光中的警告分外明顯。

周寒水見狀，心中來氣，膽子反而大了起來。

「葉姑娘對三皇子退避三舍，對殿下卻格外親近，難道您不覺得奇怪？年節時，她特意挑了初二那日拜訪太師夫人，不就是想與您遇上？還有，她院子裡的人盜竊十二玉生肖之事，明明不用找您，她自己便能解決，卻來府裡求助。如此種種，若說葉姑娘不是故意接近您，屬下可不信。」

聽到周寒水的話，蕭京墨笑了起來。「我一直想接近她，卻怕她不高興。如今她主動走到我跟前，我當然得好好把握住。」

周寒水眼睛一亮。「殿下，難道您也看中了葉家的財力和葉大人在朝堂上的人脈？」

「少自作聰明。」蕭京墨冷哼一聲。「我想要太子之位，何須藉助葉家？」

周寒水真是有些不解了。「那殿下這般維護葉姑娘是為何？」

蕭京墨站起來，隨手撈起外袍披在身上。「她想接近我，我便給她機會；她想守住葉家，我便幫她守著。她想要的，我都可以給。她想在我身上算計任何東西都可以，只要她願意多笑笑。」

他說完，躺上床，瞥了目瞪口呆的周寒水一眼，目光似冰錐。「日後不要再讓我從你口中聽到小香香三個字。」

周寒水心中一驚，忙道：「屬下知錯。」

出門後，周寒水擦擦額角的冷汗，看來他日後對葉家姑娘的態度得改一改了。還有，守在她身邊的暗衛，得再多安排兩人。

帶著些許暖意的陽光透過樹縫灑下一地斑駁，錯落有致的馬蹄聲和叮叮噹噹的銅鈴聲，驚起路旁晨起的鳥。

獨自乘坐一輛馬車的葉崖香，透過車簾，隱約瞧見馬背上熟悉的人影，輕聲道：「謝謝殿下親手做的丸子。」

蕭京墨拍了拍馬背，離車窗更近些。「妳知道是我做的？」

葉崖香輕笑。「醜成那個樣子，也只會是殿下做的。」

蕭京墨咬牙切齒。「小香香，妳的良心不痛嗎？」

車簾被一隻素手掀開一角，露出葉崖香帶笑的眉眼。「殿下，很好吃。」

「哼。」蕭京墨板著臉，下一刻卻忍不住咧嘴笑了起來。

這時，他的眼角餘光掃到策馬上前的人，將葉崖香的腦袋按回車內，將車簾掩好，慵懶出聲。

「三哥，早啊。」

蕭澤蘭瞧見蕭京墨的動作，眼神微暗，笑道：「九弟早。不知九弟何時與葉姑娘如此相熟了？」

蕭京墨漫不經心地說：「三哥也知道，我這人沒什麼別的長處，就是招人喜歡，所以葉姑娘願意與我交好。」

坐在馬車內的葉崖香聽見了，忍不住捂著嘴輕笑，很想知道蕭澤蘭現在的心情如何。

蕭澤蘭握緊手裡的轠繩，不再看蕭京墨，轉頭對著車窗溫聲道：「葉姑娘，我母妃想邀請妳這幾日與她同住，妳可願意？」
葉崖香微微皺眉，聲音冷淡。「多謝貴妃娘娘好意，民女已經答應陪靜妃娘娘了。」
「這個不要緊，待我母妃跟靜妃娘娘說一聲便好。」蕭澤蘭看著紋絲不動的車簾，嗓音含笑。「到了皇陵後，我帶妳過去。」
「三哥，這件事，你恐怕得去跟父皇說。」蕭京墨冷冷地瞥向蕭澤蘭，神色不善。「葉姑娘住在靜妃那兒，是父皇答應的。」
蕭澤蘭垂下眼，道：「九弟真是好本事。」隨即策馬離開。
聽見馬蹄聲遠去，葉崖香掀開車簾，有些擔憂。「殿下，陛下那邊……」
「蕭澤蘭現在去找父皇，只會被訓斥。」蕭京墨挑了挑眉。「前兩天，二哥騎馬摔傷了腿。蕭澤蘭以為他做得神不知、鬼不覺，但他忘了，這裡是京城，是在父皇眼皮子底下。」
葉崖香有些詫異。「是三皇子做的？」
「把頭縮回去，坐個馬車也不安分。」蕭京墨伸出一根手指，又把葉崖香的腦袋按回去。「我們兄弟之間的這些齷齪事，妳就別操心了。」
蕭澤蘭驅馬靠近隆豐帝的龍輦，朝坐在隆豐帝身側的越貴妃搖了搖頭。
越貴妃見狀，拈起一顆葡萄，細細將外皮撕開，嬌笑著將葡萄送到他嘴邊。

「陛下，吃顆葡萄。」

隆豐帝一口吃下葡萄，順手攬住越貴妃。「愛妃還是如此體貼。」

「陛下，有這麼多人看著呢。」越貴妃兩頰染上一層薄紅，作勢掙扎幾番，卻越發靠緊了隆豐帝，勾著隆豐帝的手指，笑盈盈道：「聽說葉姑娘這次也來了，昨日趕了一天的路，不知她是否習慣。」

隆豐帝抽出手，拿起方桌上的茶杯，抿了一口。「靜妃會料理。」

「靜妃妹妹喜靜不喜鬧，難免會拘著葉姑娘，不如讓葉姑娘跟著妾身……」

隆豐帝看了越貴妃一眼，神色淡淡，將袖中的錦帕遞給她。「這葡萄汁水頗多，想必愛妃手上沾了不少，擦一擦。」

越貴妃神色微僵，順勢從隆豐帝懷中直起身子，接過錦帕，笑著細細擦拭指尖。

「陛下真是明察秋毫，妾身手上確實沾了汁水。」

隆豐帝側過身，看著跟在龍輦旁的蕭澤蘭。「前幾日，你二哥在馬場摔傷了腿。馬場是你負責的，好好查查，下面的人是怎麼當差的？」

蕭澤蘭心下一凜，面色卻一如既往的溫和謙遜。「是，兒臣領命。」

隆豐帝的目光落在蕭澤蘭面上，帶著幾分遺憾、幾分慈愛，還有幾分警告，最終嘆息。

「朕不光是這天下之主，還是你們的父親，你們是親兄弟。老三，你可明白朕的意思？

不要讓朕失望。」

「是，兒臣謹遵父皇教導。」蕭澤蘭在馬背上彎腰道，心中卻忍不住冷笑。父親？恐怕只是蕭京墨一人的父親吧？至於親兄弟，更是個笑話。

隆豐帝看著蕭澤蘭恭恭敬敬的神色，嘴唇動了動，收回目光，望向不遠處的望春山。

望春山不是一座山，而是一條連綿數十里的山脈，大乾歷代皇帝的陵寢便建在這片山脈中。半山腰有個巨大祭臺，每年的先皇祭典在此處舉行。祭臺往下，直到山腳，是一片連在一起的莊子，供參加祭典的人暫住。

接近傍晚，整個隊伍才抵達望春山山腳，護送的御林軍在此駐紮，護龍衛則送隆豐帝等人上山。

隆豐帝所住的莊子在最上面，最靠近祭臺，也是最大的一處。眾妃子及皇子、公主的住處拱衛在隆豐帝的莊子四周。再往下，便是皇親國戚及王公大臣的住處，忠勇侯府的莊子則在中間靠下的地方。

忠勇侯府一行人剛安頓好，便聽到下人來報，說三皇子正等在院門口。

趙花楹心下一喜，忙對著鏡子整理鬢角衣襟，小跑著走出去，果真看到蕭澤蘭站在門口的常青松下。

翠綠色的松針，襯著月白色錦袍，更顯得蕭澤蘭身量修長，君子如玉。

趙花楹摸了摸心臟跳得飛快的胸口，柔聲笑道：「三殿下，你怎麼來了？」

蕭澤蘭看著趙花楹含羞帶笑的目光，有些恍惚，腦中閃過葉崖香那雙桃花眼，這才發現，她們倆的眼睛格外相似。只是葉崖香的雙眼永遠明亮乾淨，透著無限靈動；而趙花楹的眼中，總帶著氤氳水霧，似是一片深情。

趙花楹見蕭澤蘭盯著她不放，面色有些發紅，嬌羞道：「三殿下？」

蕭澤蘭回過神來，笑道：「可都安頓好了，還缺不缺什麼？」

趙花楹搖搖頭。「已經收拾妥當，殿下進來坐坐吧。」

「不了。」蕭澤蘭打量四周，將聲音壓低。「可讓葉崖香用上那藥了？」

「還沒有。」趙花楹有些為難。「拿到藥後，我們一直在找機會，可是現在蘭汀苑裡全是葉家的人，我娘的人根本進不去。對於飯菜這些入口之物，葉崖香身邊的婢女格外謹慎，試過毒後，才會端給葉崖香吃。」

「那藥不是非得吃下去，葉崖香睡前應該會燃香，可以放在香料裡。妳挑些她喜歡的香料，淬過毒後再送給她，她應該會用。」

「她確實有睡前燃香的習慣，但我並未留意她喜歡何種香料。」

蕭澤蘭脫口而出。「杏梨香。」

「三殿下為何會知道？」趙花楹有些疑惑，心中的妒意開始滋生。葉崖香閨房中燃的是哪種香料，她都沒注意到，蕭澤蘭為什麼如此清楚？難道蕭澤蘭對葉崖香的關注已到了這等地步？

這話語脫口而出後，蕭澤蘭也有些愣怔，為何他會如此理所當然地認為葉崖香喜歡杏梨香？瞧見趙花楹眼中的懷疑，斂住心神，淡笑著說：「之前在她身上聞過這種味道，想必是她喜歡的。」

趙花楹垂眸。「知道了。這次回府後，我和我娘會見機行事。」

蕭澤蘭猶豫片刻，輕輕握住趙花楹的雙手，柔聲道：「楹楹，我一定會娶妳過門，我的正妃只會是妳。」

趙花楹抬起頭，盯著蕭澤蘭。「三殿下可會騙我？」

「當然不會。」蕭澤蘭加重了手上的力道。「我們從小便相識，妳是我心中妻子最好的人選。」

趙花楹聞言，心中那絲懷疑變成歡喜，紅著臉笑道：「我等著那一天。」

蕭澤蘭收回手，溫聲道：「好了，趕了一天的路，妳早些歇息，我也應該回去了。」

趙花楹動了動手指，有些不捨。「三殿下這就要走了嗎？要不要進去坐一會兒？」

蕭澤蘭搖搖頭。「被外人看到了不好。等我坐上太子之位，必定日日陪著妳。」

直到蕭澤蘭的身影消失不見，趙花楹仍舊站在原地，沒有離開。

要是他只願做個富貴閒王，那該多好？

這個想法突然從趙花楹腦子裡冒出，轉瞬又被她掐滅。

不行！蕭澤蘭必須坐上那個位置，她也要成為一國之母！

第十五章

葉崖香住在靜妃的偏院裡，有靜妃在，侯府沒人找她，讓她躲了一日的清靜。

初八，有禮部官員來向葉崖香講解祭祀時的禮儀規矩。將人送走後，天色已經暗下來。

這時，葉崖香收到了忠管事送來的第一批消息。

「今兒是初八，初十便是祭祀大典。這兩天，老奴的眼皮子一直在跳，也不知是好是壞。」胡嬤嬤將信鴿腳上的竹筒拆下來，遞給葉崖香。

小手指大小的竹筒內，有一塊巴掌大的特製絲布，又輕又薄，上面寫滿了蠅頭小字。

二月二十八，忠勇侯府送了一幅畫到三皇子府。

三月初一，三皇子府差人去了黃仙觀。同日，觀內一姑子進城。

三月初三，三皇子府新收兩名侍妾。

三月初五，一名宮人到鋪子花三百兩白銀，購買三尺鮫紗……

葉崖香一條條看下來，古怪的消息不少，但她如今還參不透。

最讓她不解的是，宮裡竟有人花三百兩買三尺鮫紗。

宮中布疋是由內務府統一採購，怎會有人單獨出來購買？若是哪個宮裡的主子想要，還說得過去，可三尺布能做什麼？三尺布要三百兩，鮫紗為何如此之貴？

她又看了一遍，確定全部記下後，將絲布丟入火盆。

「胡嬤嬤，鮫紗究竟是何物？」

「鮫紗極能吸水，但太過透亮，是做不了衣服或鞋子的。」胡嬤嬤想了想。「真要做成衣服的話，得用好幾層。」

「三尺鮫紗能做什麼？」

「三尺？頂多疊在一起做塊抹布。」胡嬤嬤笑了笑。「但鮫紗貴得很，老奴實在想不出，誰會奢侈到用鮫紗當抹布。」

葉崖香更是不解。「照嬤嬤的意思，鮫紗除了能吸水以外，並無任何用處，為何價格這般昂貴？」

「鮫紗的原料是從海裡的魚身上剝離出來的，做工繁雜。之前做出來，只是為了滿足某些有錢人的好奇心，後來發現鮫紗實在沒什麼用處，慢慢便只有少數幾個作坊願意做了。」

葉崖香看著面前的火盆，陷入沈思。三百兩對於宮中那些不得寵的主子來說，也是一筆不小的開支，為何會花高價買三尺沒什麼用的鮫紗？

至於得寵的人，三百兩好像不算什麼，目前後宮得寵的人有越貴妃、靜妃、玉貴嬪等人。

「胡嬤嬤，傳消息給忠叔，讓他仔細調查鮫紗的事。」葉崖香目光閃動。只要是有可能跟越貴妃母子扯上關係的消息，一條都不能放過。

「什麼東西燒焦了，怎麼有一股臭味？」這時，靜妃帶著宮女走了進來。

「見過娘娘。」葉崖香忙站起身，看了火盆一眼，笑道：「民女不小心將帕子掉到火盆裡。」

「離火盆遠些，莫燙到自己。」靜妃指了指身側的宮女。「這是貴妃娘娘身邊的人，貴妃娘娘請妳去她那兒坐坐。」

宮女福身道：「奴婢見過葉姑娘。貴妃娘娘得了些新茶，想請葉姑娘去嚐嚐。」

葉崖香看看靜妃，見她點頭，便笑道：「有勞姑娘帶路。」

待兩人走後，靜妃對胡嬤嬤道：「妳守著妳家姑娘的屋子，莫要讓其他人進來。」

胡嬤嬤連忙應下，心裡滿是擔憂。石燕將最近發生的事全告訴她，尤其是大年宮宴上那一齣鬧劇，讓她十分確信越貴妃沒安什麼好心。現在越貴妃又召見她家姑娘，誰知道是不是又在算計什麼？

她想到了蕭京墨，猶豫著要不要去請他看顧她家姑娘，又想到靜妃的囑咐，只得焦急地在屋子裡走來走去。

青石路兩側的宮燈，在夜風中微微閃爍著，慘白月色透過樹枝，將兩人的影子拉得極長。

相較於胡嬤嬤的擔憂，葉崖香倒是格外鎮靜。如今是在皇陵別莊，參加祭典的人住得比較密，隨便鬧出點動靜，都能被外人聽到。再說，一路上有不少宮人、侍衛看見她跟在越貴妃的人身後，越貴妃不會蠢到在如此地點、如此時機算計她。

轉過兩道彎，一座精緻的院子出現在眼前。一男一女站在院門口，正是蕭澤蘭和越雙花。

會在這裡見到蕭澤蘭，在葉崖香的意料之內，但沒想到越貴妃的姪女越雙花也在此處。上次大年宮宴時，越雙花就不喜歡她了，如今更是臭著一張臉。

蕭澤蘭快步上前，接過宮女手裡的宮燈，虛扶葉崖香的胳膊，溫聲笑道：「葉姑娘，外面起風了，快進來，小心臺階。」

葉崖香不動聲色地往旁邊挪了一步，離蕭澤蘭遠些。「有勞三殿下。」

越雙花瞧見蕭澤蘭的動作，原本難看的面色更陰沈幾分，一把拉住葉崖香的胳膊，將人往院子裡帶。

「快些，我姑母正等著妳呢。」

葉崖香腳下一個趔趄，差點摔倒，蕭澤蘭連忙扶住她，責備地看向越雙花。

「表妹，妳這是做什麼？莫失了禮數。」

越雙花不滿道：「表哥，我也是想讓葉姑娘快些進去。」

葉崖香將胳膊掙出來，冷冷道：「不勞越姑娘費心，崖香自己會走。」

「雙兒，不許胡鬧。」

越雙花正想再爭辯幾句，被一道溫和的聲音打斷，越貴妃在旁邊的亭子內招了招手。

「葉姑娘，過來這裡，茶已經煮好了。」

葉崖香整了整衣袖，行禮道：「民女葉崖香見過貴妃娘娘。」

越貴妃扶起她，指指一旁的石凳。「快坐，妳這孩子怎麼這般見外。」

蕭澤蘭坐在葉崖香身側，笑道：「葉姑娘，我母妃很喜歡妳，本想讓妳住在她這裡，沒想到妳先去了靜妃那兒。有空的話，妳可得多來陪陪我母妃。」

葉崖香垂眸。「崖香粗鄙，不敢叨擾貴妃娘娘。」

「妳這還叫粗鄙？那京城其他姑娘就更沒規矩了。」越貴妃一手拉著葉崖香、一手指著蕭澤蘭，打趣道：「本宮這兒子，很少對姑娘家評頭論足，卻偏偏日日念叨著葉姑娘如何如何的好，快讓本宮的耳朵起繭子了。」

「母妃，您說這個做什麼？」蕭澤蘭看看葉崖香，不好意思地笑笑。「兒子只是實話實說。」

瞧見越貴妃面上的親切，以及蕭澤蘭眼中的深情，葉崖香忙垂下眼，怕再看下去，會忍不住將手中的茶水潑在他們臉上。兩人這般作態，上輩子她實在見過太多次了。

葉崖香垂頭不語的姿態，讓越貴妃以為她害羞了，心中暗喜，笑道：「本宮看葉姑娘是越看越喜歡，恨不能與葉姑娘成為一家人，不知葉姑娘可否滿足本宮這心願？」

葉崖香猛地抬頭，緊緊捏住手中的錦帕，正想拒絕，便見一名宮女匆匆地走了過來。

宮女對著越貴妃耳語幾句，越貴妃面色微變，淡笑道：「你們先聊，本宮出去一趟。」

越貴妃剛到院門口，就瞧見遠遠行來的隆豐帝和靜妃，忙迎上去。

「妾身見過陛下。陛下與靜妃妹妹怎麼這個時候來了？」

隆豐帝笑道：「靜妃說今晚月色不錯，朕便想出來走走，剛好到妳這兒，順道來看看妳。」

進了院子，隆豐帝發現亭裡的三人，遲疑道：「朕怎麼好像看見了葉家小姑娘？」

「確實是葉姑娘，妾身煮了些新茶，請她過來嚐嚐。」越貴妃子轉了轉眼珠，指著亭子，故作玩笑道：「陛下，您看，葉姑娘與澤兒坐在一起，像不像一對璧人？」

朦朧的月色下，女子嬌柔靈動，男子謙遜溫和，如同一幅畫一般。

隆豐帝瞥越貴妃一眼，不鹹不淡地說：「確實像一對璧人。」

聽到隆豐帝的話，越貴妃暗喜，忙笑道：「既然陛下也如此認為，不妨替他們指婚，好全了……」

「不過，朕倒是覺得，老三跟妳那姪女更為相配。」隆豐帝抬腳往亭子裡走。「他們是表兄妹，自小便相熟，想必能處得來。」

越貴妃的笑容僵在臉上，心中生出一股憤恨與難堪。她將姪女帶在身邊，確實存了幫姪女提提身分，謀個好親事的心思，但從未想過讓這門親事落在她兒子頭上。

她出身普通農戶，讓兒子沒有強勢的外家可依仗，怎麼可能再讓兒子娶一個無權無勢的女子？難道在隆豐帝心中，她兒子只能配這等身分低微的人？

亭子裡的三人見到隆豐帝，連忙行禮。

隆豐帝抬手。「不必拘謹，朕只是隨意看看。」

蕭澤蘭將一杯熱茶捧到隆豐帝手邊，笑道：「父皇，這是母妃親手煮的茶，您嚐嚐。」

隆豐帝抿了一口茶，看向葉崖香和越雙花，溫和道：「山上不比山下，夜裡冷得很。妳們兩個小姑娘穿得單薄，趕緊回屋，別凍著了。」

葉崖香連忙起身，行過禮後，與靜妃一道往外走。越雙花則是戀戀不捨地看了蕭澤蘭一眼，才退出亭子。

隆豐帝垂眸看著手中的茶水，面無表情，越貴妃則露出一絲委屈，不聲不響地坐在一側。蕭澤蘭在隆豐帝面前一向恭敬有加，更不會多言。

亭中一時靜寂無聲。

半晌後，隆豐帝站起來，背對著越貴妃母子，望向天上的皎月，幽幽道：「朕知道你們在想什麼。葉家家產豐厚，君遷雖然已故，但在朝堂上的影響仍在，任誰娶了葉姑娘，便可將葉家的錢、勢收入囊中，所以你們一個個都想算計她的親事。

「君遷生前最後一道奏摺，除了交代差事外，還特意懇求朕允諾，讓他閨女能婚嫁自由，朕答應了。朕與君遷的情分，你們都知道；朕允諾他的事，絕不會反悔。」

隆豐帝摩挲大拇指上的玉扳指，轉過身，看著越貴妃母子。

「身為皇子，有野心並沒有錯，所以對於你們的諸多算計，朕都是睜一隻眼、閉一隻眼。但葉姑娘的親事，只能由她自己點頭。」

隆豐帝說完，嘆了口氣，朝院外走去。臨到門口時，停下腳步，頭也沒回地說：「朕一直偏寵著你們，希望你們別讓朕失望。」

院門關上後，蕭澤蘭溫和的面色頓時沈下來，冷笑道：「偏寵？虧父皇好意思說。從小到大，他哪件事不是向著蕭京墨的，何曾偏寵過我？」

越貴妃深吸一口氣，閉上雙眼，再睜開時，目光又是一片平靜。「這時越是寵愛，等祭祀大典過後才會越心寒。那東西可準備好了？」

蕭澤蘭點頭。「已經準備好了，只等明晚偷偷送到蕭京墨院子裡。葉崖香那邊……」

越貴妃輕笑一聲。「要讓一個姑娘家答應一門親事，方法可多的是。」

回到所住的院子後，靜妃對葉崖香道：「天色不早了，少聊一會兒。」

葉崖香有些不解地看靜妃，隨即瞧見從暗處走出來的蕭京墨，驚訝道：「殿下，你怎麼在這兒？」

蕭京墨偏頭，示意葉崖香去一旁。

到了樹下，蕭京墨一腳踢在樹根上，帶著些鬱悶道：「我讓妳來參加先皇祭典，一則是想讓先人庇佑妳，二是怕把妳一個人留在京城，又遭人算計，我來不及幫忙。沒想到，帶上妳後，反而讓越貴妃母子更容易找妳麻煩。」

「殿下放心，我又不蠢，會提防他們的。」葉崖香道：「再說了，今日他們也不算是找我麻煩。」

「誰知道他們暗地裡又在謀劃些什麼。」蕭京墨抱著胳膊，斜靠在樹幹上。「要不，妳明日去我那裡吧，我看他們有沒有那個膽量，敢進我院子找人。」

葉崖香哭笑不得。「殿下，若是被人看見了，不知道又會傳出什麼閒話來。」

蕭京墨輕哼。「怕什麼，反正我一向沒什麼好名聲。」

葉崖香扶額。「殿下，我還是要名聲的。」

「麻煩。」蕭京墨嘖了一聲。「對了，妳說要買宅子，我看有幾處還不錯。這次回京後，我帶妳去瞧瞧。」

葉崖香欣喜。「這麼快就找到了？」

「我辦事當然快。」蕭京墨挑眉。「不過妳想好沒有，要怎麼從侯府搬出來？要不要我幫妳一把？」

葉崖香搖搖頭。「等宅子收拾妥當後，我自會想法子。若是侯府真想拿長輩的身分壓我，我也不怕與他們撕破臉。」

「妳心裡有數便好。我回去了，妳早些歇息。」蕭京墨伸出一根手指，點了下葉崖香髮間的紫玉蘭花簪。「隨身戴著這根簪子，小心別傷到了自己。」

葉崖香扶了扶被蕭京墨碰歪的蘭花簪，送他到門口，有些擔憂地說：「殿下，這兩日請你一定要留意身邊的人和事。」

蕭京墨衝身後擺了擺手。「趕緊去睡覺。操心這麼多，小心長不高。」

葉崖香緊皺著眉頭，上輩子能讓隆豐帝將蕭京墨關在皇陵，鬧出來的事肯定不小，今日卻連一點異樣都看不出來。氣氛越是平靜，她心中的擔憂越盛。

焦急守在屋裡的胡嬤嬤，見到葉崖香進門，忙將她上上下下仔細打量一遍。

「姑娘，您總算回來了，貴妃娘娘有沒有為難您？」

葉崖香搖頭。「再寫一封信給忠叔，催催鮫紗的事，順道讓他打探打探，這幾日九皇子府可有異狀。」

胡嬤嬤聞言，拿出哨子，對著窗口吹了一聲。

片刻後，一隻雪白的信鴿便落在窗臺上，等著送信了。

第十六章

第二日下午，約莫是祭典的一應用物已經準備妥當，別莊裡的氣氛比前兩日鬆快些，相熟之人開始走動起來。

葉崖香見有不少妃嬪來拜訪靜妃，待在裡面有些尷尬，遂帶著胡嬤嬤出門，準備去不遠處的涼亭裡透透氣。

只是，她還未靠近，便發現涼亭裡已有不少人，腳步一頓，轉了個彎，朝另一側走去。

「表妹，妳也出門了？快來，我介紹這些姊妹給妳認識。」

聽到身後傳來趙花楹的聲音，葉崖香的腳步更快了些。她知道趙花楹打的是什麼主意，無非是想拉著她在外人面前表演姊妹情深，好破除那些侯府待她不好的傳言，她可不想讓趙花楹如願。

趙花楹見葉崖香腳步不停，連忙提著裙角追上去，一把拉住她的胳膊，埋怨道：「表妹，妳怎麼不理我？那些姊妹都是京城各府的千金，走，我帶妳去認識認識。」

葉崖香不動聲色地把胳膊抽出來，淡笑道：「風太大了，崖香沒聽見大表姊的聲音。崖香記得，侯府的院子應該在靠近山腳的地方，大表姊怎麼會來半山腰呢？」

趙花楹指了指亭子裡的人。「今兒天氣不錯，姊妹們邀我出來走走，碰巧到了這裡。」

「楹姊姊、葉姑娘，快過來，這兒風景不錯。」亭子裡有個著淺綠色衣裙的女子，朝兩人招手喊道，身旁其他姑娘也附和起來。「是啊，快來。」

趙花楹笑道：「表妹，妳看大家都在等著妳，我們過去吧。」

葉崖香向亭子裡福了福身，帶著歉意道：「真是不好意思，今兒怕是沒機會與眾位姊妹相交了。我得替靜妃娘娘跑腿，去九皇子那兒拿東西。」

「替靜妃娘娘跑腿？」趙花楹面露懷疑。「她身邊不是有宮女嗎？」

葉崖香笑道：「今兒有不少人來拜訪靜妃娘娘，她身邊的人抽不開身，只有我有空。」

趙花楹仍有些不信，總覺得葉崖香知道她想乘機挽回侯府的名聲，才拒絕她的邀請。

這時，趙花楹瞧見不遠處的蕭京墨，略略提高聲音道：「民女趙花楹見過九殿下。」

蕭京墨走近，掃了趙花楹一眼，微微頷首，看向葉崖香，笑道：「葉姑娘，靜妃娘娘要的東西，我已經準備好了，妳隨我去拿。」

見葉崖香面色平靜地跟在蕭京墨身後，趙花楹暗想，難道她猜錯了，葉崖香真是要去幫靜妃拿東西？

回到涼亭後，趙花楹略帶遺憾道：「表妹有事在身，實在不能過來，日後我再介紹她與妳們認識。」

亭子裡的姑娘們連忙道：「不要緊。大家都在京城，日後有的是機會。」

一個穿紫裙的少女捂嘴笑道：「我看葉姑娘與妳好像不甚親厚，難道你們府裡真的……」

紫裙少女未盡的言語，大家都懂，於是又有幾人意味深長地看向趙花楹。

另一個著水藍裙裝的少女，擠眉弄眼道：「聽說葉姑娘去侯府時，帶了白花花的六十萬兩白銀，可是真的？」

趙花楹面色微變，勉強笑道：「我們一直待表妹親如一家人，怎會要她的銀子？我娘待表妹比我這個親閨女還好，我也視她為親妹妹，只是表妹生性冷淡，待誰都不太親厚。」

一個眉心有顆紅痣的姑娘，皺著眉頭道：「我看葉姑娘很溫婉，趙姑娘卻在背後說她生性冷淡，這是何意？」

趙花楹的神情有些難看，她本想暗示葉崖香是白眼狼，並非他們府裡待她不好，沒想到被禮部尚書的嫡女直接挑明了。

見氣氛有些僵，幾名少女連忙打著圓場。「這裡也沒什麼好看的，我們去其他地方走走吧。」

蕭京墨走在葉崖香幾步前，待看不見涼亭後，放緩腳步，與葉崖香並行，側頭看她。

「怎麼樣，我來得可算及時？」

看著蕭京墨神采飛揚的眉眼，葉崖香忍不住露出笑臉。「可太及時了，殿下找的藉口也好得很。」

蕭京墨很愉悅，咧嘴道：「我們這算不算心有靈犀？」

葉崖香但笑不語，抬頭望向最上面的一排院子，那裡便是隆豐帝以及蕭京墨、蕭澤蘭的住處。

見前面有幾步臺階，蕭京墨將胳膊舉到葉崖香身前。「拉住。」

葉崖香笑出聲。「殿下，就這麼幾步臺階，我自己會走。」

蕭京墨瞪她一眼，甩了甩袖子。「怎麼，嫌我的袖子不稱手？」

葉崖香無奈，只得伸出幾根手指，輕輕拉住蕭京墨的衣袖，隨他往上走。

跟在兩人身後的胡嬤嬤很詫異，她在別莊時聽到不少關於蕭京墨的傳言，大多說他囂張霸道，陰鷙狠戾，喜怒無常。如今見到真人，才知謠言有多不可信。

進了院子後，葉崖香打量四周，整座院子非常空曠，並無任何花草，倒是有一個大大的演武場，演武場旁的木架上插著各種兵刃。

蕭京墨把她帶進主屋，朝門口揚聲喊道：「周寒水，備茶。」

片刻後，周寒水將茶水和幾盤點心擺在葉崖香面前，笑著招呼。「葉姑娘，請用。」

蕭京墨指了指周寒水，道：「小香香，他是我的護衛，現任五城兵馬司指揮僉事。若我不在，妳有事可以找他。」

周寒水向葉崖香拱手。「葉姑娘有事儘管吩咐，屬下必定竭盡所能。」

葉崖香福身。「崖香先謝過周指揮。」

「妳跟他客氣什麼。」蕭京墨把葉崖香按回座位上，向周寒水擺手。「你去忙吧。」

葉崖香撚起一塊糕點，細細吃著，眼角餘光瞧見旁邊衣架上掛著一套玄色錦袍，以銀線勾勒萬里河山，一四趾巨蟒盤旋其上，當真是莊重非常。

「殿下，這是你明日祭祀時要穿的祭袍？」

「對，這衣服穿起來繁複得很。」蕭京墨走過去，摸了摸錦袍上的蟒紋。「往年都是父皇親自誦讀祭文，今年卻指派我來做這件事，禮部便按照規矩幫我準備了這一身衣裳。要不要我穿給妳看看？」

葉崖香搖搖頭。「殿下穿著這身衣裳，站在高臺上，必定威武非凡，我明日再看。」

蕭京墨有些遺憾。「也好，記得多看幾眼。」

衣架旁豎著一根紅纓長槍，槍身通體雪白，頂上的槍穗鮮豔如火。

葉崖香走過去，摸了摸槍桿，觸手冰涼。「殿下，這便是你的鎮山河？」

蕭京墨拿起長槍，隨手挽了個槍花，而後輕輕摩挲著槍身。「妳知道這桿搶的名字？」

「殿下第一次上戰場時，恰逢北疆來犯，帶著一小隊騎兵，以奇謀突襲北疆大本營，活捉北疆主帥，迫使北疆簽下降約，保大乾邊關安穩至今。」

葉崖香看著蕭京墨，崇拜尊敬之色溢於言表，桃花眼中像是落了星子，滿滿都是光輝。

「那年殿下才十四歲，隨身兵器正是這桿長槍。大軍凱旋後，陛下親自將這桿長槍賜名為鎮山河。」

蕭京墨忍不住伸出兩根手指，輕輕點在她雙眸間，輕聲道：「不許這般看其他人。」

葉崖香紅著臉後退一步，嗔怪道：「殿下。」

「抱歉，是我失禮了。」蕭京墨摸了摸鼻子，又惡狠狠道：「剛才我說的，可記住了？」

葉崖香眨眨眼。「殿下說了很多話，要我記住哪些？」

蕭京墨瞪她一眼，咬牙切齒地說：「都記住。」

一旁的胡嬤嬤見兩人的距離著實太近了些，走到葉崖香身側，準備提醒幾句，瞥見祭袍上的蟒紋，詫異地出了聲。

「咦，有些不對。」

葉崖香忙問道：「嬤嬤，怎麼了？」

胡嬤嬤朝蕭京墨行了個禮，指著祭袍道：「殿下，可否允准老奴仔細看看這祭袍上的繡紋？」

蕭京墨後退一步，將位置讓出來。「可以。」

葉崖香解釋道：「胡嬤嬤以前是葉家繡莊裡最好的繡娘，一眼便能看出各種繡紋的好壞。」

胡嬤嬤將祭袍上的紋飾看了一遍，目光落在蟒紋上，又伸手摸了摸，忽然大驚失色。「殿下、姑娘，這不是蟒紋，是龍紋。」

「龍紋？」蕭京墨上前一步，仔細看了看。「足生四趾，這是蟒，怎會是龍？」

「殿下，這蟒爪下還有一層暗繡，用的絲線也比較特殊。」胡嬤嬤將祭袍對著陽光舉高了些。「若非老奴發現這蟒爪處的針腳太過密集，恐怕也看不出異樣。殿下，您微微蹲下，從這個角度看過去。」

蕭京墨聞言，半曲著腿，抬頭看向祭袍，只見原先四趾的蟒爪變成五趾，頭頂還能看到一對龍角。足生五趾，頭有角，果真是龍。

葉崖香也看到了，皺著眉頭說：「這角度有些微妙。」

胡嬤嬤將祭袍放回衣架上，低聲道：「對著陽光，處在高處時，這層暗紋便能顯現出來。」

蕭京墨的面色沈下來。「司天監預判明日是個大晴天，而我誦讀祭文時，必須站在高臺上。如此一來，明日站在祭臺下的官員，抬頭便能看見我身上的龍紋。身為皇子，私穿龍袍，定被視為大逆不道，而且還是在先皇祭典這種特殊的場合，背後之人果真是好算計！」

葉崖香問他。「殿下準備怎麼辦？」

「先按住不發。說到底，這些無非是我們兄弟之間的爭奪，但先皇祭典卻是天下百姓關注的大事，一切以祭典為重。」蕭京墨眼神一暗。「回了京，我自會讓背後之人付出代價。」

「這件祭袍怕是沒辦法穿了，殿下可還有備用的衣服？」

葉崖香也贊同蕭京墨的做法，不說天下百姓關注先皇祭典，以孝治國的隆豐帝更是格外看重，現在將事情鬧出來，說不定會耽誤明日的祭典，勢必讓隆豐帝不悅，不如等回京後再發作。到時候，隆豐帝還會體諒蕭京墨顧全大局。

蕭京墨點了點頭，朝門外喊道：「周寒水，進來。」

片刻後，周寒水出現在門口，見屋內氣氛有些沈重，連忙問道：「殿下，出了何事？」

聽蕭京墨將事情講了一遍，周寒水三兩步衝出屋子，片刻後帶著另一套錦袍跑回來，將錦袍遞到胡嬤嬤面前。

「妳看看，這套衣服有沒有問題？」

新拿來的祭袍，款式與衣架上那套一模一樣，胡嬤嬤伸手摸了摸蟒紋，點頭道：「這一套上面也有暗繡。」

周寒水大罵起來。「哪個王八蛋敢如此算計殿下？待我找出來，一定要砍了他！」

他罵完後，單膝跪在蕭京墨面前，自責道：「禮部將祭袍送來時，屬下檢查了一遍，卻沒發現這些異樣。屬下辦事不力，請殿下責罰。」

蕭京墨抬手。「先起來。」

葉崖香皺著眉頭道：「兩套祭袍都被做了手腳，現在再趕製一套新的，肯定來不及。胡嬤嬤，妳可有辦法？」

胡嬤嬤沈思片刻，猶豫地說：「老奴可以試著將那層暗繡拆掉。但老奴從未做過這種事，不知道能不能成功。」

「妳只管放手拆，若是不成，我再去找父皇。」蕭京墨目光微閃。「只拆一套，另一套我得留著去找父皇告狀。」

周寒水很快將一應器物準備齊全，胡嬤嬤便坐在窗前動手拆暗繡。

葉崖香低頭看著手裡的茶杯，難道這就是越貴妃母子對蕭京墨的算計？她還是隱隱覺得不對勁，在祭袍上動手腳，要經過禮部和內務府，經手的人一多，定會留下各種蛛絲馬跡，這不像是越貴妃母子的風格。

「都涼了，換一杯。」蕭京墨接過葉崖香手裡的茶杯，挑眉道：「不管是誰想算計我，這不都沒得逞？別愁眉苦臉的，醜死了。」

葉崖香瞪蕭京墨一眼，鼓著腮幫子道：「前段時日是誰說我好看的？原來都是哄騙我。」

「不醜，不醜，小香香什麼時候都好看。」蕭京墨連忙賠笑，又從懷裡拿出一樣東西遞給葉崖香。「好好收著。前幾日就想給妳，一直沒帶在身上。」

葉崖香接過，見是一塊玄鐵令牌，入手頗沈，一面刻著一個「皇」字，另一面則是「墨」字。

蕭京墨解釋道：「這是我的令牌。」

蕭京墨的令牌？葉崖香瞪大了雙眼，這種令牌，每個皇子只有一塊。拿著這塊令牌，她不僅可以隨意進出九皇子府，還可以進宮面聖，甚至能調動九皇子府的衛兵。這塊令牌，等於蕭京墨本人。

若是她存了什麼歹心，拿著這塊令牌行大逆不道之事，蕭京墨便要一同擔責。

她忙將令牌推回蕭京墨手中。「殿下，我不能要。」

蕭京墨故意板著臉道：「給妳，妳就拿著，莫要讓我生氣。」

瞧見蕭京墨眼中的不容置疑，葉崖香只得將令牌收入袖中，一時不知該作何言語。

蕭京墨先笑出了聲。「妳不用想那麼多。既然給了妳，無論妳拿著這牌子做了何事，我都能兜住。」

葉崖香垂著眼，笑道：「若是我將令牌送給三皇子呢？」

「那他定會欣喜若狂，畢竟拿著我的私人令牌，相當於握住了我半條命。」蕭京墨無所謂地笑道：「不過妳若捨得，我也認了。」

上輩子，她為了蕭澤蘭耗費無數家財，用她父親的關係幫蕭澤蘭拉攏朝臣，任由蕭澤蘭在葉家生意中安插人手，架空葉家的管事，最後仍沒換來蕭澤蘭一絲真心。

而現在，她並沒有為蕭京墨做任何事，反而是蕭京墨助她良多，忍不住低嘆。「殿下，不值得。」

蕭京墨咧著嘴笑。「小香香，值不值得，可不是妳說了算。」

「殿下，拆好了。」胡嬤嬤將祭袍送到蕭京墨面前。「如今這一套上面只剩下蟒紋，另一套則是暗繡龍紋。」

「有勞了。」蕭京墨指著暗繡龍紋那一套祭袍，吩咐周寒水。「將這套龍紋的收起來，這可是我去找父皇告狀的證據。」

待收拾妥當後，日頭已經偏西，葉崖香起身道：「殿下，我該回去了。」

「我送妳。」蕭京墨走在葉崖香身側，見她眉眼間仍有些憂愁，便問：「妳還在擔心什麼？」

葉崖香猶豫片刻，道：「若說誰最想陷害殿下，非越貴妃母子莫屬。但將蟒紋祭袍暗換成龍紋祭袍的事，我總覺得不像他們的手筆。」

「宮中想要我的命的，可不僅越貴妃母子。」蕭京墨指了指腳下，示意葉崖香小心臺階。「只是越貴妃母子更狠而已，他們若是逮著機會，定會讓我翻不了身。這種小伎倆，他們是看不上的。」

「我懂殿下的意思，即便明日殿下穿著龍紋祭袍上祭臺，也能脫身。」葉崖香拉住蕭京墨的袖子。「畢竟祭袍不是殿下親手做的，殿下可以說自己不知情，讓大理寺或宗人府徹查，如此一來，最後倒楣的還不知是誰。這種可能搬石頭砸了自己的腳的小伎倆，確實不像是越貴妃母子會用的。」

蕭京墨瞧見葉崖香不自覺的動作，忍不住偷樂，低聲道：「大概是誰做的，我心裡有數。至於越貴妃母子，他們想算計我不是一天兩天了，我會注意的。妳別操心那麼多，今兒晚上好好休息，明兒的祭典可不輕鬆。」

到了靜妃的住處後，葉崖香才發現她仍舊拉著蕭京墨的衣袖，忙鬆開手。

「我進去了，殿下多加小心。」

晚間歇下後，葉崖香輾轉反側。

上輩子蕭京墨被關在皇陵整整一年，真是因為私穿龍紋祭袍的緣故？

在祭祀大典上誦讀祭文，一向是帝王或者儲君的職責，今年隆豐帝將這事交給蕭京墨，越貴妃母子怎會一點動靜都沒有？難道，還有一些她沒有注意到的異狀？

聽到床上不停傳來翻動的聲音，歇在外間的胡嬤嬤走過來，低聲問道：「姑娘，可是睡不著？」

葉崖香掀開床帳，看看窗外漆黑的夜色。「忠叔那邊還沒傳來消息？」

「沒有。」胡嬤嬤搖搖頭。「姑娘先歇息吧，若是送來了，我再叫醒姑娘。」

「不論是什麼時辰送來，都要叫醒我。」

葉崖香躺回被窩，閉上雙眼，強迫自己入睡，便迷迷糊糊地睡著了。

此時，朦朧的月色下，最高處的一座院子中，一名宮人打著哈欠從偏房走出來，嘀咕著。「今兒莫不是水喝多了，怎麼老想起夜？」

他走到演武場的兵器架旁，突然摔了個狗啃泥，趴在地上小聲罵著，藉由爬起來的動作，飛快將一件東西塞入兵器架下的暗閣裡，才若無其事地走向後面的茅房……

第十七章

「啊！」

葉崖香猛地坐起來，額角冷汗直冒，覺得自己作了一個驚心動魄的夢，可內容是什麼，卻想不起來。

「姑娘，您怎麼了？」胡嬤嬤一手端著蠟燭、一手掀開床帳。「怎麼出了許多汗，可是作噩夢了？」

葉崖香看看窗外，天邊正泛起魚肚白，擺擺手。「去看看消息送來沒有。」

「還沒……」

胡嬤嬤的話未說完，一隻雪白信鴿撲騰著翅膀落在窗臺上，她連忙走過去，將信鴿腿上的竹筒取下來。

已經穿好衣服的葉崖香，接過竹筒內的絲布掃了一眼，眉頭越皺越緊，又從頭到尾細細讀了一遍。

忠管事傳來的，正是調查鮫紗的結果。鮫紗昂貴又不實用，滿京城只有一個人訂製，便是九皇子蕭京墨，據說是用來擦他的隨身兵器。但這消息是否準確，忠管事也不確定。

至於三月初五購買三尺鮫紗的人，確定不是九皇子府的人，而是從皇宮裡出來的。但想查清楚其身分，還需要一些時間。

葉崖香單手撐著額頭，閉目沈思。宮裡有人購買蕭京墨才會用的鮫紗，這裡面顯然有問題。至於蕭京墨拿鮫紗擦鎮山河，應該是真的，畢竟鮫紗很能吸水，而且金貴，配得上當鎮山河的抹布。

只是，一塊擦鎮山河的抹布，能如何算計蕭京墨？

葉崖香猛地睜開雙眼，朝窗外低聲喊了一句。「守在我身邊的小將軍，麻煩出來一位。」

在胡媽媽詫異的眼光中，一個長相和穿著皆不起眼的灰衣姑娘從窗外躍進來，正是蕭京墨安排在葉崖香身邊的暗衛沈江蘺。

蕭京墨身邊有二十四個常用的暗衛，都是邊關遺孤，為了因應各種狀況，男女對半，沈江蘺是女暗衛裡比較出色的那一個。

沈江蘺低聲道：「不知葉姑娘有何吩咐？」

葉崖香只是猜測蕭京墨會在她身邊安插暗衛，沒想到真的有，遂飛快問話。

「有些事想請教姑娘，九殿下是否會經常擦拭鎮山河？是用何種布料？」

「每日天不亮，殿下便會演練槍法，結束後將鎮山河仔細擦拭一遍。至於用的是何種布料，屬下並不清楚。」沈江蘺想了想，道：「那布料是純白色的，非常透亮，需要疊好幾層才能用，但極能吸水。」

看來是鮫紗無疑了，葉崖香看看窗外的天色，焦急道：「這個時辰，殿下的槍法是否練完了？」

沈江蘺點點頭。「差不多。」

「不好！」葉崖香猛地站起來，拿過斗篷，飛快披在身上。「妳腳程快，先去阻止妳家殿下擦槍，我隨後便到。」

沈江蘺搖頭。「不行，殿下吩咐過，就算是天塌了，屬下也必須守在您身邊。」

葉崖香一跺腳，推開房門便往外走，卻被胡嬤嬤一把拉住。

胡嬤嬤焦急道：「姑娘，天未大亮，妳就去九皇子那兒，若被人撞見，該如何是好？再說，今日便是祭祀大典，妳還得梳妝呢。」

「管不了那麼多了。胡嬤嬤，妳待在屋子裡，若有人找我，妳見機行事。」

胡嬤嬤見狀，只得將替葉崖香繫好斗篷，將她大半張臉籠在兜帽裡。「姑娘，一定要小心。這屋子，老奴定不會讓人發現異樣。」

沈江蘺見葉崖香神態焦急，忍不住有些擔憂，遂一把扶住葉崖香的胳膊，帶著她飛快往最高處的院子走。

演武場上，蕭京墨雙手握槍，左衝右突，身若遊龍，額頭的汗水隨著身影揮灑在空中，身上薄薄的單衣早已汗濕，緊貼在後背上。

一招橫掃千軍後，人停槍靜。

蕭京墨長吁一口氣，把長槍放回兵器架，用帕子隨意抹了把臉。而後盤腿坐在演武場上，將長槍擱在膝頭，拿起一旁的白布，對疊成兩個巴掌大小的方塊，細細擦著槍頭。

這時，院門忽然被人撞開，葉崖香焦急的聲音傳來——

「殿下，快放下！」

與此同時，沈江蘺一把撲了過去，奪下蕭京墨手中的長槍和白布。周寒水則從另一側房間內衝出來，神情戒備又莫名其妙地盯著葉崖香。

葉崖香撲到蕭京墨身側，將他的兩隻手掌翻過來看了看，心急如焚。「你有沒有事？有沒有什麼地方不舒服？」

蕭京墨見葉崖香面色有些發白，忙扶她去旁邊坐下，緩聲道：「別怕，我沒事。」

葉崖香見蕭京墨面色紅潤，精神抖擻，確實不像是有事的樣子，才鬆了口氣。

蕭京墨接過周寒水手裡的衣服，披在身上，又伸手將葉崖香頭上的兜帽摘下來，見她青絲未束，披散在身後，略帶著詫異道：「出了何事，怎麼這般急？」

葉崖香將懷裡寫有消息的絲布遞給蕭京墨。「你自己看吧。」

蕭京墨細細看了一遍，挑眉道：「我說今日的鮫紗怎麼不對勁，原來真被人做了手腳。」

葉崖香忙問道：「什麼意思？」

蕭京墨抽出兵器架下的暗格，指著裡面的白布道：「每回周寒水將新買來的鮫紗放進暗格時，都會將其中一角捲起，這是只有我們兩人才知道的暗號。」

周寒水看著暗格裡疊得整整齊齊的鮫紗，面色鐵青。「只要是殿下的用物，都會留下記號。本來只是以防萬一，沒想到今日真派上了用場。」

「剛才我見暗格裡的鮫紗並沒有捲起，所以沒碰它。我用的那一塊，是前些日子的舊鮫紗。」蕭京墨將手裡寫有消息的絲布還給葉崖香，冷笑道：「宮裡有人特意買這種鮫紗，還能塞進我的院子，看來我身邊的人得清理一遍了。」

周寒水用帕子將暗格裡的鮫紗包住，沈聲道：「殿下，我先去查查這塊鮫紗有何不妥。」

不管那塊鮫紗上有什麼算計，蕭京墨都成功避開了。葉崖香這才徹底放鬆下來，有些忐忑道：「殿下，我私自調查你身邊的事……」

「我並不介意。」蕭京墨將葉崖香臉側的幾縷秀髮塞進兜帽，凝視著她的雙眼。「小香香，今日妳披頭散髮來提醒我的這份心意，我永遠都會記得。」

葉崖香不好意思地摸了摸頭頂。「周指揮大概要多久才能查出那塊鮫紗上的問題。」

「若無意外，不用一炷香的工夫。」

「那我再等等，我也想知道他們到底想如何算計殿下。」

蕭京墨指了指葉崖香手裡的絲布。「這件事，讓妳家管事別再往下查了，宮中的人沒幾個好相與的。剩下的，我自己來查。」

葉崖香點點頭，將絲布交給蕭京墨。蕭京墨掌心一震，那塊絲布便成了一堆粉末。

日頭剛從東方露出半邊臉時，周寒水回到院子，臉色陰沈得可怕，低聲回稟。

「殿下，屬下已經查清楚了，這塊鮫紗上熏有特製的焚情香。此香無色無味，但遇到水，便會飛快滲入肌理，讓人失去理智，只想發洩情慾。」

「殿下剛練完武，手上都是汗，若是用此鮫紗擦槍，焚情香必定會滲入體內，讓殿下失去理智。」葉崖香面色白了白。「殿下的屋子裡雖沒人，但外院的宮女可不少，若是殿下在今日……」

蕭京墨冷笑一聲，將葉崖香未盡的話說完。「若是我在這皇陵之內，在先皇祭典當日，當眾凌辱宮女，父皇及文武百官會如何看待我？」

葉崖香的聲音微微顫抖。「若真如此，殿下便是不孝不敬、毫無禮德之人。要是陛下心狠，殿下怕是永無翻身之日。」

「父皇以孝治國，若我真在此時此地做出這種事來，即便父皇再寵愛我，也會心寒，甚至會懷疑我平日的禮德孝心都是裝出來的。」

蕭京墨接過周寒水手裡的鮫紗聞了聞，確實毫無異味。「而且，出了這等事，父皇勢必要給百官、給天下百姓一個交代，恐怕會把我囚禁在皇陵向先人們賠罪，這還算是輕的。」

如此看來，上輩子蕭京墨定是中了焚情香，隆豐帝才會將他關在皇陵整整一年，這恐怕是由於隆豐帝的偏愛，所給予最輕的處罰。但蕭京墨不敬不孝、毫無禮德之名便是坐實了，此後與儲君之位再也無緣。

葉崖香緊緊攥著手裡的錦帕，心想，既然蕭京墨與周寒水之間有暗號，那麼上輩子蕭京墨怎會中計？

「殿下，在何種情況下，你不會將周指揮帶在身邊？」

蕭京墨沈思片刻，眼神一暗。「看來，背後之人早就開始布局。如果妳沒有從大火中救出我外祖父和外祖母，此時周寒水恐怕還在京城調查別莊失火的事，那我今日必定會中計。當初的案子，還有真凶沒被我揪出來。」

葉崖香也想明白了，背後之人殺害太師，不光是想削弱蕭京墨背後的勢力，恐怕也是想將蕭京墨身邊的人調開，好讓今日之計順利進行。

若周寒水沒跟著蕭京墨來先皇祭典，那麼為蕭京墨準備鮫紗的，必定是其他人。如此一來，即便暗格裡的鮫紗沒有捲起一角，蕭京墨也不會懷疑，畢竟不是周寒水準備的，難怪上輩子會中計。

「別怕，事情並沒有發生。」蕭京墨拍拍葉崖香捏著錦帕的雙手，示意她放鬆。「小香香，妳真是我的福星，不光救了我外祖父和外祖母，也救了我。」

葉崖香長吁一口氣，身子有些發軟，怔怔地看著蕭京墨。上輩子的蕭京墨先是失去最親的外祖一家，後又被人如此算計，背著污名，失了帝心，絕了儲君之路，該是如何憤怒與絕望？

瞧見葉崖香眼底的心疼，蕭京墨微震，咧嘴笑道：「小香香，妳不必如此。生在皇家，日日被人算計，實屬尋常。不過，妳若是願意多笑笑，再多的算計，我都不放在眼裡。」

葉崖香抬頭，露出一絲淺笑。「殿下，平日我也經常笑的。」

蕭京墨嘆口氣。「小香香，我是希望妳像小時候一樣，真正的開心，而不是像現在這般，即便笑著，也是滿腹心事的模樣。」

在蕭京墨眼裡，她真是如此不開心嗎？葉崖香有些迷茫，自重生後，她滿腹怨恨與算計，只想著守住葉家家業，那……然後呢？她該如何過完上天賞賜的這一輩子。

「殿下。」這時，守在屋頂上的沈江蘺躍下來，低聲說道：「陛下以及不少娘娘和皇子朝這邊來了。」

蕭京墨嗤笑一聲。「這是有人等不及了，想帶著父皇來親眼見證我是如何『凌辱宮女』。」

葉崖香也回過神，急忙站起身。「殿下，不能讓他們看見我。」

「妳從後面繞回去。明日回京後，這幾天儘量不要出門。」蕭京墨將葉崖香帶到側門，伸手攏好她的兜帽。「記住，一切有我在。」

見沈江蘺帶著葉崖香消失在門外，蕭京墨面上的笑意徹底消失，只餘冰冷。

「周寒水，將那龍紋祭袍及鮫紗收好。明日回京後，我得好好跟父皇訴訴委屈。」

越貴妃與玉貴嬪一左一右挽著隆豐帝的胳膊，邊說邊笑地往蕭京墨的院子走。

三皇子蕭澤蘭側著頭，與一名面帶病容的男子低聲交談。

男子輕咳幾聲，笑道：「三哥，我又不是紙糊的，你不必如此緊張。」

蕭澤蘭面露擔憂。「七弟，山上可不比山下，濕氣重得很，你應該等日頭大些再出門。」

七皇子蕭子苓搖搖頭。「今日是九弟第一次代父皇誦讀祭文，想必有些緊張。我這個做兄長的，應該去看看他準備好沒有。」

話落，兩人相視一眼，心照不宣地笑了笑。

一行人走到蕭京墨的院子前，只見院門大開，外院並無一人值守。入了後院，幾名宮人神色慌張地守在主屋門口，見到隆豐帝等人，面色一白，結結巴巴地行禮。

隆豐帝笑著擺手。「又不是第一次見朕，這麼緊張做什麼？」

蕭澤蘭嘴角勾起一絲淺笑。「莫不是九弟還未起床，又或者是屋子裡不方便？」

「啊！殿下，不要啊，不可以！」

這時，屋內傳出女子驚慌失措的聲音，蕭澤蘭一個激動，連門都未敲，直接一腳將門踹開。

「九弟，你在做什麼！」

越貴妃面上一喜，越過眾人，跟在蕭澤蘭身後進去。

隆豐帝眉頭微皺，手負在背後，掃了越貴妃母子一眼，才慢悠悠走進屋。

房間裡靜得落針可聞。

蕭京墨眉峰高挑，輕笑道：「三哥，你以為我在房內做什麼？還有，越貴妃，這大清早的，居然闖進我的臥房，妳不顧禮義廉恥，我可是怕鬧出什麼笑話來，讓父皇丟臉。」

蕭京墨的話如同一桶冷水，讓越貴妃母子冷靜下來，蕭澤蘭更是面色僵硬。方才是他太過激動，再加上宮女的驚呼，讓他以為蕭京墨已經中了焚情香，正在強辱宮女，才直接踹開房門。

此刻，房間裡確實有一位面色驚慌的宮女，但周寒水也在裡面，牆角還有幾位隨時準備伺候的宮人。

蕭澤蘭的背上冒出一層冷汗，強笑道：「我聽見宮女的尖叫，擔心九弟出了什麼事，才急忙闖進來。」

「多謝三哥關心。三哥如此擔憂我，真是讓我受寵若驚。」

蕭京墨一邊似笑非笑地說著、一邊偷偷打量屋內眾人的神情。他鬧這麼一齣戲，無非是想看看眾人的反應，確定幕後之人是誰，但結果卻是有些意思了。

越貴妃母子的嫌疑定是最大，但玉貴嬪母子也不太對勁，難道這兩批面和心不和的人，真的開始聯手算計他？

隆豐帝見宮女一手拿著祭袍、一手握著剪刀，神色慌張地躲在一旁，便問：「何事驚呼？」

宮女忙上前行禮。「回陛下，九殿下說這祭袍太過繁複，袖子也過於寬大，非要將兩條袖子剪掉。奴婢一時著急，才驚呼出聲，請陛下恕罪。」

隆豐帝聽完，瞪了蕭京墨一眼。「胡鬧！祭袍的樣式，豈是能隨意改的？」

蕭京墨委屈巴巴地說：「父皇，這祭袍裡裡外外有四、五層，兒子穿了一早上也沒穿好。還有最外面的山河蟒紋袍，實在太重了些，能不能不穿？」

「不行！」隆豐帝親手拿過祭袍，披在蕭京墨身上。「這點重量都承受不住，如何擔得起山河社稷？」

屋內其他人聞言，面色微變。

蕭子苓輕咳幾聲，拍拍蕭京墨身上的蟒紋，笑道：「這祭袍重是重了些，但九弟穿著，當真英武非凡。」

一旁的玉貴嬪圍著蕭京墨轉了圈，捂嘴笑了。「這衣服當真與九殿下相襯。」

隆豐帝替蕭京墨整了整衣襟，後退幾步，細細打量著這個最小的兒子。轉眼間，還在他膝頭撒尿的小子，已經長成如此頂天立地的模樣，忍不住笑了。

「我兒自是勇武無雙。」

「父皇，外人都說我最肖您。」蕭京墨挑了挑眉。「所以，您這是在變相地誇您自己吧？」

隆豐帝笑罵。「臭小子，皮又癢了？」

三月初十，大吉，先皇祭祀大典正式開始。

三聲鼓後，文武百官、各府女眷就位，禮部尚書出列，走到祭臺旁唱禮，眾人行三跪九叩大禮。

禮畢，隆豐帝帶著蕭京墨登上祭臺，盥洗、進巾、上香。每做一步，祭臺下的眾人便行一次祭拜大禮。

隨後，隆豐帝退到祭臺下，獻官奏樂。蕭京墨雙手捧著祭文，隨著樂聲誦讀，聲音朗朗，宛若實質，久凝不散。

葉崖香垂手靜立，偷偷抬頭看向祭臺。

陽光下，蕭京墨神情肅穆，長身玉立，身上銀繡的山河蟒紋光彩奪目。

她斂下眸子，眼角餘光從身前各妃嬪後背上掃過，又落在祭臺左側的幾位皇子身上，輕輕地笑了笑。

過了今日，如無意外，再無人可擋蕭京墨的鋒芒。

第十八章

祭祀大典結束後，不少人猜測隆豐帝讓蕭京墨代為誦讀祭文的用意。一時之間，朝中暗濤洶湧。

不過，這一切都與葉崖香無關。回京後，她便閉門不出，在院中查看各管事送來的帳冊，但沒忘記讓人去打探外面的消息。

回京後的第三日，剛用完午飯，一個約莫十三、四歲的小丫鬟疾步走到葉崖香身側。這丫鬟名喚石蜜，為人最機敏靈變，從別莊回到蘭汀苑後，便負責在葉崖香與鋪子裡的各管事之間傳遞消息。

石蜜看了四周一眼，低聲道：「姑娘，外面傳來消息，宮中有一位太妃暴斃。玉貴嬪不知因何事惹怒陛下，被打入冷宮。七皇子蕭子苓被遣去封地，無詔不得回京。越貴妃被奪了一半的後宮之權，今後得與靜妃同理後宮。三皇子蕭澤蘭被斥責，罰俸一年。九皇子蕭京墨被封為郡王，封號昭。」

葉崖香聽完後，垂眸靜思。看來，後宮真是風起雲湧，短短幾天便發生如此多的事，應該是因為蕭京墨回京後將他被人算計的事稟報給隆豐帝之故。

只是，越貴妃的處罰為何如此之輕？難道這次算計蕭京墨的不是她？

葉崖香抬頭問道：「可還有其他消息？」

石蜜搖搖頭。「沒了，不過九殿下邀您明日去百味樓一聚。」

「知道了。妳去回覆一聲，說我明日必到。」

石蜜剛走，石燕便帶著一只錦盒走進來。「姑娘，這是香料鋪子的管事送來的，說今兒早上收到幾塊上好的杏梨香，知道這是姑娘最喜歡的熏香，便送給姑娘用。」

葉崖香將錦盒打開，五塊雪白熏香躺在盒底，一股淡淡的香甜味撲面而來。

這本是她最愛的味道，如今卻讓她作嘔。

杏梨香顏色越淺，品質越好。平日她用的香，是雪白中帶著一層薄薄的淺黃，已屬上品。錦盒中這五塊不摻一絲雜色的熏香，則是罕見的上上品，上輩子她只在蕭澤蘭那裡見過。

那時，蕭澤蘭不知從哪兒尋來一塊純白的杏梨香，深情款款地對她說，最好的東西，才配得上最好的她。她感動不已，一口便答應了蕭澤蘭想要「借用」五百萬兩白銀的事。

如今想想，一塊熏香加一句甜言蜜語，便換走五百萬兩白銀，她當真是蠢得可以。

啪！葉崖香蓋上錦盒，怕再看下去，會想起更多上輩子幹的蠢事。

見葉崖香神色沈鬱，石燕擔憂地問：「姑娘，可是這香料有什麼不妥？」

「將這香料送回鋪子，有人要便賣了吧。」葉崖香看看窗臺下的熏爐，道：「也把屋子裡的香料換掉。今後，我屋裡不許再熏杏梨香。」

「是。」石燕應道，瞧了眼葉崖香陰沈的面色，忙將錦盒及熏爐帶出去。

迎花苑裡，一個彎腰駝背的老婆子，正滿臉諂笑地回話。

「夫人、姑娘，老奴將那幾塊熏香送到葉家香料鋪子後，便一直守在外面，親眼看見鋪子掌櫃將熏香交給表姑娘的貼身婢女石燕。」

「做得不錯。」孟氏滿意地點頭，將一只荷包放進老婆子手裡。「妳立刻回別莊，無事不可進城。今日之事，不可向外吐露一個字。」

「是，多謝夫人。」老婆子偷偷掂量荷包，面上的笑容更深了些，轉身離開。

見屋內無旁人，孟氏忍不住笑出了聲，拍著趙花楹的手道：「還是妳想得周到。葉崖香那丫頭已經對我們起了疑心，若是由我們將杏梨香送給她，她定不會用。現在那熏香是她家鋪子掌櫃給她的，又是上上品的好香，想必她會迫不及待地熏來試試。」

趙花楹嬌笑著說：「幸好那藥及時配出來了。今兒九皇子封了郡王，若是不能再把葉崖香控制在手裡，利用葉家錢勢幫助三殿下，只怕日後三殿下的處境會更加艱難。」

「那藥已經混進香料裡，若葉崖香日日熏香，不出一個月，便會成為我們手中的傀儡。」

「葉崖香會不會察覺有異，或者根本不用？」趙花楹又有些擔憂。「要不要我去她院子裡看看，或者去試探一下？」

「不必，那藥無色無味，一般人根本察覺不到，她一向鍾愛杏梨香，定會用的。」孟氏連忙阻止。「那丫頭現在警惕得很，我們做得越多，反而越會讓她起疑。這段時日，妳少進她院子，以免也被那藥影響。」

「也好。」趙花楹輕輕嘆了口氣。「九皇子明明最年幼，如今卻第一個封王，三殿下心裡定不好受。還有，宮中到底發生何事，貴妃娘娘怎會被奪了一半的權，今後要與靜妃同理後宮？」

孟氏微微皺眉。「貴妃娘娘多年獨得聖寵，想必很快便能重掌後宮。至於三殿下，這麼多年，他一直沈得住氣，我們也不必過於擔憂。再說了，最多再過一個月，葉家的家產、葉家的朝堂人脈，便會成為三殿下的助力。」

趙花楹有些出神，即便葉崖香成了她們的傀儡，想要拉攏葉君遷的同窗及學生，蕭澤蘭恐怕還得與葉崖香成親。

不，她絕對不會讓這事發生，蕭澤蘭的新娘只能是她！

萃華宮中，靜寂無聲。

剛與靜妃交接完後宮之事的越貴妃，抱著一隻小奶貓，斜靠在貴妃榻上。三皇子蕭澤蘭坐在一旁，垂眼摩挲著手裡的茶盞。

啪！一聲脆響，打破了這份寂靜。

蕭澤蘭猛地站起來，一腳踢開地上的碎茶盞，怒氣沖天，聲音卻壓得極低。

「昭郡王?! 日月為昭，父皇真是給蕭京墨擬了個好封號！」

他如同一頭憤怒的野獸般，在屋內橫衝直撞，踢翻擋在面前的一切事物。「明明是最小的，卻最先封王，父皇眼裡還有沒有我們這些兒子？還有，祭祀大典，我們籌謀了那麼久，為何會失敗?!」

靠在榻上的越貴妃，摸了摸小奶貓的耳尖，微微抬頭。「氣撒完沒？」

「不長眼的東西，讓開！」

蕭澤蘭一腳踹在垂眼靜立於角落裡的一名宮女身上，宮女咬牙嚥下驚呼，捂著痛處，蜷縮在地上瑟瑟發抖。

蕭澤蘭見狀，又踹下一腳，宮女終於忍不住悶哼一聲，眼淚順著眼角流下。

蕭澤蘭突然蹲下身，捏著宮女的下巴，迫使宮女抬起頭來。他的目光落在那雙含淚的桃花眼上，盯著眼尾的淚痣半晌，嘴角微勾。

「母妃，妳這宮女倒是長了一雙不錯的眼睛。」

越貴妃掃了宮女一眼，輕笑道：「你喜歡的話，便帶走。」

蕭澤蘭直起身，拍了拍手，面上的怒氣已消失殆盡，只餘眼中兩簇烈火。

「母妃，我們下一步該如何行事？」

「終於冷靜下來了？」越貴妃將奶貓交給一旁的宮人，撫摸著豔紅的指甲。「這次的事，幸好玉貴嬪那個蠢貨承擔了陛下大半的怒火，再加上老太妃一口咬定是她做的，才沒有真正查到我們頭上。否則，你我二人怕是會落得跟玉貴嬪母子一樣的結局。」

蕭澤蘭端著新上的茶水，抿了一口。「這次的計劃本是萬無一失，也沒有任何人背叛我們，為何還是會讓蕭京墨逃過一劫？」

越貴妃面色微沈。「趁他這次封王，需要擴建府邸，多安插兩個我們的人進去，徹底掌控他的行蹤。本宮倒是要看看，是誰在暗中幫他。」

「母妃，父皇將靜妃提了上來，妳這邊……」

「靜妃算什麼？鬥了這麼多年，她哪一次贏過我？」越貴妃輕笑一聲。「現在最要緊的，是另外一件事。我聽你父皇的意思，今年會為你們幾個已成年的皇子選妃。」

蕭澤蘭眉頭緊蹙。「葉崖香很少出門，我根本找不到機會接近她。」

「你的老師孟浮石，是忠勇侯的岳父，可以藉這層關係，直接拜訪忠勇侯府，到時還怕找不到機會與葉崖香相處？」越貴妃慢悠悠道：「再說了，孟氏母女應該已經想辦法將藥用到葉崖香身上，若那藥真有傳說中的效果，我們便能直接接管葉家的錢與勢。還有，除了葉崖香之外，禮部尚書嫡女也是個不錯的人選。」

「禮部尚書的嫡女？」蕭澤蘭沈吟。「禮部尚書是葉君遷同窗好友，與葉君遷的學生也有些交情，娶了他的閨女，我確實能拉攏不少朝臣。但他出身貧寒，至今家財不豐，恐怕不能給我們財援。」

越貴妃又笑了笑。「京城最不缺的便是門楣不高，但家資巨富的人家。你娶了禮部尚書嫡女後，再納幾個商戶女做侍妾，一樣能將錢、勢收入手中。」

蕭澤蘭眼前浮現葉崖香那雙明亮的桃花眼，有些煩躁地說：「都不如葉崖香能帶來的助益大。」

「葉崖香當然是第一人選。」越貴妃眼神一凜。「但如果她不能站在我們這邊，第一個要除掉的便是她。葉家的錢和勢，若不能為我們所用，就必須毀掉。」

「我知道了。」蕭澤蘭有些沈鬱。「還有楹楹那邊……」

「忠勇侯府早已沒落，對你毫無助益。她外祖父是吏部侍郎，也是你的老師，早已經站在你這邊，吏部尚書又與他有些姻親關係，整個吏部可說已是你的天下，娶她並不能擴展你的勢力。」越貴妃打量蕭澤蘭的神色。「不過，若是你能坐上那個位置，想要誰，還不是一句話的事。」

蕭澤蘭垂眸不語，半晌後，淡淡道：「選妃便是最後的期限。那時，若葉崖香還不能成為我的人，便除掉。」

越貴妃擺擺手。「嗯，去吧。我們剛被陛下訓斥過，這段時日安分點。」

三月中旬，冰冷刺骨的寒氣早已退去，只餘淡淡涼意。日頭撕開薄薄的水霧，將帶著些許暖意的晨光，灑在忙忙碌碌的街道上。

「姑娘，街上的人也太多了些。」石燕護在葉崖香身側，避免摩肩接踵的行人撞到了她。「離與昭郡王殿下約定的時辰還早得很，要不，我們先回府，吃過早飯再出來。」

「不礙事，我只是想出來走走。」葉崖香帶著一絲淺笑，看向兩旁不斷吆喝的小販們。上輩子最後那段時日，她被蕭澤蘭囚禁在太子府後院的角落裡，整日與蟲鼠打交道。後街遠遠飄來的小販吆喝聲，成了她最大的慰藉，提醒著她，她還活著，還活在人間。

遠處兩家賣魚餃的小販，像比賽似的，你吆喝一聲，我趕緊接一聲，一聲比一聲高。

葉崖香駐足看了片刻，輕笑道：「如此鮮活，真好。」

「想吃魚餃？」

蕭京墨含笑的嗓音突然在葉崖香頭頂響起，葉崖香猛地轉身，看著近在咫尺的蕭京墨，拍著胸口，瞪大眼睛。

「殿下，你嚇死我了。」

蕭京墨摸摸鼻尖，小聲嘀咕。「我有那麼嚇人嗎？」

葉崖香瞪他一眼，笑著福身。「殿下封為昭郡王，崖香恭喜王爺。」

「恭賀我的人多得很，不缺妳一個。」蕭京墨領先葉崖香半步，替她擋住來來往往的人群。「這兒的人太多了。走，我帶妳去吃早飯。」

兩人到了百味樓，立即有夥計將他們帶上二樓的包廂，很快地，幾碗素湯麵便送了進來。

蕭京墨將其中一碗麵推到葉崖香面前。「他們家的素麵味道最好，妳先吃，我再去幫妳買份魚餃。」

一旁的周寒水忙道：「王爺，屬下去吧。」

蕭京墨指了指另一張桌子。「吃你的麵去。」

葉崖香也吩咐石燕去旁邊吃麵條，自己將窗子推開，看著樓下的人群。

蕭京墨的身影早已沒入人群，像一條魚般，在人群中穿梭著，動作極快，並未撞到人。

她收回目光，輕輕笑了笑，拿起筷子，嚐了一口素麵。「好吃，味叔的手藝還是這麼好。」

話音剛落，一名穿著白色圍裙的中年男子走進來，見到坐在窗邊的葉崖香，面上忍不住露出慈祥的笑意。

「姑娘，有些日子沒見著您了，一切可好？」

「好著呢。」葉崖香指著一旁的凳子，笑道：「味叔，坐。」

味掌勺擺擺手。「不了，後廚還在忙，我只是聽夥計說見著姑娘了，來看看您。姑娘可要見忠大哥？他去巡視其他鋪子了，我派人尋他。」

「不用。」葉崖香連忙阻止。「今兒我只是出來走走，不必打擾他，你也去忙吧。」

「好。」味掌勺在抹布上搓了搓手，帶著些猶豫道：「姑娘中午可要再來這裡用飯？」

葉崖香點頭。「要的，崖香好久沒吃到味叔做的飯菜了。」

「嘿嘿。」味掌勺面上笑開了花。「那我先去忙，姑娘一定要來。」

蕭京墨剛到雅間門口，恰好撞見從裡面出來的味掌勺。

他掃了味掌勺一眼，推開門走進去，將裝著兩碗魚餃的托盤放在桌上，不解道：「百味樓的掌勺找妳做什麼？」

葉崖香指了指兩碗魚餃。「殿下想吃哪一碗？」

「我見妳盯著那兩個攤子，遂各買了一碗。」蕭京墨把托盤推到葉崖香面前。「妳都嚐嚐，不要的再給我。」

葉崖香從兩個碗裡各撈了幾個魚餃，放進自己的麵碗裡，而後將托盤推到蕭京墨面前，眨眨眼道：「剩下的都是殿下的，還有那碗麵，殿下可別浪費糧食哦。」

「小香香，妳真沒良心。」蕭京墨瞪葉崖香一眼，撈起一個魚餃放進嘴裡。「妳還沒回答我的問題。」

「百味樓是葉家的，掌勺來見我這個當家的，不是很正常？」

「咳咳，咳……」蕭京墨一口湯嗆在喉嚨裡，忙拍著自己的胸口。「百味樓也是妳家的？」

葉崖香把手裡的錦帕遞給他。「嗯，京城四條主道上各有一家百味樓，另外三家的掌勺，是你剛見到的掌勺的徒弟。」

「難怪每家百味樓的味道都一樣的好。」蕭京墨擦完嘴，將錦帕收入懷裡。「小香香，妳家真是棵搖錢樹。」

葉崖香放下碗筷，接過石燕遞來的另一塊錦帕，擦著嘴角。「殿下若是喜歡這裡的味道，我可以跟掌櫃說一聲，以後殿下來這裡用飯，都不收錢。」

「不必。」蕭京墨吃著麵條，頭也沒抬地說：「我可不想在參我的摺子裡，再多一道吃霸王餐的惡行。」

他說完，摸了摸肚子。「今兒這早餐，分量可真足。」

葉崖香看著桌上的空碗，無奈道：「殿下難道聽不出我是開玩笑的？」

蕭京墨長眉微挑。「小香香說不能浪費糧食，便不能浪費。」

葉崖香瞧著蕭京墨摸摸肚子，攤在椅子上毫無形象的模樣，忍不住笑出聲。但在蕭京墨「幽怨」的目光中，只得輕咳一聲，說起了正事。

「殿下，這幾天宮裡傳出不少消息，是否與祭祀時算計你的那兩件事有關？」

「嗯，回京當日我就帶著暗繡龍紋祭袍，和熏有焚情香的鮫紗去找了父皇。」蕭京墨坐直了身子，面色微沈。「祭袍的事很好查，抓了幾個禮部和內務府的人，稍稍用刑，他們便將玉貴嬪抖了出來。父皇大怒，直接將玉貴嬪打入冷宮，七哥也被遣去封地。」

葉崖香聞言，點了點頭，跟她猜想得差不多。在祭袍上動手腳，既不能徹底咬死蕭京墨，又容易暴露自己。這種計謀，背後之人果真不是越貴妃母子。

但在鮫紗上熏焚情香陷害蕭京墨，這種陰毒的計策，應該是越貴妃母子的手筆，那他們怎會沒受到重罰？難道這件事不是越貴妃母子做的，還是蕭京墨沒查到他們頭上？

蕭京墨瞧見葉崖香的神色，大致能猜到她在想什麼，解釋道：「想必妳跟我一樣，堅信在鮫紗上動手腳的是越貴妃母子，但還沒查到他們頭上，線索便斷了。出宮買鮫紗的小太監，是一位老太妃的人，那特製的焚情香也只有老太妃能調出來。查到老太妃頭上時，她一口咬定是她做的，想報復我父皇搶了她兒子的皇位，然後服毒自盡。」

葉崖香微微皺眉。「沒細查那個老太妃？她應該與越貴妃有聯繫。」

「父皇不讓我查，那老太妃是我皇爺爺的妃子，又涉及焚情香這等後宮禁藥，細查下去，怕是會挖出不少皇爺爺的後宮醜聞。皇爺爺已入土多年，父皇自是不願讓這些醜聞再被揭開。」

蕭京墨說完，無奈地攤了攤手。「所以，事情到此為止。其實父皇也有些懷疑越貴妃母子，遂藉由老太妃之事，斥責越貴妃管理不力，分了她一半的權給靜妃，再找個由頭，將蕭澤蘭罰了一頓。至於封我為王，想必是父王覺得對我有虧欠，補償我的。」

為了查兒子被算計的真相，去挖自己父親的醜聞，以孝治國的隆豐帝確實做不出這種事，卻又不想委屈了蕭京墨，就讓蕭京墨在眾皇子中第一個封王。

這種做法，葉崖香覺得她能理解，只是便宜了越貴妃母子，嘆了口氣。

「沒趁這次機會將越貴妃扳倒，日後的算計怕是會越來越多。」

「小香香，一切有本王在，妳只管安心。」蕭京墨站起身，拍了拍衣袖。「妳不是說要買宅子？我看中了幾套不錯的。走，帶妳去挑。」

第十九章

百味樓坐落在武安大道東側，周圍都是一些富貴人家。再往東走，十字路口右轉，便到了京城最繁華的玉堂街。

街道兩側，茶樓、酒館、各色鋪子林立，中間是琳琅滿目的小商販。挑擔趕路的旅客、駕車送貨的商販、駐足觀賞的遊人絡繹不絕，嘈雜又充滿煙火氣的景色，一直延伸到遠方。

行走在中間的蕭京墨嘖了一聲。「小香香，京城最繁華的玉堂街上的鋪子全是妳家的，到現在我還覺得難以置信。」

葉崖香笑著說：「我也不敢相信，但沒法子，我家管事一個比一個厲害。」

蕭京墨在心中暗道，最厲害的，不是他們的生意頭腦，而是對葉家的忠心。

兩人沿著玉堂街走了一盞茶的工夫，轉過一道彎，便進了一條寬闊的街道，兩側種滿梧桐樹。街上行人不少，卻未見吆喝叫賣的小販，只遠遠聽見玉堂街上傳來的聲音。

蕭京墨指著路邊的宅子說：「就是這間，我覺得最好的。」

葉崖香站在宅子門口，左右瞧了瞧，笑道：「就這裡了。」

蕭京墨挑眉。「妳還沒進去看，就決定好了？」

葉崖香後退幾步，打量整座宅子的大小。「若是裡面的布局不合我眼緣，大不了拆了重建。」

蕭京墨示意周寒水將門打開，左右看了看。「這地方有何特殊的？」

葉崖香指了指身後。「後面是玉堂街，方便我查帳。」又指著左側。「看見那三間宅子沒有？那是我家大管事忠叔，以及另外兩個管事的家。我住在這裡，若是有什麼事，方便他們找我。」

進門後，葉崖香一邊瞧著院內的景致、一邊說道：「當初忠叔看中了一間宅子，但原屋主不願意賣給他，應該就是這間。」

她看了蕭京墨一眼。「據忠叔說，原屋主提了一堆條件，若買家全答應，他才願意賣，殿下是如何說服原屋主賣給你的？」

蕭京墨抱著胳膊，笑道：「我在戰場上救了他兒子一命。」

「難怪了。」

進了後院，有一座不大不小的池塘，塘中水清澈見底，水面上建了一座蜿蜒曲折的遊廊。站在遊廊上，能看見水裡悠哉的鯉魚。

葉崖香敲了敲遊廊欄杆，水底的魚受到驚嚇，四散開來。「還要煩勞殿下幫我將原屋主約出來。」

「這件事讓周寒水去辦，到時我再將房契送到妳手上。」

葉崖香搖搖頭。「這裡以後是葉府，會供奉著葉家先人，自是由我這個唯一的後人出錢購下才合理。」

蕭京墨打量葉崖香的神色，咧嘴道：「也行，那翻修及採買家什的事交給我。我正好要擴建王府，有現成的工匠。」

兩人看完宅子後，周寒水很快便請來了原屋主。

葉崖香與原屋主辦完房契，已將近中午，一行人回到百味樓用午飯。

過了申時，葉崖香才回侯府。

葉崖香進了蘭汀苑，守在門口的石竹見到她，急忙迎了上去。

「姑娘，您總算回來了！香料鋪子的向掌櫃被抓了，說是賣的熏香裡有毒。」

葉崖香神色一凜。「說清楚。」

石竹深吸幾口氣，道：「剛才鋪子的夥計送來消息，有客人去京兆府報官，說我們鋪子裡的熏香摻了毒藥，向掌櫃已經被京兆府的衙役帶走了。」

葉崖香腳步一頓，轉身便往外走。「走，去京兆府衙門。」

京兆府門口前行人不絕，卻沒有百姓圍觀，裡面也不像是正在升堂的模樣。

剛從馬車上下來的葉崖香有些疑惑，對石燕使了個眼色。

石燕走到衙門口，朝守門的衙役行了禮。「這位小哥，我家姑娘乃忠勇侯外甥女，想見京兆府尹大人，煩勞小哥幫忙通傳一聲。」

衙役看看站在馬車旁的葉崖香，抱拳道：「請姑娘稍候。」

片刻後，京兆府尹李文元走出來，忠管事跟在他身後。

李文元笑道：「我正想派人去請葉姑娘，沒想到葉姑娘自己來了，快請進。」

葉崖香福身。「有勞李大人。」

忠管事走到葉崖香身旁，低聲道：「報案的是太醫院院首，有問題的熏香是杏梨香。」

杏梨香？葉崖香腳步微頓，立時想到被她退回去的那五塊上上品杏梨香，這是不是太湊巧了些？

李文元並未把人帶到公堂，而是去了府衙偏廳，解釋道：「是苦主要求我不必升堂，將事情調查清楚便好。」

進了偏廳，裡面已經有三人，左上首是一名中年男子，看穿著打扮，應該是京兆府主簿。

男子見到葉崖香後，微微點頭，葉崖香這才想起來，京兆府主簿便是她二表姊趙佩蘭的舅舅，也姓李。

李主簿下首是一位頭髮花白的老翁，應該就是太醫院院首孫白草了。

向掌櫃站在右邊，見到葉崖香後，鬆了口氣，帶著愧疚道：「姑娘，是我辦事不力，還得煩勞您親自來這裡。」

葉崖香擺擺手。「向叔，你太見外了。不過，這到底是怎麼回事？」

李文元笑道：「都請坐，請孫院首再細說一遍。」

孫白草先將葉崖香打量一遍，嘆道：「像，實在是太像了，葉姑娘與葉大人當真是一個模子裡刻出來的。」

葉崖香有些詫異。「院首大人見過家父？」

孫白草笑道：「當年葉大人驚才絕豔，無人不想一睹其風采，老夫有幸與他有過幾面之交。」

葉崖香微嘆，與官場中人接觸越多，越發敬佩父親。若是父親還在，那該多好。

李文元輕咳一聲。「孫大人，時辰不早了，我們還是先說正事。」

孫白草斂住神色，將一旁桌上的錦盒打開，露出兩塊雪白的香料。「這兩塊杏梨香，是老夫昨日從向掌櫃手裡買的。我家夫人最喜歡這種味道，見到這兩塊上好香料，當真是喜愛得很，昨晚便熏了一些。一開始，老夫也沒察覺有何異樣，直到屋子裡的味道濃了些，才聞出不對勁來。

「老夫自幼與各種草藥打交道，一身本事還拿得出手，當即便將熏香滅了。今天研究一上午，發現裡面摻有一種毒藥，名叫牽絲線。」

「牽絲線？」葉崖香眉頭微皺。「崖香從未聽說過這種毒藥，不知院首大人可願細說？」

「牽絲線的配方能在一些古醫典裡尋到，但裡面有上百種草藥，極難配齊。而且，配齊後還得找人試藥，穩定藥性後，才能拿出來使用。」孫白草面色微沈。「一旦長期大量攝入這種藥，會慢慢失去神智，對身邊之人唯命是從，成了一具提線傀儡，所以這藥名為牽絲線。」

「好一個牽絲線！」蕭京墨面若冰霜地走進來。「本王倒是覺得，這藥是特意替葉姑娘準備的，只是恰好落到孫大人手裡。」

眾人忙行禮，葉崖香低聲道：「殿下怎麼來了？」

「我聽說妳這邊出了事，所以趕過來。」蕭京墨坐到葉崖香旁邊，冷聲道：「孫大人，你繼續說。」

「當老夫知道這熏香裡混有牽絲線後，擔心有人大量配製這種毒藥，想行不軌之事，便立即來找李大人。」孫白草看了向掌櫃一眼。「待李大人將向掌櫃帶回衙門，老夫才知道那香料鋪子是葉家的。以老夫對葉家門風的了解，葉家定不會出這等陰狠之人，其中怕是有其他緣故，所以請李大人不要公開升堂，免得污了葉家的名聲。」

李文元笑道：「以葉大人和葉姑娘的品性，怎麼看也不像是會配製這種毒藥的人。下官猜測，其中應該另有緣由，便答應了孫大人的提議。」

葉崖香連忙福身。「多謝孫院首和李大人願意顧全葉家的名聲。」若是公開升堂，即便最後查明真相，葉家的聲譽及生意都會受到不小的影響，尤其是香料鋪子，以後怕是無法在京城立足了。

「多謝兩位大人。」向掌櫃也站起來，行了個大禮。若是因他的疏忽，影響葉家的名聲，萬死難辭其咎。「這種純白杏梨香一共有五塊，是一個駝背老婆子送到鋪子裡的，說她家道中落，想用這幾塊熏香換些銀子。我見這杏梨香品色是上上等，姑娘又喜歡，便收下來，當即差人送到姑娘手上。」

說到這兒，向掌櫃猛地回神，面色一片蒼白，跪在葉崖香面前。「我差點害了姑娘，請姑娘責罰！」

「快起來。」葉崖香扶起他。「我知道你們是一心向著我，見到我喜歡的好東西，便想立刻送來，怎能怪你？」

蕭京墨卻一把拉住葉崖香的胳膊，急聲問：「妳有沒有用這熏香？」

葉崖香拉了拉蕭京墨衣袖，示意他放手，緩聲道：「沒有。當日我聞到那杏梨香，不是很喜歡，就讓人送回鋪子。只是沒想到被孫院首買走，差點害了孫夫人，還請孫院首勿怪。」

孫白草擺擺手。「幸虧是老夫買到，若落入旁人手裡，定聞不出其中的異樣，不知會鬧出什麼事來。」

李文元摸了摸下巴上的短鬚，道：「將毒藥摻在葉姑娘最喜歡的杏梨香裡，特意送到葉家鋪子，還是這種能將人變成傀儡的特殊毒藥，怎麼看，都像是衝著葉姑娘去的。向掌櫃，你可記得那婆子的長相？」

向掌櫃有些羞愧地搖搖頭。「那婆子的腰駝得厲害，面上圍著頭巾，只露出一雙眼睛，還一邊說話、一邊抹眼淚，草民著實沒看清楚她的長相。」

葉家的香料鋪子雖然有熟識的進貨作坊，但也會收一些散貨。家道中落之人，將珍藏的香料拿到鋪子裡換銀子這種事，向掌櫃遇過不少，只是沒想到這次有人在香料裡動了手腳，而他這個與香料打了幾十年交道的人，居然也沒察覺不對勁。

「其實，不一定需要知道那婆子的長相。」葉崖香輕聲道：「孫院首說，牽絲線配好後，需要拿人試藥，可以從這方面調查。」

孫白草點點頭。「配製牽絲線需要上百種草藥，且裡面有幾種價格不菲，尋常人家難以湊齊。幕後之人的目標若真是葉姑娘，那試藥之人應當是與葉姑娘年紀相仿的女子，可以查查哪家府裡近期突然出現死亡或變癡傻的少女，而且人數應該不少。」

蕭京墨聲音冰冷。「為防幕後之人毀屍滅跡，在沒調查清楚前，這件事不許外傳。」又商討幾句後，李文元才將眾人送出衙門，並把向掌櫃放回去，僅要求他這段時日不能遠行，得隨傳隨到，自是讓向掌櫃又感激了一番。

馬車上，葉崖香看著坐在對面的向掌櫃道：「回去後，你將鋪子裡的香料都檢查一遍，只要懷疑有問題的，全部收起來。並且通知商隊，以後只向與我們相熟的老作坊進貨。」

「是。」向掌櫃連忙應下。

「姑娘，要不我跟其他管事說一聲，讓他們這幾天將京城的鋪子檢查一遍？」一旁的忠管事沈聲道：「既然有人想害姑娘，我們再怎麼謹慎都不為過。」

葉崖香點點頭，壓低聲音說：「這件事應該與忠勇侯府脫不了干係，多留意侯府與三皇子府的動靜。」

「宅子置辦好後，姑娘可有辦法從侯府搬出來？」忠管事緊皺著眉頭。「那一大家子還指望著從姑娘身上撈銀子，好填補空缺，到時候怕是會以長輩的身分壓姑娘。」

葉崖香輕笑一聲。「我自會讓他們答應的。」

到了玉堂街附近，忠管事及向掌櫃下車告辭，而原本騎馬跟隨的蕭京墨則上了車，坐到葉崖香對面，抱著胳膊，一言不發。

葉崖香拉拉蕭京墨的衣袖，笑道：「殿下，我一個姑娘家不好經常往府衙跑，這件事還得煩勞殿下幫我盯著。」

「知道就好。今日妳就不應該去，應該直接找我。」蕭京墨冷哼一聲，面色緩和不少。「妳不用再管這事了，等調查清楚後，我親自告訴妳。李文元那邊，我已經打過招呼，之後他也不會再找妳。」

「我曉得啦。」葉崖香忙乖巧地點頭，對蕭京墨笑了笑。「殿下，別板著臉，不好看。」

蕭京墨挑眉。「之前是誰說本王最好看的，原來都是唬本王？」

這話怎麼如此耳熟？前段時日，蕭京墨說她苦著臉不好看，她好像就是這麼回蕭京墨的，今日又還給她了。堂堂一個王爺，居然如此「記仇」。

她眨巴著眼，笑道：「殿下最好看，板著臉也好看。」

蕭京墨暗嘖一聲，別過臉，露出紅紅的耳尖。「以後不管出了何事，都要立刻去找我，記住沒？」

「嗯嗯。」葉崖香忙點頭。

蕭京墨終於繃不住臉，勾唇笑了起來。「清明節前後，京城世家公子及各府千金都會去城外踏青賞花，妳想不想去？」

重生之後，事情不斷，還未好好放鬆過。這幾天，葉崖香想清楚了，仇要報，日子更要好好過，否則對不起這重來的一世，更對不起病逝前還在為她謀劃的父親。

她笑道：「有些日子沒出門了，出去放鬆一下也好。」

「到時候可得緊跟著我，別又被人算計了。」蕭京墨跳下馬車，看著近在眼前的侯府大門。「我走了，妳自己小心些。」

蘭汀苑裡，一眾下人各司其職，看上去與往日無異。但仔細瞧瞧，還是能發現不少人面帶焦急之色。

聽見門口傳來聲響，石竹忙迎了上去。「姑娘回來了，向掌櫃可有事？」

「無事。」葉崖香略提高了聲音。「大家放心吧，沒什麼事。」

眾人聞言，院中那股暗藏的焦慮氣息消失殆盡。

安頓好葉崖香後，石燕便聽葉崖香的吩咐，將事情經過向院裡的人講了一遍，同時叮囑，這件事不可外傳。

第二天一大早，石蜜帶來外面的消息，說京兆府正在查這段時日失蹤或變癡傻的女子。

葉崖香聽完，要她繼續留意外面的消息。

石蜜走後，石燕把一張請帖遞給葉崖香。「姑娘，柳姑娘送來請柬，邀您今日去尚書府賞花。」

葉崖香瞧著請柬落款處的「曲蓮」二字，微微一愣。

「蓮姊姊送來的？快去備一份禮，收拾妥當後，我們便動身。」

第二十章

馬車晃晃悠悠，四角鈴鐺叮噹作響。

葉崖香皺著眉頭，陷入回憶。

柳曲蓮乃禮部尚書柳川柏的嫡女，柳川柏與她父親也是同窗好友，且當年同在翰林院任職。後來，她父親去了江南，而柳川柏留在禮部，但兩人之間一直有書信往來，多年交情不減。

她父親去世時，柳川柏特地帶著妻女去弔唁，她才因此與柳曲蓮相識，一見如故。

上輩子剛到忠勇侯府時，她與柳曲蓮交往甚密，直到後來被流言與謊言困在後院，才慢慢斷了與尚書府的來往。

但大半年後，她從侯府後院出來時，尚書府卻已遭逢巨變，世上再無柳曲蓮這個人。

上輩子，柳曲蓮與一名為沈南星的男子暗生情愫，最終卻被柳老夫人，也就是柳曲蓮的祖母棒打鴛鴦，逼她嫁予工部尚書之子。

成婚當日，柳曲蓮著一身大紅嫁衣，吊死在自己閨房內。

葉家馬車到了尚書府門口，立即有門人進去通報。

片刻後，一名中年婦人迎了出來，氣質溫婉，眉眼間帶著濃濃的憂愁，正是禮部尚書夫人蘇氏。

葉崖香福身道：「崖香見過蘇嬸嬸。」

蘇氏忙扶住葉崖香，擠出一絲笑意。「妳這孩子，這陣子也不來看看嬸嬸，該不會是把嬸嬸忘了吧？」

「嬸嬸勿怪，實在是這段時日……」葉崖香露出一言難盡的表情。

蘇氏心下了然，最近關於葉崖香的傳言不少，確實該避避風頭，嘆了口氣，低聲道：「年前傳出那些謠言，可把我們嚇壞了。妳柳伯伯氣得不輕，當日便命人去侯府打聽，卻被擋在門外，幸好妳沒事。」

聽聞柳川柏派人去過侯府，葉崖香心下頗為感激，道：「勞柳伯伯記掛，是崖香的不是，崖香該早日來拜訪的。」

「我們知道，妳是怕給我們惹麻煩。不是嬸嬸說妳，妳跟我們也太見外。葉大人雖然不在了，但我們兩家的交情可沒斷。」蘇氏拉著葉崖香的手，笑道：「要不是妳不答應，我們早該是一家人了。」

葉崖香想起來了，她剛到京城時，柳川柏想收她做義女，但那個時候她以為侯府會是她的家，便拒絕了。

進了後院，葉崖香並未看見柳曲蓮的身影，再加上蘇氏眉間的憂愁，心中有了幾分猜測，便問：「蘇嬸嬸，可是蓮姊姊出了什麼事？」

「妳隨我來。」蘇氏的眼眶微微發紅。「其實，今日的請柬並不是蓮兒的手筆，而是我寫的，我想請妳幫我開解開解她。」

兩人穿過一道抄手遊廊，進了一座精緻的小院，推開主屋大門，一陣濃郁的藥味撲鼻而來。

一個少女躺在床上，約莫十五、六歲，雙眼無神，眉心有一顆紅痣，襯得面白如紙。

葉崖香幾步上前，握著少女的手，急聲道：「蓮姊姊，幾日不見，妳怎麼變成這般模樣了？」

柳曲蓮緩慢地眨了眨眼，瞧清楚床邊之人後，露出些許笑意，掙扎著坐起身。

「香妹妹，妳來了。」

蘇氏忙將靠枕墊在柳曲蓮背後，替她攏好身後的被子。「妳們慢慢聊，我去廚房看看。」

柳曲蓮說過一句話後，便不再開口，整個人魂不守舍，蒼白的臉上帶著病色與愁緒。

葉崖香想到上輩子的事，試探道：「蓮姊姊，我看妳這樣子，像是得了心病。」

柳曲蓮抬頭，含蓄地笑笑。「香妹妹想多了，我只是染了風寒，身子不適，哪有什麼心病。」

葉崖香面無表情看向柳曲蓮。「蓮姊姊，妳可是有了心上人？」

柳曲蓮渾身一僵，目光微顫，紅著眼嘆息。「果真瞞不過妹妹。」

葉崖香皺起眉頭。「妳把自己折騰成這般模樣，就是為了那人？」

柳曲蓮點了點頭，又搖搖頭，黯然落淚。

葉崖香輕哼一聲。「妳為了妳心上人病成這樣子，誰知妳心上人待妳有幾分真？」

「沈公子待我是真心的。」柳曲蓮愣了愣，神色堅定地說道。

對於沈星南，葉崖香有所耳聞，據說那人頗有才華，品性也不錯，只是被家族連累，入了賤籍，終身不能參加科舉。

她嘆口氣，道：「蓮姊姊所說的沈公子，想必就是沈南星吧？如今妳這般模樣，可知柳伯伯有多為難？他若是順了妳的意，讓妳嫁給沈南星，妳便要從堂堂尚書府嫡女變成賤籍之人，柳伯伯一向疼愛妳，妳叫他如何捨得？若是不順妳的意，妳便這般尋死覓活，心疼的還是柳伯伯。」

柳曲蓮沒心思探究葉崖香是如何知曉沈南星的，垂淚道：「不是這樣的。爹爹見我心思堅定，加上他頗為賞識沈公子的才華，便上書想撤銷沈公子的賤籍，畢竟參與科舉舞弊案的是沈公子的大伯，又不是沈公子本人，沈公子是被連累的。

「但是，爹爹在早朝上提出這事時，被工部尚書等人連聲反對，最後只得作罷。我也不想再讓爹爹為難，與沈公子約定，今年邊關招兵時，他便去，打算多立軍功，早日擺脫賤籍，我在京城等他。」

說到這兒，柳曲蓮放聲大哭。「這件事，爹爹也答應了，說給沈公子三年的時間。可是……前幾日工部尚書府上門提親，祖母逼迫爹爹，非要爹爹應下這門親事。」

工部尚書府？工部尚書只有一個嫡子高喜樹，紈袴非常，即便是葉崖香這等不經常出門之人，也聽說過他的荒唐事跡，據說屋內男男女女不下十數人，柳老夫人怎會逼著柳大人結這門親？

葉崖香半擁著柳曲蓮，輕輕拍著她的後背，安慰道：「柳伯伯肯定聽說過高喜樹的名聲，不會允准的。」

「爹爹確實沒有應下。」柳曲蓮細聲抽泣。「可祖母說，我都十五歲了，尚未訂親，又妄想嫁予沈公子這等身分低微之人，丟盡柳府的臉面，要爹爹今年必須將我嫁出去，對象還要是門當戶對之人，否則一頭撞死在我爹爹面前。這幾日，爹爹的頭髮都愁白了，香妹妹，妳說我該怎麼辦？」

葉崖香沒想到柳老夫人居然是這般人，問道：「沈公子可知道這件事？」

柳曲蓮搖搖頭。「下個月便是招兵之日，我不想讓他分心。」

葉崖香沈思片刻，嘆息道：「沈公子以文見長，並不善武，若想在三年內立下軍功，怕是要以命相搏。我猜，他定是想著，要麼用軍功擺脫賤籍，迎妳過門；要麼埋骨邊關，絕了妳的念想。」

柳曲蓮猛地瞪大雙眼，蒼白的面頰瞬間毫無血色，掙扎著想要下床。

「不行，我現在就寫信給他，說我要嫁人，讓他不必去邊關了。」

葉崖香忙把柳曲蓮按回床上，緊緊握著她的手。「蓮姊姊，如果我有辦法幫沈公子擺脫賤籍，還能參加科舉，妳可願信我？」

柳曲蓮怔怔地望著葉崖香，眼中燃起一絲光亮。「我當然信妳！」

葉崖香笑道：「那妳得先照顧好自己，可別沈公子的事還沒辦妥，妳先撐不住了。」

柳曲蓮手忙腳亂地擦著眼淚，邊哭邊笑。「我一定好好吃飯，好好喝藥。」

在禮部尚書府用過午飯後，葉崖香並未回忠勇侯府，而是去了昭郡王府。

原先的九皇子府擴大不少，換上隆豐帝親手寫的門匾，守在門口的衛兵遠遠看見葉家的馬車，忙跑進門通報。

葉崖香剛從馬車上下來，便瞧見從王府內大步走出的蕭京墨，笑道：「殿下，你可願跟我去見個人？」

蕭京墨毫不猶豫地上車，也沒問葉崖香要去何處，輕哼一聲。「大中午的，也不在家好好休息。」

葉崖香沒理會蕭京墨彆扭的關心，笑問：「殿下可知隆豐十年的沈家科舉舞弊案？」

蕭京墨挑眉。「隆豐十年，沈家老大身為秋闈副監考官，卻利用職務之便，幫菱州的富豪獨子作弊。我朝對於科舉舞弊處罰甚重，事發後，那考子當即被趕出考場，先前的成績一律作廢，且終身不得再考。沈家老大流放三千里，沈家全府被充入賤籍，三代之內不許參加科舉。」

「沈家老大有個姪子，名為沈南星，當年不過五、六歲，也因此受到牽連。」葉崖香遲疑道：「不知殿下可否讓他脫了賤籍，參加科舉？」

「妳今日去了禮部尚書府？」蕭京墨看著葉崖香問道，語氣卻分外肯定。「前段日子，柳尚書在朝堂上重提沈家案子，說沈家老大罪有應得，但沈家二房、三房卻是無故受牽連，尤其是幾個小輩，頗有才能，卻因沈家老大的緣故，不能科舉入仕，著實可惜，想請我父皇赦免沈家二房、三房的罪責。我父皇有些意動，但被工部尚書為代表的蕭澤蘭一黨阻止了。」

葉崖香聞言，有些期待地看向蕭京墨。「殿下，那這事……」

蕭京墨凝視著葉崖香像是落了星辰的雙眼，輕咳一聲。「我看，柳尚書不像是放棄的樣子，這幾天大概還會上奏，到時我便幫他一把。」

葉崖香笑道：「謝殿下。」

蕭京墨卻冷哼一聲，抱著胳膊，斜睨葉崖香。「那沈南星有什麼好，值得妳特地找我幫忙？」

葉崖香眨巴著雙眼，捂嘴笑了。「據說沈公子玉樹臨風，品性也不錯，還有狀元之才，很招人喜歡。」

蕭京墨的面色黑如鍋底。「葉崖香，本王反悔了。」

葉崖香瞧見蕭京墨的神色，咬了咬下唇，伸出一隻手，拉住蕭京墨的衣袖輕輕晃了晃，將沈南星與柳曲蓮的事講了一遍。

蕭京墨聽完，微微瞇著眼睛，湊近葉崖香，神色帶上了些許危險。「小香香，逗本王很有趣？」

此時，馬車緩緩停住，葉崖香撩開車簾下去，回過頭，眉眼彎彎地對蕭京墨道：「確實很有趣。」

蕭京墨暗啧一聲，跳下馬車，半是無奈、半是威脅地說：「總有一天，我要讓妳好看。」

馬車停在巷尾，正對著一道朱漆剝落的大門，石燕想去敲門，卻被葉崖香阻止了。

「等等。」

上輩子，柳曲蓮在嫁予高喜樹當日香消玉殞，聽到消息的沈南星，穿著一身大紅喜服，一頭撞在柳府門前的石獅上，想追隨柳曲蓮而去，卻被蕭澤蘭救下。

後來，不知蕭澤蘭說了些什麼，竟打消沈南星想死的念頭，後來沈南星追隨蕭澤蘭，成為蕭澤蘭的第一幕僚，為蕭澤蘭出了不少奇謀。

葉崖香請蕭京墨幫沈南星，主要是不想見柳曲蓮那樣好的女子落得那般結局，同時也想將沈南星拉到蕭京墨這邊，畢竟這人確有實才。

但是，她得先試一試沈南星。

話音剛落，大門被人從裡面打開，一名素服荊釵的女子正紅著眼眶，嬌嬌柔柔道：「沈公子，您救了奴家的命，奴家真的什麼都不求，只願伺候在您左右。」

隨後，一位年輕男子出現在門口，劍眉星目，一表人才，正是沈南星。

沈南星彎腰抱拳道：「姑娘請回。在下救姑娘只是順手之勞，不必姑娘報答。」

姑娘垂頭落淚，一副梨花帶雨的模樣，當真是我見猶憐。「奴家也不求名分，只想以身相許，報答公子的恩情。」

「姑娘請速回，也不必再多言，莫要惹人誤會。」沈南星說完後，一把關上木門。

女子見狀，轉身用素帕抹了把臉，哪裡還有一點柔弱的模樣，路過葉崖香時，微微點頭。

「這女子是妳找來試探沈南星的？」蕭京墨輕笑一聲。「餿主意。」

「你行你上啊。」葉崖香鼓著腮幫子道：「蓮姊姊為了他要死要活的，我怎麼也得看看他配不配。」方才來昭郡王府前，她先帶石燕去找忠管事，把這個計策安排好。

「妳試錯方向了。」蕭京墨走到緊閉的大門前，敲了敲。

片刻後，門被打開，露出沈南星疑惑的臉。「請問公子找誰？」

蕭京墨將沈南星上上下下打量一遍，故意擺出鄙夷的神色道：「你便是沈南星？我有法子讓你擺脫賤籍，還可以參加科舉。」

沈南星渾身一震，眉眼間的愁鬱消散大半，極力壓著狂喜。「公子說的，可是真的？」

「那是自然。」蕭京墨神色倨傲，一副二世祖的模樣。「我可以讓你今年就參加科考，但你必須先娶我妹妹。」

沈南星聞言，眼底剛剛亮起的光芒瞬間熄滅，失魂落魄地說：「公子的好意，在下心領了，請恕在下不能答應。」便關上了門。

蕭京墨瞧見又被關上的大門，攤手道：「看來沈南星對柳姑娘確實是一片真心。」

葉崖香鬆了口氣，還好柳曲蓮的真情沒有錯付。
沈家的大門再次被敲開，沈南星苦笑道：「這位公子，在下不願……」
「沈公子。」葉崖香上前一步，打斷了沈南星的話。「我是替曲蓮姊姊過來的。」
沈南星看看停在巷子裡的馬車，警惕地打量葉崖香。「姑娘可姓葉？」
葉崖香點點頭。「是。」
沈南星緊繃的身子略放鬆了些，將她引進門，擠出一絲笑意招呼。「葉姑娘，請進，蓮兒在我面前提過妳不少次。」
葉崖香冷聲道：「沈公子可知蓮姊姊因為你的事病倒了？」
「什麼！」沈南星面色一白，匆匆地往門外走。「不行，我要去看她。」剛到門口，又折返回來，想伸手去拉葉崖香的胳膊。「我現在進不了柳家大門，但葉姑娘可以帶我進去，對不對？」
沈南星的手還未碰到葉崖香的胳膊，便被蕭京墨一掌拍開。同時，一道冰冷目光落在他身上，讓他稍微冷靜了些。
沈南星焦急的神色中泛起些許愧疚。「在下一時心急，失禮了，請葉姑娘勿怪。還請葉姑娘告知在下，蓮兒到底如何了。」
葉崖香把柳府的事細細說了一遍，沈南星聽完後，雙眼通紅，渾身的力氣像是被抽乾了似的。

「蓮兒……柳老夫人怎能如此逼她？我……」

蕭京墨瞧見沈南星的樣子，冷聲道：「沈公子若是想看著自己的心上人嫁予他人，便繼續消沈下去吧。」

沈南星渾身一震，眼神微亮。「公子真能在讓下參加科舉？只是，要在下娶公子之妹的事，可否換成其他條件？」

蕭京墨頷首。「自是真的。至於那條件，不過是試探你而已。」

沈南星鬆了口氣，忐忑道：「不知公子尊姓大名？」

蕭京墨下巴微抬。「蕭京墨。」

沈南星難以置信，撩起衣袍，跪了下去，哽咽道：「草民拜見昭郡王。若王爺真願助草民脫離賤籍，參加科舉，草民定會肝腦塗地，以報王爺大恩。」

「起來吧。」蕭京墨抬手，盯著沈南星的雙眼。「若是讓你今年便參加鄉試，到了明年的春闈，你有幾分把握？」

約莫是看到希望，沈南星雙眼明亮，如同拂去了浮塵的明珠，暗露鋒芒，腰背筆直，一股傲氣油然而生。「定能入前三甲！」

「好！」蕭京墨露出一絲讚賞。「有如此志氣，才值得本王出手幫你。」

馬車上，蕭京墨笑著問葉崖香。「妳想讓沈南星為我所用？」

「沈南星確實有狀元之才，雖從未參加過科考，但筆下的文章千金難求。」葉崖香半靠在車窗上，小小打了個哈欠。「以賤籍的身分，卻能讓京城的讀書人推崇備至，這人可不光只會寫文章那麼簡單。」

瞧見葉崖香無精打采的模樣，蕭京墨吩咐馬車快了些，輕聲叮囑。「回去好好休息，別把自己折騰病了，平白惹人擔憂。」

葉崖香有氣無力地點點頭。「每年春日，我總會格外睏倦，都習慣了。」

第二十一章

回侯府後，看見坐在蘭汀苑的趙花楹，葉崖香嘆了口氣，打起精神應對。

「大中午的，大表姊怎麼來了？」

趙花楹指著守在主屋門口的石竹，狀似開玩笑地抱怨。「表妹，妳可得好好管管這婢女，妳不在，她竟不許我進妳的屋子。我們情同姊妹，哪有這麼生分的？」

「上次大表姊不在家時，崖香可是連大表姊的院子都進不去。」葉崖香似笑非笑地說。

趙花楹神色不變，嬌笑道：「定是那些下人忘了，我可是早早便吩咐了，表妹隨時可以去我那兒。」

葉崖香推開主屋，淡淡的香甜味撲面而來，趙花楹進門的腳步一頓，用帕子輕輕捂著鼻頭。

「表妹一大早出門，可是有什麼事？」

「去了趟禮部尚書府。」葉崖香隨意道：「如今天氣暖和了，也該到與我家交好的一些府邸走動走動。」

趙花楹眼中閃過一絲嫉妒，柔聲道：「去年表妹因重孝在身，很少出門，對京城的風俗人情約莫還不甚了解。下次出門時，我陪表妹一起去，好看顧著表妹，免得鬧出什麼笑話。」

葉崖香本想再與趙花楹虛與委蛇一陣，但瞧見她面上的虛情假意，實在是裝不下去，遂面無表情道：「大表姊來找崖香，可是有事？」

「也沒什麼事，只是看表妹一大早就出門，有些擔憂。」趙花楹見石竹往熏爐裡添了一匙雪白香末，忙站起來。「既然表妹已經回院子，那我也該回去了。」

送走腳步有些匆忙的趙花楹，石燕關上門，搖頭道：「不知大表姑娘到底是來做什麼的。」

「無非是來打探我的行蹤。」葉崖香躺上床，閉著眼睛。「現在蘭汀苑裡都是我們的人，她想知道點什麼，只能自己來。」

石竹伸出一隻手，將熏爐上的白煙往自己面前搧了搧。「這百梨香的味道與杏梨香最為相似，姑娘，您聞著可還習慣？」

葉崖香睡眼朦朧地說：「以後就用這個吧。」

另一邊，趙花楹回到迎花苑後，忙關上門，欣喜道：「娘，葉崖香確實用了我們送去的杏梨香。」

孟氏鬆了口氣，笑道：「前幾次的算計都被這丫頭避開了，這次總算沒出什麼意外。」

趙花楹臉頰微紅。「過幾日，我親自去把這好消息告訴三殿下。」

待葉崖香又拜訪幾家舊交後，日子已過去了七、八天。

沈南星的事情也辦妥了，不僅脫了賤籍，還搬進柳府，成為柳川柏的關門弟子。

葉崖香聽到這消息後，為柳曲蓮感到高興。有了柳川柏這個當年榜眼的指點，再加上沈南星自身的才能，明年春闈三甲，必有沈南星之名，他和柳曲蓮的結局，定不會如上輩子那般有緣無分。

轉眼間，到了三月最後一天，也是吏部侍郎夫人石氏的壽辰。

一大早，孟氏及趙花楹便收拾妥當，備好壽禮，動身去孟府。

「娘，今兒是外祖母的壽辰，爹爹不去嗎？」趙花楹見馬車上並沒有趙廣白的身影，忙問道。

「據說今兒奇珍閣有一件白玉雕像要拍賣，妳爹一大早便拿著銀子去了。」孟氏神色平靜道。

趙花楹忙挽住孟氏的胳膊，笑道：「想必爹爹晚一點會來的。」

「妳不必安慰我了。前幾年，我對妳爹爹沈迷於白玉古玩還會有些不滿，如今無所謂了，只要他不給府裡惹麻煩，隨他去吧。」孟氏摸了摸趙花楹嬌柔的面龐。「待妳嫁入三皇子府，以及將妳哥哥調回京城後，我便再也不用操心，只管享清福了。」

趙花楹有些發愣，小時候，爹娘的感情還是非常好的，說是琴瑟和鳴都不為過，怎麼短短幾年，就變成如此模樣？難道再深的情意，都有淡去的一天？

不，趙花楹忙搖頭，蕭澤蘭是最深情之人，而她對他的情意多年不減，他們之間定不會如此。

「楹楹？」孟氏拍了拍趙花楹手背。「想什麼呢？娘都叫妳好幾聲了。」

趙花楹忙斂住心神，笑道：「我只是在想，府裡應該沒多少銀子給爹爹揮霍了吧？」

「葉崖香帶來的六十萬兩白銀，如今只剩下三萬兩。」孟氏嘆了口氣。「只希望牽絲線早日生效，我們好從葉家支些銀子過來。否則，府裡連門面都撐不住了。」

趙花楹垂下眼，緊緊攢住手裡的錦帕，暗道：葉崖香，妳不要怪我，只是妳擁有的東西，恰好是我所需的。

孟家旁支不少，這次石氏的生辰宴雖沒有大辦，但也熱鬧非凡。

趙花楹剛進府門，便被人圍了起來，如眾星拱月般。在這些人心裡，趙花楹可是侯府嫡女，還是京城第一才女，如無意外，日後必能嫁個好人家，可不是他們這些旁支能得罪的。

看見這些人眼中的羨慕與嫉妒，趙花楹暗自得意，卻仍舊溫柔體貼地應對著每一個人，在他們的一片讚嘆聲中，去了正廳。

她瞧了一圈，並沒有見到蕭澤蘭，有些不解，往年這個時候，蕭澤蘭早早便到了。

「楹楹，到外祖母這兒來。」石氏笑呵呵地招手，待趙花楹靠近後，低聲道：「找三殿下？他一早就來了，方才和妳外祖父一起被陛下召進宮了。」

「誰找他了？我是來給外祖母祝壽的。」趙花楹面頰染上一層薄紅。「楹楹祝外祖母壽比南山，福如東海。」

石氏面上笑開了花，正準備再打趣幾句，卻聽見外面響起一陣嘈雜聲，緊接著，孟府管家慌慌張張地跑進來。

「夫人，不好了，昭郡王帶著京兆府的人，將府裡包圍了！」

「什麼！」石氏猛地站起來，頓覺眼前一黑，死死掐住趙花楹的胳膊才穩住身形。「趕緊去看看。老爺呢，老爺可回來了？」

趙花楹面色蒼白，看了孟氏一眼，一股不好的預感油然而生。

等眾人到府門口時，只見蕭京墨背著手站在門外，仰頭看孟府的門匾，身後是近百名手握長刀的京兆府衙役。

石氏壓下心中的慌亂，強裝鎮定道：「不知王爺駕到，老身有失遠迎，請王爺恕罪。」

「孟府眾人接旨。」蕭京墨展開手中的聖旨，望著眼前黑壓壓跪成一片的人，冷笑一聲。「上諭，吏部侍郎孟浮石，以活人試藥，致使三人死亡，五人癡傻，心思歹毒，天理難容。現削為庶民，押入天牢，等候進一步審理。孟府其餘眾人，就地圈禁，任何人不得出入。」

石氏難以置信地望向蕭京墨，半晌後癱軟在地，顫顫巍巍接過聖旨。「罪婦領旨，謝恩。」

蕭京墨誦完聖旨後，京兆府衙役一擁而入，將孟府眾人分批關入房內。不屬於孟府的人，則被遣出了門。

來參加石氏壽辰的賓客，你推我搡地擠上馬車，逃也似的離開孟府，生怕孟家的事牽連到自己府裡。

站在孟府門外的孟氏以及趙花楹，還有些回不過神來。她們一個是已出嫁的女兒，一個是外甥女，算不上正經的孟府人，被衙役「請」出了孟府。

趙花楹六神無主，渾身冰冷。「娘，這到底是怎麼回事？」

「走，我們去找妳爹，讓他去打探消息。」孟氏用同樣冰涼的手，拉著趙花楹上了馬車。「還有，立即將送杏梨香的婆子處理掉。」

趙花楹緊握雙手，努力壓下渾身的顫抖，難以置信地說：「娘的意思是，我們在杏梨香裡下毒的事被發現了？不可能，葉崖香明明還在用那些香，而外祖父……」

「既然聖旨已經下了，妳外祖父找人配製牽絲線的事，肯定已經被查出來。至於怎麼查出來的，不重要了，現在最要緊的，是不能讓人查到我們頭上。」孟氏面色蒼白，神情卻是一片冰冷。「唯有保住侯府，我們才能想辦法救妳外祖父。」

孟氏說完，雙手掐住趙花楹的胳膊，死死盯著她。「記住，一定不能把侯府牽扯進去。什麼毒藥、什麼牽絲線，我們一概不知！」

趙花楹忙點頭。「對，有侯府、有三殿下，外祖父一定不會有事。」

不遠處的一座茶樓裡，二樓窗戶半掩著，有人憑窗而坐。

葉崖香望著一片雜亂的孟府，挑眉道：「這便是你家王爺想請我看的戲？」

站在她身後的周寒水恭敬道：「王爺拿到聖旨後，吩咐屬下去請姑娘，說姑娘定會感興趣的。」

葉崖香靜靜握著手中的茶盞，之前她還猜測牽絲線是孟氏母女找人配製的，沒想到幕後之人居然是孟浮石。不過，混有牽絲線的杏梨香能送到她手裡，其中恐怕也少不了孟氏母女的手筆，不知道能不能順著孟浮石，讓孟氏母女也被揪出來。

方才還熱鬧喜慶的孟府，已門可羅雀，葉崖香收回目光。「不知殿下他們是如何查到孟府的？」

周寒水應道：「京兆府尹李文元大人，前幾日接到消息，說城外發現幾具無名女屍，經仵作再三查驗後，發現俱是中毒而亡，但查不出是何種毒藥。李大人便請孫院首幫忙，發現這些人體內的毒，都是由牽絲線變異而來。

「後經走訪查問，發現這幾名女子生前都去過城外某座別莊，李大人當即帶人前去，在裡面找到幾名已經癡傻的少女、三名郎中，以及少許牽絲線。審問後，郎中們便將孟浮石抖了出來。今兒一大早，李大人帶著證據來找王爺，王爺便率人進宮，然後就是葉姑娘所看到的狀況了。」

葉崖香笑著搖搖頭，若非她碰巧將那幾塊杏梨香退回鋪子，接著又碰巧被醫術高超的太醫院院首買去，恐怕沒人會發現牽絲線。孟浮石大概也沒想到，他居然如此輕易地被查出來。

「這件事，之前怎麼一點消息都沒傳出？」

周寒水笑道：「當孫院首查出那幾名死者體內的毒藥與牽絲線有關後，李大人立即稟報給王爺，王爺便將消息全封鎖了。」

「我若是不封鎖消息，蕭澤蘭定會插一腳，說不定就讓孟浮石逃脫了。」著玄色蟒袍的蕭京墨出現在樓梯口，逕自走到葉崖香身旁坐下。「孟浮石可是他的老師。」

葉崖香將一杯熱茶放在蕭京墨手邊，笑道：「殿下想到的，恐怕不只如此吧？孟浮石是吏部侍郎，他倒下後，原本牢牢掌控在三皇子手裡的吏部，可就缺了一道口子。」

「小香香果真聰明。」蕭京墨一口飲盡茶水。「這幾日，蕭澤蘭怕是要上火了。」

乾德殿外，蕭澤蘭靜靜跪在白玉臺階下，身形微微發抖。

「陛下，三殿下跪了一上午了。」大內總管蘇木看看殿外，小心翼翼道：「您看……」

正在批奏摺的隆豐帝，頭也沒抬。「對於孟浮石這等拿活人試藥，罔顧人命之徒，有什麼好求情的？他願意跪，便讓他跪著。」

蘇木堆著笑臉道：「孟大人是三殿下的老師，這麼多年來，總歸是有些情分。三殿下一時接受不了，也是情有可原。」

隆豐帝筆墨一頓。「去跟貴妃說一聲，讓她把老三領走。堂堂一個皇子，跪在外面像什麼話？」

「是。」蘇木忙應下。

萃華宮內，幾名宮人小心翼翼地將蕭澤蘭扶到軟榻上，隨後便有宮女拿出一罐膏藥，在蕭澤蘭雙膝上薄薄塗了一層，輕輕揉捏著。

越貴妃看著蕭澤蘭紅腫的雙膝，心疼道：「孟浮石之事已無迴旋的餘地，你還去求情做什麼？」

「嘶，輕點。」蕭澤蘭眉頭直跳。「他是我的老師，若他出了事，我不去求情，讓那些追隨我的大臣作何感想？」

「做做樣子便可，也用不著跪一上午。」越貴妃接過宮女手中的膏藥，親手替蕭澤蘭塗抹。

「既然是做樣子，便要做足。」蕭澤蘭微微活動雙腿，疼痛已減輕不少。「早上在乾德殿聽完李文元稟報的查案經過，我總覺得這件事太過湊巧。我們特地為葉崖香準備的杏梨香，怎會落到孫白草手裡，而孫白草又好巧不巧地知道牽絲線的配方？」

「葉崖香喜歡杏梨香的消息，你是從何處得到的？」越貴妃眉頭微皺。「會不會是消息有誤？」

蕭澤蘭立即搖頭。「不會。」

說完後，他有些恍神，他不光知道葉崖香喜歡杏梨香，還知道葉崖香喜歡穿黃色的衣裙，喜歡吃甜點。這些信息斷斷續續地出現在他腦子裡，而且他還經常夢到葉崖香真摯又溫柔地看著他。

可現實中，葉崖香對他避之不及，看他的眼神更是帶著漠然，難道是因為他天天想著如何將葉崖香掌控在手裡，開始出現幻覺了？

越貴妃察覺到蕭澤蘭的異樣，問道：「這消息真有問題？是趙花楹給你的？」

蕭澤蘭回過神來，道：「不是，是我從別處得到的。」

「葉崖香孤身一人住在忠勇侯府，孟氏母女卻不能掌控住她，實在是難堪大用。」越貴妃的神色有些不滿。「如今還把孟浮石賠進去。」

見越貴妃開始對趙花楹不悅，蕭澤蘭忙岔開話。「如今說這些也沒用，現在最要緊的，是下一任吏部侍郎的人選。」

「吏部掌管各地官員的考評，還是你手中最大的錢袋子。」越貴妃洗淨手上的膏藥。「你經營這麼多年，好不容易才掌控住吏部，可不能讓蕭京墨乘機鑽了空子。」

「我當然知道。」蕭澤蘭面色陰沈。「明日我便讓人上書，提拔曾郎中為侍郎。他雖沒什麼能力，但勝在聽話。」

「曾錦紋？」越貴妃稍作思索。「曾嬪的父親，確實是個不錯的人選。曾嬪這人，我也用得順手。」

蕭澤蘭整理好衣袍，站起來走了兩步，雙膝隱隱的刺痛讓他頗為煩躁。「我先回去了。」

「回去後，派人去趟忠勇侯府，讓他們想辦法將自己撇乾淨。」越貴妃送他到門口。「以後還有用得著他們的地方。」

第二十二章

葉崖香剛回到侯府，便被趙花楹攔住去路。

「表妹去哪兒了？」

「到自家鋪子轉了轉。」葉崖香看看趙花楹仍舊蒼白的面色。「大表姊的臉色不太好，可是出了什麼事？」

「沒事。」趙花楹擠出一絲笑意。「表妹可聽到什麼消息？」

葉崖香眨眨眼，淺笑道：「大表姊想知道什麼消息？崖香派人出去打聽打聽。」

「不用，不用。」趙花楹忙搖頭，輕輕咬了咬下唇。「前幾日我在表妹房中聞到一股淡淡的香甜味，好聞得很，不知表妹用的是何種熏香？」

葉崖香走進主屋，指著窗臺下的熏爐道：「百梨香。大表姊若是喜歡的話，崖香送妳一些。」

「百梨香？」趙花楹瞪大雙眼，聲音帶上幾分尖銳。「怎麼不是杏梨香？」

葉崖香輕笑一聲，幽幽道：「杏梨香會讓崖香想到一些噁心的人和事，所以棄用了。」

看著葉崖香唇邊那抹笑意，趙花楹忽覺渾身發冷，猛地後退幾步，頭也不回地跑出了蘭汀苑。

直到跑回迎花苑，一把關上院門，趙花楹才覺得心中那股慌亂和恐懼減少了幾分。

「姑娘，您怎麼了？」丁香忙扶住趙花楹，替她拍著後背順氣。「夫人請您過去，說三殿下派人來了。」

趙花楹閉了閉眼，深吸幾口氣。「走吧。」

壽春堂裡，除了趙廣白和孟氏外，還有一名生了一雙桃花眼的年輕女子。

女子見到趙花楹後，將今兒上午宮裡發生的事講了一遍。

趙花楹知道這女子是蕭澤蘭屋裡新收的人，原本覺得沒什麼，畢竟蕭澤蘭已經成年，屋裡有幾個人，她也能理解。只是，當她看到這女子有一雙與葉崖香幾分相似的桃花眼時，心中不由生出幾分怪異。

但她聽到蕭澤蘭為了替她外祖父求情，在乾德殿外跪了整整一上午時，心中那股怪異又消散了，想著不過是湊巧罷了。

女子說完後，起身告辭，臨到門口時，低聲說：「三殿下交代，一定要將送香的婆子處理乾淨，不能讓侯府牽扯進去。至於孟府的人，他會盡力照看。」

趙花楹忙道：「多謝三殿下，還請姑娘轉告三殿下，我想見見我外祖父。」

待女子走後，趙廣白忙問道：「什麼婆子？什麼牽絲線？你們只說會控制住葉崖香，拿到葉家家產，可沒說要做這等會掉腦袋的事。」

孟氏一邊憂心被關入天牢的父親、一邊擔憂會查到侯府頭上，實在是心力交瘁，面對趙廣白的質問，言語中難免帶上了些火氣。

「老爺若是有安全的法子能控制住葉崖香，不妨說出來聽聽！」

趙廣白被孟氏頂了一句，面上難堪，甩著袖子走人。「哼，我懶得管你們做了什麼。若牽連到侯府，別怪我不顧這麼多年的夫妻情分。」

瞧著趙廣白怒氣沖沖的背影，孟氏直抹眼淚，而趙花楹心中那股隱藏的怨恨又滋生起來。

孟氏用帕子擦了把臉，咬牙道：「晚些我再去幾間交好的人家走動走動，妳外祖父的事若還有一絲迴旋的餘地，我們便不能放棄。妳派人拿銀子去打點一下，令他在牢裡好過些。還有，看管孟府的那些衙役，也多送些銀子，讓他們不要苛待府裡的人。

「另外，將院子裡的下人清查一遍，我們次次算計葉崖香，都能被她躲過去，也太湊巧了。」孟氏面上染上一層陰鬱。「若發現有二心之人，直接賣到窯子裡。」

趙花楹面色也分外難看，忙應聲去處理。

天牢內，京兆府尹李文元看著一身囚服的孟浮石，語重心長道：「孟大人，你還是早些交代吧，別浪費彼此的工夫。你花重金配製牽絲線，是想作何用處？」

孟浮石面無表情地說：「在朝中為官，誰沒幾個政敵？配製牽絲線，自然是想用在我那些老對頭身上。」

「可有同夥？」

「沒有。」孟浮石神色不變。「此事是老夫一人所為，並無第二個人知曉。」

李文元皺著眉頭走到外間，拱手道：「王爺，這兩個問題，下官已經問了不下十遍，孟浮石每次的回答都是一模一樣。」

蕭京墨毫不意外。「看來，在孟浮石身上是查不出什麼了。加派人手，查查混有牽絲線的杏梨香是如何送到葉家鋪子的。」

「是。」李文元忙應下。

出了天牢後，一直跟在蕭京墨身後的周寒水低聲道：「殿下，我們都知道牽絲線定是衝著葉姑娘去的，而且忠勇侯府與三皇子肯定參與其中。要不要屬下用些軍營裡的手段，撬開孟浮石的嘴？」

「忠勇侯府與蕭澤蘭，一個關係到他女兒，一個是孟府東山再起的最大倚仗，孟浮石是咬死也不會開口。」蕭京墨帶著淡淡的警告，掃了周寒水一眼。「再說了，軍營裡那些手段，只能用來對付外族。這一訓責，你可別忘了。」

周寒水心下一凜。「屬下知錯。」

「通知曾錦紋做好準備，蕭澤蘭應該會推舉他為下一任吏部侍郎。」蕭京墨嘴角勾出一絲淺笑。「他潛伏了這麼些年，也該到大放異彩的時候了。」

「是。」周寒水低聲道：「宮裡傳來消息，說越貴妃一直在宮外秘密尋人，但不知是找誰。」

「哦？」蕭京墨腳步一頓。「繼續盯著。」

蘭汀苑裡，胡嬤嬤正帶著人將葉崖香不常用的東西裝箱封存。待收拾得差不多後，她又在院內查看一番，才滿意地點頭。

「姑娘，若不細看的話，看不出屋內有什麼變化。但能收拾的東西，老奴都已經收拾好了。」

「知道了。」靠在外廊軟榻上的葉崖香，邊翻著手裡的話本邊道：「明日我們去玉堂街後的宅子一趟，看看還缺不缺什麼。收拾妥當後，早些搬過去。」

胡嬤嬤面上一喜，隨即又有些擔憂地問：「姑娘可想好法子了，如何從侯府搬出去？老奴擔心到時候侯府又會生事，說姑娘忤逆長輩，平白壞了姑娘的名聲。」

葉崖香輕笑。「不用我想法子。過幾日，我大舅母會主動將機會送到我們面前。」

胡嬤嬤滿心疑問，但瞧見葉崖香自信的模樣，便放下心來。

每年清明時節，雨水總是格外充沛。第二日天剛亮，淅淅瀝瀝的小雨便已浸濕街道。

馬車在玉堂街宅子門口停穩後，石竹與石燕率先下車，各撐著一把潑墨油紙傘，隨後便是胡嬤嬤與葉崖香。

守在門口的忠管事瞧見了，披上蓑衣，小跑著迎上去。「姑娘，地上滑，小心些。」

進了大門後，院子兩側都有貫穿前後的遊廊，倒是能遮風擋雨。

第一次來這宅子的石竹收起雨傘，左瞧瞧、右瞧瞧，興奮道：「姑娘，這宅子的風格與錦官城的老宅特別像。」

忠管事笑呵呵地解釋起來。「這宅子原本也算精緻，後來昭王爺不知從哪兒找來一份圖紙，吩咐工匠又按照圖紙重新修葺一番，才成了現在這模樣。」

葉崖香心底一暖，蕭京墨這人總會做些讓她意想不到的事。「忠叔，你差人回錦官城，將葉家先人的牌位請到這裡來，然後還要招護院及丫鬟、婆子。」

「是。」忠管事略作思忖，道：「招護院的事，昭王爺說交給他。至於丫鬟和婆子，我是想把老宅裡願意來京城的人全帶過來，畢竟是自己人，用著放心。」

葉崖香點點頭。「也好。」

在宅子裡轉了一圈，胡嬤嬤將要添置的東西記下，又要求留下來幾日，好將宅子收拾妥當。葉崖香應允了，讓她先回蘭汀苑，帶幾個幫手過來。

見葉崖香準備回侯府，忠管事有些猶豫地開口。「姑娘，其實我今日來，還有一事要稟報。」

葉崖香將人請上馬車。「忠叔，有事直說無妨。」

「姑娘，快到中午了，我們去百味樓說。」忠管事笑道：「老味新出了幾道菜，一直念叨著想讓姑娘嚐嚐。」

「味叔新出的菜？那我可得試試。」葉崖香忙吩咐車夫改道去百味樓。

到了百味樓後，味掌勺見到葉崖香分外高興，忙將人引去二樓雅間，隨後去後廚忙活起來。

用了茶水後，葉崖香問道：「忠叔，可是鋪子裡出了什麼事？」

忠管事嘆口氣。「這段時日，戶部的稅務司天天來查稅帳，今天查這家鋪子，明天查那家鋪子，查完一遍後，換一批人又來一遍。而且，查帳時還要求鋪子關門，嚴重影響了我們的生意。」

大乾的稅務司每年會在六月及十二月查兩次稅帳，現在才四月初，怎會來她家鋪子？而且隆豐帝三令五申過，查帳時不許影響到商家的生意，可這些人卻要求鋪子關門，顯然是在為難葉家。
葉崖香把玩著手中的杯蓋，淡淡道：「稅務司？可認識領頭之人？」
忠管事搖搖頭。「並不知道姓名，只聽其他人喚領頭之人為越大人。」
姓越？葉崖香回想著上輩子知道的消息，若她記得沒錯，這人應該是越官桂，越貴妃娘家唯一在朝為官之人，據說是越貴妃最得寵時，在隆豐帝跟前再三求來的恩典。上輩子，越官桂後來成了戶部尚書，可沒少為蕭澤蘭斂財。
如此看來，查稅帳之事，定是越貴妃母子衝著她來的。葉崖香剛想開口，門口卻響起了一陣敲門聲。
石燕得了葉崖香的示意，將雅間的門打開，待看清楚門外之人時，忙退到葉崖香身後。
葉崖香福身道：「見過三殿下。」
蕭澤蘭走進雅間，將葉崖香虛扶起來，溫聲道：「葉姑娘，不必多禮。」
見蕭澤蘭在桌旁落坐，完全不像是路過的樣子，葉崖香謹慎地問：「三殿下來此，可是有事？」
「我本在隔壁用飯，隱約聽見葉姑娘提到稅務司，擔心葉姑娘遇到什麼麻煩，便過來瞧瞧。」蕭澤蘭滿目溫柔地看著葉崖香。「葉姑娘不會嫌我多管閒事吧？」
葉崖香心底冷笑，她與忠管事談話的聲音並不高，而且這雅間的隔音也不錯，蕭澤蘭在隔壁，怎麼可能聽得見他們談了什麼？想必是她的行蹤又落入有心人的眼裡。

她淡笑道：「多謝三殿下好意，民女並未遇到什麼麻煩。」

「葉姑娘對我如此生疏，真讓我有些傷心。」蕭澤蘭微微蹙著眉頭，溫和俊雅的面龐染上一層落寞。「我以為葉姑娘懂我的心思。」

「確實懂。」葉崖香垂眼淺笑。上輩子賠上整個葉家和她的命，怎會不懂。

蕭澤蘭眉開眼笑，柔聲道：「如此便好。葉姑娘若有什麼事，千萬別跟我見外，我是真心想幫葉姑娘。」

葉崖香抬頭，含笑看向蕭澤蘭。「還真有一事想請三殿下幫忙。這段時日，稅務司天天來查葉家鋪子的稅帳，著實影響到了生意。民女想請三殿下將稅務司的大人們請到百味樓，民女也讓葉家管事將所有帳本送來，今兒便請各位大人當眾將葉家的帳清查一遍。」

蕭澤蘭神色一僵，溫聲道：「倒也不必如此麻煩，我跟稅務司說一聲，讓他們別打擾到妳家生意便可。」

讓稅務司當眾查葉家的稅帳，若是能抓到些把柄，確實可以用來牽制葉崖香。但要是沒查出什麼問題，以後稅務司就沒理由再找葉家的麻煩，他便沒機會賣人情給葉崖香。

葉崖香一眼看出蕭澤蘭在想什麼，輕笑道：「三殿下可是有什麼為難之處？若是如此，我去請昭王殿下幫忙，不麻煩三殿下了。」

「當然可以。」蕭澤蘭忙應下。葉家在京城的田莊、鋪子何其多，他就不信查不出一點問題。「我這便差人將稅務司的人帶過來。」

「忠叔，煩勞你讓管事們將手中的帳冊送到百味樓。」葉崖香朝忠管事使了個眼色。

忠管事點頭，退出雅間，到一樓大廳將夥計招到跟前，低聲耳語幾句，派他們去辦。

雨勢漸歇，日頭從雲層後露出半邊臉，溫暖的陽光灑在百味樓前的幾條長桌上。

本就是中午用飯的時辰，百味樓又處在京城繁華地帶，很快便有好事之人打聽那幾條長桌是做什麼用的。

幾名嗓子大的百味樓夥計扯著喉嚨道：「稅務司天天查我們的稅帳，我家姑娘便將所有帳本搬到這兒來，請稅務司的大人們當眾盤查，而且三皇子還會親自監督。」

如此喊下來，百味樓前立即被擠得水洩不通。京城愛聽八卦的人可不少，而且今日會有皇子親自監督查帳，感興趣的人更多了。

人一多，議論聲便多了起來。

「葉姑娘居然敢當眾讓稅務司的人查帳，膽子未免太大了些。」

「這才叫身正不怕影子斜，自家的稅帳沒問題，當然不怕人查。」

「我家做小生意，對稅務司倒是有些了解。京城的商稅一般是六月及十二月查，這才四月初，稅務司怎麼就開始查葉家的帳了，而且還天天查？」
「前面那位兄臺說的可是真的？難道其中有什麼貓膩？」
「稅務司該不會是見葉家只有一個小姑娘當家，欺負人家吧？」
「呸，這也太不要臉了些。」
待越官桂帶著稅務司的一眾官員到達百味樓前時，被裡三層、外三層的圍觀百姓嚇了一跳。而且，越往裡面走，他越覺得不自在，那些百姓看他們的眼神，都帶著濃濃的不屑和譴責。
到達長桌旁時，越官桂一掌拍在桌上，凶神惡煞道：「看什麼看，沒見過稅務司查稅帳？都散了！」
跟在他身後的官員也開始驅趕圍觀的百姓，但他們越是如此，圍觀的百姓們越不願意走，還越靠越近。
「諸位大人，你們查的是葉家的帳，人家葉姑娘都不怕我們圍觀，你們怕什麼？」人群中，幾名膽大的百姓喊道。
一片附和聲隨即響起。「就是，就是！」
越官桂見事情超出他的控制，忙朝身旁的人使眼色。「快去請三殿下。」
蕭澤蘭從百味樓出來後，瞧見眼前的陣仗，面色頓時有些難看。他沒想到短短一會兒，竟引起這麼多人的關注，這絕不是他想看到的，遂轉頭同葉崖香商量。

「葉姑娘，今天的人也太多了些，不如我們改日再查。」

葉崖香笑道：「人多怕什麼，剛好讓百姓們看看，稅務司的各位大人是如何盡職盡守的。」

「葉姑娘說得是。」蕭澤蘭微微側身，湊近葉崖香，壓低聲音說：「只是，若當著這麼多人的面，查出帳本有問題，我也不好幫葉姑娘……妳說是不？」

「多謝三殿下好意。」葉崖香看著蕭澤蘭，嘴角勾出一絲淺笑。「現在有這麼多雙眼睛看著，若我說不查了，百姓們會怎麼看待葉家？八成會懷疑葉家的賦稅有問題。所以，今日這帳必須查，除非是稅務司說不查了。」

若稅務司不查，那百姓們便會懷疑是稅務司有貓膩。蕭澤蘭看著葉崖香嘴角那抹笑意，有些懷疑這一切都是葉崖香算計好的，不禁有些恍神。

他總覺得葉崖香不應該是如此精於算計的樣子，可葉崖香應該是什麼樣的，他又說不出來……

第二十三章

在葉崖香的示意下，葉家這一年的帳冊很快被抬了出來，足足有十大箱子。

葉家的十幾位帳房先生，與稅務司的官員分坐在長桌兩側，兩兩拿著一本帳冊，當場對了起來。

一時間，四周寂寂無聲，只餘算盤珠子相撞的脆響。

幾十把算盤上，十指翻飛，留下一道道殘影。帳冊翻開又合上，圍觀的百姓走了又回，人越聚越多。

日光漸弱，百味樓的夥計在四周點上燈籠及火把。待天色徹底暗下來後，這場持續了三個多時辰的查帳，才完全結束。

面沈如水的越官桂站起來，偷偷看了眼蕭澤蘭，結結巴巴道：「葉家的稅帳，沒問題。」

圍觀百姓頓時激動起來，紛紛稱讚葉家，掌聲一陣高過一陣。

這時，一名頭髮雪白的稅務司官員忽然起身，朝四周的圍觀百姓抱拳，而後恭恭敬敬地看向葉崖香。

「老夫查完葉家這一年的收入與支出，發現裡面暗藏了一件事。」

霎時，滿場靜寂，鼓掌鼓到一半的百姓舉著還未放下來的手掌，錯愕地看向白髮官員，又難以置信地去看葉崖香。

葉崖香神色平靜，向白髮官員福身。「若是葉家有過，老大人可直說。」

「非也，非也。」白髮官員神色複雜。「葉家不僅如實上繳賦稅，每月還撥出十萬兩白銀，無償捐給偏遠之地的善堂，這才是老夫發現的事。」

每月捐出十萬兩，一年下來，得花上百萬兩，葉家就這麼默不作聲地捐了出去。要不是今日稅務司公開查帳，恐怕無人知曉。

圍觀百姓無一不震動，更有一些衣著稍顯寒酸之人，偷偷紅了眼眶。

啪啪啪啪！

一道掌聲響起，讓圍觀百姓回過神來，紛紛使勁鼓掌，連掌心拍紅了都沒發現。

「我就說嘛，這可是葉大人的葉家，怎麼可能亂來。」

「葉姑娘真是菩薩心腸！」

「唉，難為葉姑娘了。一個小姑娘家要支撐起這麼大個攤子，還要提防外人為難。」

蕭京墨一邊鼓掌、一邊從議論紛紛的人群中走出來，咧嘴笑道：「三哥，父皇有請。還有……越大人是嗎？也走一趟吧。」

蕭澤蘭面色一白，看葉崖香一眼，匆匆地上了馬車，越官桂忙小跑著跟上去。

蕭京墨經過葉崖香身側時，挑了挑眉，壓低聲音道：「幹得漂亮！」

剩下的稅務司官員面面相覷，忙收拾東西，掩面擠出人堆，消失在百味樓前。

葉家的帳房先生們，則有說有笑地收拾著帳冊，歸還到各管事手中，隨後被請進百味樓。

葉崖香向百味樓的掌櫃和忠管事交代幾句，吩咐他們好好款待眾人，便悄悄從百味樓後門回了侯府。天色太晚了，她一個未出閣的姑娘，實在不宜再待在外面。

幸好侯府眾人都在為孟府的事奔走，無人注意到葉崖香的晚歸。

皇宮裡的地燈散發著橘黃色的光芒，閃爍著連成一片，如一條長龍般遊走在各個宮殿之間。

最中心的乾德殿內，一片燈火通明，隆豐帝不緊不慢地落下手中的白子，笑著出聲。

「你這小心思，還想瞞過朕？」

對面的蘇木手執黑子，皺著一張臉。「哎喲，就老奴這腦子，哪比得過陛下，最多也就陪陛下打發打發工夫。」

坐在一旁椅子上的蕭京墨，毫不留情地嘲笑道：「蘇公公，你陪我父皇下了這麼多年的棋，怎麼一點長進都沒有？」

「你好意思說別人？自己不也一點長進都沒有。」隆豐帝瞪蕭京墨一眼，轉頭看到桌上已經空了的湯盅，一巴掌拍在蕭京墨後腦勺上。「臭小子，你又把朕的參湯給喝了？」

「父皇，兒子都成年了，您別動手動腳，兒子也是要臉面的。」蕭京墨摸著後腦勺不滿道，隨後又咂咂嘴，笑嘻嘻地說：「父皇，您這人參不錯，賞兒子一點吧。」

隆豐帝被蕭京墨的厚臉皮氣笑了，抖著手指道：「就算到了八十歲，你也是朕的兒子，朕隨時都能抽你。」

蕭京墨輕嘖一聲。「行，您最大，您開心就好。」

隆豐帝笑著搖搖頭，示意蘇木去拿人參，而後看向恭恭敬敬立在一旁的蕭澤蘭，微微嘆了口氣。

「老三，說說今兒是怎麼回事？」

看著蕭京墨與隆豐帝相處的模樣，蕭澤蘭心中又酸又澀，還夾雜著一股怨恨。從小到大，他的這些兄弟當中，唯有蕭京墨敢在隆豐帝面前如此放肆，而隆豐帝也一直縱容著。

若是沒有蕭京墨，這一切是不是就是他的？

聽到隆豐帝的問話，蕭澤蘭忙斂住心神，若讓隆豐帝知道他插手戶部，定饒不了他，略作思忖，恭敬回話。

「回父皇，今日兒臣在百味樓用飯，恰好碰見稅務司查葉家的稅帳，遂多逗留了一會兒。」

站在蕭澤蘭身側的越官桂聞言，身子一僵，瞬間明白蕭澤蘭這是想讓他一個人扛下所有事情，心中微微發苦。

「越大人，那你說說今天是怎麼回事。」

越官桂彎腰抱拳。「回陛下，今兒微臣去百味樓查葉家的稅帳，不知為何，引起了百姓們的圍觀，請陛下恕罪。」

隆豐帝的面色沈下來。「若朕沒記錯的話，京城的商稅應該是每年的六月及十二月查。」

越官桂戰戰兢兢地解釋。「葉家的稅帳比較多，所以微臣想著提前開始查，以免耽誤了。」

隆豐帝冷哼一聲。「葉家的帳，多到需要你們提前兩個月開始查？還天天查？」

越官桂連忙跪下。「請陛下恕罪。」

「稅務司訓責第三條是什麼？」隆豐帝走到案前，拿起一道摺子，在上面批了幾個字。

越官桂的額頭沁出一層冷汗，結結巴巴道：「不、不可影響商家生意。」

「好好看看，有多少人參你。」隆豐帝把手裡的奏摺丟到越官桂腳邊。「越官桂知法犯法，從今日起，貶為庶民。」

越官桂心如死灰地撿起奏摺，咬牙道：「罪臣謝恩。」

隆豐帝示意宮人將越官桂帶下去，轉身看見懶洋洋斜靠在椅背上的蕭京墨，眉頭直跳，將桌上的一匣人參丟進蕭京墨懷裡。

「坐沒坐相，趕緊回去歇息。」

「謝父皇。」蕭京墨跳了起來。「明早兒子進宮找您吃早飯。」

望著蕭京墨溜得比兔子還快的背影，隆豐帝面上浮出一絲笑意，轉頭看見垂首靜立在原處的蕭澤蘭，微不可聞地嘆了口氣。

「老三，待在工部可還習慣？」

蕭澤蘭躬身。「回父皇，兒臣在工部學到不少東西。」

「那就好。你們兄弟幾個當中，你一向是最上進的。」隆豐帝笑著點點頭。「不過要多注意身子，朕看你近日瘦了不少。」

蕭澤蘭笑道：「是，多謝父皇關心。」

隆豐帝本想再囑咐幾句，但瞧見蕭澤蘭面上恭敬又疏離的笑容時，頓時沒了興致，擺擺手。

「不早了，你也回去歇著吧。」

「是，兒臣告退。」

隆豐帝凝望漆黑的夜色，帶著幾分自責和遺憾道：「這孩子從小心思靈活，又愛多想，朕怕他走上彎路，待他更嚴厲些。沒想到，讓他與朕生疏至此。」

蘇木忙勸道：「陛下與三殿下是親父子，能生疏到哪兒去？三殿下只是一時沒想通，不明白陛下的用心良苦而已。」

隆豐帝嘆息一聲。「希望如此。」

過了清明節，天氣一日比一日暖和，厚重冬裝慢慢換成了輕薄春衫。沈寂一冬的枝頭，也爭先恐後地綻放明豔的花朵。

「帖子可都送到了？」葉崖香將紫玉蘭花簪插入髮間，對著銅鏡照了照。「蓮姊姊和黛姊姊怎麼說？」

石燕又檢查食盒裡的糕點一遍，笑道：「柳姑娘和穆姑娘說，在青湖山會合。」

「那我們也走吧，不能讓她們久等。」

石竹將白紗披風披在葉崖香肩上。「依照習俗，今兒是京城世家公子和小姐去郊外踏青的日子，想必青湖山遊人不少。」

葉崖香輕笑。「人多才熱鬧。」

青湖山是京城南門外不遠處的矮山，山頂有碧青色的湖泊，因此得名。湖泊四周是一片桃花林，每到這個時節，落英繽紛，成了京城人士最愛的遊玩之處。

葉家馬車剛到山腳，便吸引了一片目光。年前隆豐帝稱讚葉崖香的聖旨，加上前幾天葉家公開查稅帳的結果，讓葉崖香的名稱蓋過了京城一眾女眷。

石竹將葉崖香扶下馬車，小聲嘀咕。「她們看著姑娘做什麼？」

葉崖香輕搖手中的團扇，帶出淡淡香甜味，望向山頂，依稀能聽見陣陣歡笑，含笑道：「她們只是好奇而已，又沒什麼惡意，上山吧。」

既然是出來踏青，直接坐馬車到山頂便失了趣味，因此大部分的人把馬車停在山腳，步行上山。

青湖山不高，很快便能聞到頭頂飄來的陣陣桃花香。山頂上，粉嫩桃花若晚霞般繞著碧青湖，穿紅戴綠的人影穿梭在花樹間，留下歡快的嬉笑聲。

一條蜿蜒曲折的遊廊順著平靜的湖面延伸到湖心，末尾處是一座小巧玲瓏的涼亭。遊廊上，三五成群的公子小姐，或是低聲交談，或是拋餌餵魚，好不熱鬧。

「香妹妹，這邊。」不遠處的一棵桃樹下，禮部尚書嫡女柳曲蓮揮舞著手臂喊道。

葉崖香走過去。「蓮姊姊，妳可真早。黛姊姊還沒來？」

柳曲蓮指指湖心的涼亭，捂著嘴，輕聲道：「看見沒有？在亭子裡。二皇子也在裡面。」

葉崖香有些詫異，用團扇半遮著面。「黛姊姊與二皇子？」柳曲蓮點點頭，露出一個「正是妳想的那樣」的表情。葉崖香則暗想，穆青黛是大理寺少卿之女，若是心儀得寵的皇子，身分上有些勉強，但與二皇子蕭辛夷倒是相配。

「想什麼呢？」柳曲蓮輕輕推了葉崖香一把，打趣道：「難道妳也有心上人了？」

葉崖香回過神來，眼珠子滴溜溜地轉，湊到柳曲蓮耳邊道：「妹妹在想，今兒蓮姊姊的心上人沈公子怎麼沒來？」

「胡說什麼，哪有什麼心上人？」柳曲蓮滿面通紅，急忙去捂葉崖香的嘴巴。

葉崖香邊躲邊笑，拖長了音調。「哦，那前幾日為沈公子形銷骨立的是誰呀？」

「還說，看我不撕爛妳的嘴巴。」柳曲蓮追著葉崖香跑。

「停，停，蓮姊姊，我錯了，」繞過幾棵桃樹後，葉崖香忙求饒。「我不說了。」

柳曲蓮一把捉住葉崖香，在她臉上輕輕掐了下，又瞪她一眼，心中的羞惱才消下去，微微喘著氣說：「他在家跟著爹爹溫習功課。」

「柳姑娘，這麼巧。」一男一女忽然從一旁的桃樹後走出來，面貌有些相似，應該是兄妹。

柳曲蓮見到來人，眉頭微皺，淡淡道：「高公子、高姑娘。」

聽到柳曲蓮的稱呼，葉崖香心下了然，看來這二人便是工部尚書的嫡子高喜樹，與嫡女高木香。

高木香將柳曲蓮上上下下打量一遍，輕蔑地說：「還不錯，勉強能入高家的門。」

柳曲蓮柳眉倒豎。「高姑娘，請慎言。妳身為三品大員嫡女，別失了自己身分。」

高木香冷哼一聲。「哥，我們走，何必在她身上浪費工夫。」

「我可是真心愛慕柳姑娘，才讓我父親去妳家提親。」高喜樹的目光直直落在柳曲蓮身上，伸手便朝柳曲蓮臉上摸去。

啪！一道紅痕出現在高喜樹手背上，他嘶的一聲縮回手掌，怒目望向柳曲蓮身側。

「嘖，真髒。」葉崖香站在柳曲蓮旁邊，拿出帕子擦拭團扇柄。

高喜樹揉著手背，怒道：「妳是哪家的？」

「問別人前，應該先自報家門。」面色不善的蕭京墨闊步走到葉崖香身側，居高臨下地看著高喜樹。

蕭京墨突然出現，讓眾人微愣。站在高喜樹身後的高木香最先反應過來，盈盈上前，紅著臉看蕭京墨一眼，含羞帶笑地福身。

「見過王爺。」

葉崖香瞧見高木香面上的神情，微微挑眉，沒想到高木香居然是蕭京墨的愛慕者。

蕭京墨淡淡道：「妳是何人？」

高木香委屈地看向蕭京墨，眼眶微紅，眼淚似落未落，柔柔弱弱地說：「民女是工部尚書之女，高木香。」

蕭京墨不鹹不淡地哦了一聲。

「高姑娘最好還是將面上的表情收一收。」葉崖香慢慢搖著手裡的團扇。「這兒的人可不少，若是被人瞧見，還以為是王爺欺負妳了。這種誤會還是不要發生比較好，妳說是不？」

高木香錯愕地望向葉崖香，又對上蕭京墨微涼的目光，表情瞬間僵住，眼中那幾滴淚珠真落了下來。

「怎麼全圍在這兒？」

一道聲音從身後響起，眾人忙轉身，只見蕭澤蘭帶著一絲溫和的笑意走過來，趙花楹跟在他身後。

葉崖香等人忙行禮，蕭京墨抱著胳膊，懶洋洋喚道：「三哥。」

蕭澤蘭看了幾人一眼，目光在葉崖香身上停頓片刻，笑道：「九弟，往年從沒見你出來踏青，今兒怎麼來了？還是說……今日這裡有什麼人或事，讓九弟感興趣？」

蕭京墨輕哼一聲。「確實有。」

蕭澤蘭面色微僵。

這時，趙花楹忽然拉著高木香的手，驚呼出聲。「高妹妹，妳怎麼哭了，可是有人欺負妳？」

高木香勉強笑道：「趙姊姊誤會了，我只是被沙子迷了眼。」

趙花楹訕訕收回手，像是這時才發現葉崖香似的，走到葉崖香身側，親密地挽著她胳膊。

「表妹也來了。早上怎麼沒跟我一起出門？」

葉崖香抽出胳膊，看了蕭澤蘭一眼，似笑非笑道：「崖香若是跟表姊一起，豈不是打擾了表姊的好事？」

「葉姑娘誤會了，我跟趙姑娘只是恰好在半山腰遇見。」蕭澤蘭不慌不忙地解釋。

趙花楹忙垂下頭，遮住眼中的酸澀與嫉恨。雖然她知道蕭澤蘭只是在對著葉崖香演戲，可心中的嫉妒與怨恨仍舊難以控制，且隱隱生出一絲恐懼，若是蕭澤蘭真對葉崖香……

她緊緊掐住手中的錦帕，努力穩住心神，笑道：「我與三殿下確實是在半山腰遇見的。」

這時，周寒水走過來，抱拳道：「王爺，幾位公子在湖對面置辦了幾桌酒席，想請王爺和三殿下過去喝一杯。」

蕭京墨聞言，看向葉崖香，朝她微微點頭，而後將胳膊搭在蕭澤蘭肩上。「走吧，三哥。」

蕭澤蘭並未移步，笑道：「九弟先過去吧，我還有事想單獨跟葉姑娘說。」

蕭京墨的面色沈下來，還未待他開口，葉崖香便說：「三殿下，這邊請。」

葉崖香和蕭澤蘭走到不遠處的桃樹下，葉崖香淡淡道：「不知三殿下有何事？」

蕭澤蘭嘆口氣，似是抱怨道：「前幾日稅務司的事，是妳故意的吧？我母妃娘族不顯，越官桂是唯一出眾的那個，他的差事還是我母妃在父皇面前求了好幾次換來的，結果被妳這麼一算計，烏紗帽沒了。我被我母妃好生斥責一番，妳說說，是不是得補償補償我？」

葉崖香似是沒察覺到蕭澤蘭語氣中的熟稔，只笑道：「民女記得，當日是三殿下主動要幫忙的，難道不是？」

蕭澤蘭愣了一下，朗聲說：「確實是我主動，不知如此可否能換取葉姑娘的一份信任。」

聽到桃樹下傳來的笑聲，趙花楹咬緊牙關，努力維持面上的柔美笑意。

蕭京墨卻直接黑了臉，高聲道：「三哥，還不走，是要讓人抬你過去？」

「信任什麼？」葉崖香垂眼輕笑。「湖對面的可是幾大家族的繼承人，三殿下是想繼續在這裡跟民女聊心意，不急著過去？」

蕭澤蘭眉頭微皺，猶豫片刻，便大步離開。「葉姑娘，我們下次再聊。」

葉崖香見狀，哂笑一聲，也不過如此。

待葉崖香回來後，柳曲蓮忙拉住她的手，低聲問道：「三殿下可有為難妳？」

「柳姑娘說笑了，三殿下如此溫文爾雅，怎會為難他人？」趙花楹笑盈盈道：「表妹，妳說是不？」

「蓮姊姊，我們去找黛姊姊吧。」葉崖香拉著柳曲蓮，朝湖中的遊廊走去。「大表姊，崖香就不陪妳了。」

趙花楹正準備跟上，衣袖卻被高木香拉住。

高木香指了指柳曲蓮的背影，又指了指正與一眾公子哥兒飲酒的高喜樹，低聲道：「趙姊姊可有辦法？」

趙花楹沈思片刻，湊到高木香耳旁，低聲道：「妳兄長可會游水？若是會的話，待柳曲蓮到湖心後……」

高木香聽完，眼睛一亮。「我這就去跟我哥說。」

——未完，待續，請看文創風1295《錢袋小福女》下

2024年9月出版

今朝有錢今朝賺

文創風 1288～1290

她憑著「預知」的能力提前買下即將大漲的土地，
如此一來二去，銀子是賺到了，卻也引來他的猜疑，
說也奇怪，前世他明明整日忙碌，對她冷心冷情，
為何今生卻對她關心呵護，還反過來追著她跑？
是他吃錯藥還是她錯過了什麼？她都決心不再愛他了啊！

世事難兩全，青鬢華髮生／綠色櫻桃

嫁給護國侯謝詞安八年來，陸伊冉一直在侯府的夾縫中求生存，
婆婆不疼、小姑刁難，府中其他勢利眼的人也是看碟下菜，
可她把夫君看得比自己的命還重，以為總有一日能捂熱那顆冰冷的心，
無奈皇子奪權內鬥，婆家得勢、娘家落難，她被他關在偏遠院落半年，
到頭來，等到的是他得償宿願要娶心上人的傳言，一切只是她的癡心妄想，
為了不讓兒子遭人指指點點說有個叛黨餘孽的母親，她選擇了此殘生，
豈料再次睜開眼，看著僅僅十個月大的兒子，她發現自己重生了，
幸好老天垂憐，讓她回到了成婚後的第二年，一切都還來得及，
她暗自下定決心，此生不再為他而活，要改寫自己和娘家人的悲慘結局，
宮中事故將在六年後發生，她尚有餘裕計劃好帶著所愛的人遠離謝家與朝堂，
可要遠走高飛就需要大量的銀子，偏偏她十分缺錢啊！
雖然從商的娘親和宮中的貴妃姑母疼愛她，成親那時給了她不少嫁妝，
但她婚後把心思和錢全用在夫君及婆家人身上，還疏忽了鋪子生意，
如今的她再也不會費心費錢去巴結永遠餵不熟的婆家人，更不會卑躬屈膝了，
錢非萬能，可沒錢卻萬事不能，因此她重生後的首要任務就是賺錢，賺大錢！

2024年8月出版

娘子出任務

文創風 1286~1287

虞巧巧最看不慣欺男霸女的惡人，
尤其這些惡人錢還很多，只要一掏出銀子，有罪都能變無罪，
她的刺客生意專門教訓這種人，懲奸除惡順便賺銀子，一舉兩得！

穿到古代衝事業，女子也能闖出一片天／莫顏

虞巧巧身為特勤小組的探員，敢拚敢衝，是國家重點栽培的人才，
她彷彿可以看見前途一片美好，卻因為一次穿越，全部化為泡影！
如果穿成個官府捕快，至少離她的本職沒有太遠，還可以在古代繼續衝事業，
可她穿成了平凡人家的姑娘，每天刺繡做女工，不憋死才怪！
好唄！既來之則安之，那自己「創業」總行了吧？
她靠著俐落的身手和大剌剌的性格，網羅了一票手下，
創立「刺客公司」，專接懲凶罰惡的案子，
不管目標是紈袴還是流氓，只要夠壞，委託人付的銀子夠多，她就接！
於是她有了兩個身分，平時是乖巧的姑娘虞巧巧，
私底下則是刺客公司的頭頭「黑爺」，惡人聽到這威名都嚇得發抖，
唯有一人例外——笑面虎于飛，他是衙門捕快中的佼佼者，
破了不少大案，也建了不少奇功，
這男人似乎把「黑爺」列為頭號追捕對象，讓她的每個任務都變棘手了……

為流浪貓狗加油 和貓寶貝 狗寶貝 廝守終生(一定要終生喔！)的幸福機會

對人來說，貓寶貝狗寶貝只是生活的一部分，但妳（你）對牠們來說，卻是生活的全部，領養前請一定要考慮清楚——

▲ 元氣滿滿的汪星人——Oma

性　　別：男生
品　　種：米克斯
年　　紀：約1歲多
個　　性：親人親狗、活潑貪吃，學習能力強
健康狀況：已結紮，救援時有皮膚病現已康復，理學和血液檢查正常，四合一快篩皆正常，今年已完成狂犬病及八合一疫苗施打
目前住所：台北市士林區（中途家庭）

本期資料來源：@fulipets福立社
IG（https://www.instagram.com/fulipets/）
FB（https://www.facebook.com/people/福立社-Fulipets/100095438110019/）

『Oma』的故事：

Oma（歐瑪）從何處而來沒有人知道，似乎是非正規的TNR（誘捕、絕育、放回原地）團體在絕育後亂放的狗狗，但個性親狗的Oma卻不明白人類的險惡，為了溫飽牠只能在附近社區徘徊，卻一直遭受那裡的社區警衛、居民驅趕，甚至持棍棒相逼，幸好有看不下去的朋友將牠誘捕救援。

剛被救援的Oma營養不良還患上嚴重的皮膚病，加上之前因遭人持棍棒驅趕，故對人類的不信任成為照顧上一大難題，在安置初期就咬了人好幾次。所幸中途堅持不懈的正向引導、避免打罵，並利用獎賞來鼓勵牠慢慢接受與人類生活，如今的Oma很愛跟人撒嬌、討抱抱，很享受這份親暱感。

變得有自信的Oma，在外出散步時從剛開始的大暴走，到現在可隨著人類的步伐調整速度；更是難得不會抬腿亂尿的狗狗，對於便溺在尿布墊、尿便盆定點如廁的命中率幾乎高達99.9%；貪吃的Oma，之前吃飯總是爭先恐後，深怕搶不到食物，現在則已經能克制對食物的衝動慾望，能鎮定坐下等待指令再開動，即使有時還是會對著飯碗垂涎三尺就是了（笑）。

我們希望Oma可以一直對與人類生活保持著嚮往與安心，所以在中途時期有進行良好的籠內訓練，學會休息時要回到小窩裡，因此對於居家獨處的穩定度，遠比容易有分離焦慮的幼犬來得高。如此優質米克斯何處可尋？請上IG或FB搜尋「福立社」，也可使用fulipets888@gmail.com傳遞您的認養意願，聰明穩定的Oma在這裡等您掛上項圈牽回家！

認養資格：

1. 認養人須年滿20歲，且無任何棄養紀錄。
2. 禁止籠養、鏈養、當看門狗之行為方式飼養。
3. 須提供良好的生活空間，且做到每日提供新鮮的食物及水。
4. 須同意簽認養寵物切結書。
5. 須同意送養人日後執行不定期6-12個月的生活追蹤，必要時會實地探訪，對待Oma不離不棄。

來信請說明：

a. 個人基本資料：姓名、性別、年齡、家庭狀況、職業與經濟來源等。
b. 想認養Oma的理由。
c. 過去養寵物的經驗，及簡介一下您的飼養環境。
d. 若未來有結婚、懷孕、出國或搬家等計劃，將如何安置Oma？

文創風 1294

錢袋小福女 上

國家圖書館出版品預行編目資料

錢袋小福女 / 望月砂著. --
初版. -- 臺北市 : 狗屋出版社有限公司, 2024.09
冊 ; 公分. --（文創風 ; 1294-1295）
ISBN 978-986-509-557-4（上冊 : 平裝）. --

857.7 113011260

著作者 望月砂
編輯 安愉
校對 陳依伶
發行所 狗屋出版社有限公司
地址 台北市104中山區龍江路71巷15號1樓
電話 02-2776-5889～0
發行字號 局版台業字845號
法律顧問 蕭雄淋律師
總經銷 知遠文化事業有限公司
電話 02-2664-8800
初版 2024年9月
國際書碼 ISBN-13 978-986-509-557-4

本著作物由北京晉江原創網絡科技有限公司授權出版

定價290元
狗屋劃撥帳號：19001626
網址：love.doghouse.com.tw E-mail：love@doghouse.com.tw